피고 지고
피고 지고

피고 지고
피고 지고

이만희 희곡집 4

arte

발문

시간과 공간의 압력을 견디는 정전의 힘

벌써 30년이 다 되어갑니다. 대학로에서 〈그것은 목탁구멍 속의 작은 어둠이었습니다〉라는 긴 제목의 연극을 본 지가. 그날 이후 저는, 이만희 작가의 열혈 팬이 되었습니다.

그는 작품성과 대중성을 잡기 위해 부단히 노력해온 작가입니다. 일단 작품이 재미있습니다. 그리고 따뜻합니다. 여기 수록된 18편 중 절반이 코미디입니다. 발랄하고 유머러스하고 해학적입니다. 템포가 빠르고 말도 맛깔납니다. 고단한 일상을 경쾌하게 풀어냅니다. 공연을 보고 집에 돌아오면 고향에 다녀온 것만 같습니다. 할머니가 얼어붙은 손주 발을 녹여주며 괜찮다고 다독여주는 듯합니다. 다시 살아갈 힘을 얻게 되고 모든 존재에 대한 애정이 솟아납니다.

그의 작품에는 흥행작이 많습니다. 〈불 좀 꺼주세요〉는 1992년 초연 당시, 3년 6개월간 공연하여 20만 명의 관객을 동원했으며 서울시 정도(定都) 600년 타임캡슐에 수장되기도 했습니다. 또 〈용띠 개띠〉는 10년간 장기 공연한 작품입니다. 제가 연극을 처음 보는 사람들과 극작을 원하는 학생들에게 반드시 권하는 작품이기도 합니다. 관극 시간 내내 맘껏 웃다가 돌연 휘몰아치는 슬픔에 눈물을 흘리게 되는 작품입니다. 그 슬픔이 우리의 평범한 일상의 것이어서 더욱 깊고 강렬하게 다가왔나 봅니다. 이혼을 결심한 부부가 이 작품을 보고 우리도 저들처럼 다시 한번 살아보자고 다짐했다는 실화도 들었습니다.

어느 해 10월입니다. 〈아름다운 거리〉를 보고 난 후, 그 서늘한 감동에 덕수궁 돌담길을 서성였던 기억이 아직까지 생생합니다. 이 작품은 우리가 살아가면서 잊거나 묻어버린 삶의 세목에서, 가장 중요한 인간에 대한 애정을 잔잔하게 일깨워주고 있습니다. 2인극은 미학적 완성도가 어렵다고 하는데 〈돌아서서 떠나라〉는 최고의 완성도에 도달한 2인극으로, 영화 〈약속〉으로 만들어져 당시 최고의 흥행 기록과 더불어 지금까지 한국의 대표적인 멜로영화로 꼽히고 있습니다. 아울러 1993년 국립극단에서 초연된 이래 지속적으로 공연되고 있는 〈피고 지고 피고 지고〉는 인생을 달관한 자가 아니면 보여줄 수 없는 맑은 경지를 보여주고 있습니다.

이만희 작가의 작품은 1년 내내 공연됩니다. 때로는 대학로에서, 때로는 지방의 크고 작은 극장에서, 혹은 연극영화과의 실습 작품으로 끊임없이 공연되고 있습니다. 그런데 간혹 그의 작품이 엉뚱한 대본으로 개작되어 공연되는 걸 본 적이 있습니다. 그래서 저는 늘 정본(定本)이 필요하다는 의견을 드렸고, 그 결과 네 권의 '이만희 희곡집'이 나오게 되었습니다. 여기에 수록된 18편의 작품은 모두 정전(正典, canon)입니다. 공연은 시대 상황이나 사회문화적 배경에 따라 조금씩 달라질 수 있지만, 정전은 그러한 시간과 공간의 압력을 견디는 힘을 가지고 있습니다. 그래서 본래의 자리로 되돌아오게 합니다.

올해는 이만희 작가의 등단 40주년이 되는 해이며 동시에 교수직 정년을 맞이하는 해입니다. 이 뜻깊은 해에 '이만희 희곡집'을 발간하게 되어 매우 기쁩니다. 극작가를 꿈꾸는 청년들과 희곡 연구자들, 그리고 연극인들과 독자들에게도 큰 기쁨이 되기를 소망합니다.

　그리고 머지않아 더 많은 작품이 쏟아져 나와, 또다시 전집 발간이 이루어지길 간절히 바랍니다.

2019년 6월

동국대학교 영상대학원 교수

이종대

차례

새 한 마리

등장인물	이수정
	안필상
	이낙길
	손대희
	박태봉
	김순애
	나유랑
	강진만
	황준범
	안효주
무대	산중(山中) 집 거실.
	창문을 통해 대나무 숲이 보인다.

1장

안필상이 검은 양복에 흰색 나비넥타이 차림으로 소파에 앉아 있다.

불안한 모습.

그러다가 책장 서랍을 열고 자신에게 주사를 놓는다.

눈을 감고 침묵에 잠겨 있다가 일어나 거울 있는 데로 가서 자신의

모습을 본다.

걸음을 옮겨 책장에 있는 책들과 기념패와 지휘봉을 소중한 듯

하나하나 만져본다.

바 스탠드에 서서 물을 한 모금 마신다.

창가로 가서 울창한 숲을 바라본다.

그때 박태봉과 나유랑이 문을 열고 들어온다.

안필상   왔어?

박태봉   응.

나유랑   선생님!

안필상   어서 와.

박태봉   그때 그 옷이구만. 10년 전 자네 마누라 장례식 때 입었던…….

안필상   응.

박태봉   기분이 어때?

안필상   그저 그래. 늙으면 무엇이든 쉽게 쉽게 받아들이잖아.

나유랑   (울먹이며) 선생님!

안필상   울지 마. 오늘은 그러지 않기로 했잖니. 어차피 한 번은 가는

         건데. 공연 준비는 잘돼가고?

나유랑	예. 다른 공연 때보다 예매율이 두 배나 높아요. 첫날 첫 회부터 매진일 것 같아요. OST 앨범도 잘 나가구요.
안필상	다행이구만. (박태봉에게) 오늘 못 온다는 사람은 없었어?
박태봉	백여 명쯤 올 것 같애.
안필상	뭐가 그렇게 많아? 몇몇 분하고만 조촐하게 지내고 싶다니까.
박태봉	여기저기서 자네 소식 듣고 참석하고 싶다는데 오지 말라고 막을 수가 있어야지.
나유랑	단원 아이들도 오고 싶다기에 그러라고 했어요.
안필상	음식은?
나유랑	차질 없도록 주문해놨으니까 아무 걱정 마세요.
안필상	장인어른은 못 오신대지?
박태봉	응, 입원하셔서 못 오신다고 했고 손대희 누님하고 김순애 씨하고 황준범이는 올 거야.
안필상	(고개를 끄덕인다.)
박태봉	장례식 절차는 자네 마누라 때와 마찬가지로 1부 2부 3부로 나눴어. 1부 행사는 자네의 약력 소개에 이어 고인의 육성 및 영상을 보여주고 뒤이어 세 명이 추도사를 읽을 거야. 그다음은 조시와 조창, 조문객의 헌화 순으로 짜봤네.
안필상	마누라 때는 약력 소개에 이어 헌화를 했잖아?
박태봉	그때야 사람이 적었기 때문에 가족적인 분위기 속에서 즉흥적으로 한 거지. 오늘은 어쩔 수 없어.
안필상	어떤 영상을 틀어주려고?
박태봉	그건 비밀이지.
안필상	날 골탕 멕이려고 그러지?
나유랑	그럴지도 모르죠.

박태봉   기대해봐.

나유랑   사모님 때 그렇게 극력 반대하시구선 왜 똑같이 따라 하시게
        됐어요?

안필상   몰라. 사람이 변하나 부지 뭐.

박태봉   매스컴에서 취재하고 싶다는데 완곡하게 거절했어. 고인이
        원하질 않는다고.

안필상   잘했어. 그 무슨 자랑거리라고……. 그동안 메고 다녔던 배낭을
        내려놓고 이륙 신호를 보내는 저 헬리콥터에 깃털보다도 가볍게
        탑승하려는 것뿐인데……. 칙칙하고 무겁게 진행하지 마.
        경쾌하고 즐겁게! 대성통곡하며 가지 말라 억지 부리는 자리가
        아니라 가볍게 날 보내줄 수 있는…….

박태봉   자식, 지 마누라하고 똑같은 소릴 하고 자빠졌네.

안필상   누가 그러는데…… 사람한텐 자기 별이 하나씩 있는데 자기
        별에 가기 위해선 꼭 죽어야 한대. 없는 거 바라지 말고 있는
        것에 감사하라……. 난 평범한 이 말의 뜻도 몰랐어. 그 사람이
        가고 나서 많은 생각을 했어. 그 사람이 죽기 전까진 인생의 참
        의미를 몰랐던 것 같애. 우린 늘 사라진 뒤에야 의미를 깨닫는
        어리석은 자들이잖아. 고향을 떠나와서야 비로소 고향이 얼만큼
        그리운 곳인가를 알게 되는 것처럼. 가까이 있을 땐 모르는
        법이지.

나유랑   돌아가시기 전에 꼭 하고 싶은 게 있으시면 말씀해보세요.

박태봉   그래 말해봐. 어딜 가고 싶다든가 뭘 먹고 싶다든가. 서운해서
        그래.

안필상   부탁이 있어. 앞으로 내가 정신을 잃거나 고통스러워하더라도 날
        병원으로 옮기지 말어. 아무리 힘들더라도 이 집에서 눈을 감고

싶어.

나유랑   또요?

안필상   없어. (박태봉에게) 그냥 조용히 갈라네.

박태봉   …….

나유랑   …….

안필상   그 사람도 오늘 초대했는데 올 수 있을까?

박태봉   자네 부인 말인가?

나유랑   …….

안필상   못 오겠지?

2장

예복을 입은 이수정, 안필상, 이낙길, 김순애, 손대희, 황준범, 나유랑이
박태봉의 아코디언 반주에 맞춰 노래를 부르고 있다.
노래를 부르는 동안 한 사람씩 국화 한 송이를 들고 이수정한테로 가서
헌화한다.
꽃을 받으며 미소로 답하는 이수정.
안필상이 가끔씩 곁눈질로 이수정을 본다.
안타깝고 염려스러운 눈짓이다.

이낙길과 박태봉이 흥겹게 몸을 흔들어대며 춤을 추자 손대희가
가세하며 분위기가 훨씬 경쾌해진다.
노래가 끝난다.

박태봉   자, 이것으로 고인에 대한 헌화 순서를 마치도록 하겠습니다.
          조문객 여러분께서는 자리로 돌아가 앉든가 서든가 눕든가
          마음대로 하십시오. 와인을 마셔도 좋고 담배를 피우셔도
          좋습니다. 한 곡조 더 뽑으셔도 좋습니다.
          ……. (좌중을 둘러보며) 없습니까? 네, 좋습니다. 고인 이수정 씨!
이수정   (쳐다보면)
박태봉   헌화를 받은 소감 한마디?
이수정   흐뭇하네요.
박태봉   총 몇 송이죠?
이수정   (세며) 여섯 송이요.

박태봉 네, 역시 순발력이 부족한 분이 한 사람 있었군요. 누구시죠?

그때 슬그머니 자리에서 일어나는 안필상.

박태봉 안필상 씨. 헌화를 하지 않은 특별한 이유라도 있습니까?
안필상 (주저하다가) 타이밍을 못 맞췄습니다.
박태봉 저렇게 늦박자 엇박자로 일관해온 사람이 어떻게 작곡가 겸
      지휘자로 아직도 활동하고 있는지 대한민국의 문화 수준이
      대단히 의심스럽습니다만 아내를 보내는 마음이 남다를 것임을
      감안하여 용서해주겠습니다. 안필상 군! 헌화 실시!

안필상, 침통하게 국화 있는 데로 가서 한 송이를 들고 이수정에게로
가는데,

박태봉 무겁고 힘든 발걸음입니다. 평생 여자 문제로 고인을 괴롭히고,
      한때 도박에 빠져서 미안하고, 고인의 생일 잔치 한번 제대로 못
      챙겨준 죄인의 발걸음입니다.

안필상, 이수정에게 꽃을 건네는데 무척 어색하다.
이수정, 환한 미소로 받는다.

박태봉   넘어진 김에 쉬었다 간다고 일어선 김에 유족을 대표해서
      한말씀 하시지요.
안필상 (주저하다가) 어느 회식 자리에서 누군가가 물었어요. 결혼이란
      무엇이냐고. 제가 그랬지요. 결혼이란 한 여자와 살면서 다른

여자를 사랑하는 거라고. 주위에 있던 사람들이 막 웃었습니다.
저도 따라 웃었죠.

웃기려고 했던 그런 소리들이…… 지금…… 절…… 혼란스럽게
만들고 있습니다. 32번 국도를 타고 꼬불꼬불한 산길을 따라
여기까지 오시느라 고생도 많으셨을 테고……. 고맙습니다만
저한텐 무척 힘들고 곤혹스러운 자립니다. 솔직히 지금은
뭐가 뭔지 잘 모르겠습니다. 6개월쯤 지나면 실체가 서서히
드러나리라고 봅니다……. 슬프고 외로울 테죠. 반성도 많이 할
것이고. 또 누가 그럽디다. 인간만이 죽을 줄 안다고. 죽음을
두려워하고, 그래서 그것을 이겨내려 애쓰고, 그것을 맞을 준비를
한다고.

오늘 아내는…… 나에게…… 어떻게 죽을 것인지, 그래서 어떻게
살 것인지를 가르쳐주고 싶어서 이 자리를 마련한 모양입니다.
새로운 발견이란 새로운 땅을 발견하는 것이 아니고 새로운
눈으로 세상을 보는 것이겠지요……. 와주셔서 감사합니다.

이수정   (안필상의 손을 잡고는) 전 유채 들판을 유난히도 좋아합니다.
그날따라 유채 들판이 봄기운을 타고 유난히도 샛노랗게 물들어
있더군요. 유난히란 말이 두 번씩이나 들어갔군요. 남편이 석
달째 이 집에서 나하고 같이 머물고 있었기에 이 박복한 년한테
무슨 호강인가 싶었지만……. 여러분도 다들 아시죠? 남편이
집에 가끔씩 들어온다는 사실……. 늦잠 자는 남편을 마구
흔들어 깨우고 도시락을 만들어 산책을 떠났지요. 참으로
행복한 순간이었어요. 남편도 있었고 유채 들판도 있었고. 유채
들판 한가운데 돗자리 펴고 도시락을 먹고 커피도 마시고 책도
읽고 남편이 새로 작곡한 「황제」의 듀엣 곡을 듣기도 했죠.

체기가 있기에 처음엔 봄바람 때문이려니…… 안 가시기에 과식
탓이려니…… 숨이 막혀오길래 아침에 커피를 세 잔이나 마신 걸
후회했죠. 읍내 병원에 가니까 암이래요. 큰 병원에 가봤지만
마찬가지였어요. 불청객은 그렇게 행복한 순간에 찾아왔죠. 봄
여름 가을 겨울이 지나 또다시 봄이 왔어요. 유채꽃이 피고 지고
한 게지요. ……한 달 후면 전 여기에 없습니다. 고맙고 보고
싶은 얼굴들…… 일일이 찾아뵙고 싶은데 이젠 그럴 기운마저
없답니다. 처음엔 별스런 일을 벌이는 건 아닌가도 생각해봤어요.
하지만 내 손으로 직접 내 삶을 정리하고 싶었어요. 따지고 보면
중죄를 저지른 적도 없고 남을 해코지 한 적도 없는 평범한
삶이었죠. 자랑할 만한 걸 이룬 적도 없고 누굴 위해 봉사한 적도
없죠. 그래도 내가 누구였는지 어떻게 살아온 건지 그저 그런
얘길 나누고 싶어서 이 자리를 마련한 거예요.
졸업식 때 우등생만 졸업하는 건 아니잖아요. 평범한 학생들도
졸업하잖아요. 그래서 용기를 낸 거죠.
죽음이 개인적 비극인 건 잘 알아요. 처음엔 죽는다는 것에
대해 속상해했죠. '왜 하필 나야?' 남은 한 달간도 쉽지 않겠죠.
'왜 하필 나야?' 자고 나면 머리카락이 한 움큼씩 빠져나가고
눈곱이 끼고 구멍마다 고름이 나오고 갓난아기처럼 사지가
오그라들겠죠. 꽃다운 나이로 가게 되어 여러분에게 큰 상처를
줄 것이란 생각도 듭니다. 허나 한편으로 생각하면, 늙고
병들고 치매 걸려 못 보일 꼴 다 보이는 것보다는 이편이 깨끗할
것도 같아요. 감히 이렇게 말하고 싶습니다. 난 내 죽음을
이겨냈다고. 참 건방진 얘기죠. 왜 중국에 가면 희장(喜葬)이란
것이 있잖아요. 장수한 사람이 죽게 되면 밴드부가 팡파르를

울리며 장례 행렬 맨 앞에 서서 가죠. 팡파르까지야 좀 그렇지만 오늘 절 가볍고 편하게 보내주세요. 살아 있는 사람의 장례식인지라 무겁고 괴로운 시간을 함께해야 할 것 같아 그 점이 염려스러워서 그래요. 그럴 수 있죠?

김순애 너는 우리한테 부담 안 주려고 그렇게 얘기하는진 몰라도 보내는 우리야 말처럼 쉽게 되겠니.

손대희 아이구, 이 가시나야, 전화도 없고 신문도 없고 테레비도 없는 이 집에서 쓸쓸하게 꼭 이렇게 가야겠냐?

이수정 언니는…… 사는 게 다 그렇지 뭐.

손대희 안 선생 니도 참 너무했다. 너야 여가 좋겠제. 편코 아늑했겠제. 서울로 외국으로 빽빽한 공연 스케줄 따라다니다가 막막산중인 이 집에 잠깐잠깐 들러서 작곡도 하고 산새 소리 들어가며 재충전도 하고. 수정이 야는 뭐꼬? 혼자 잠들고 혼자 일어나고 혼자 밥 묵고 혼자 울고 웃고……. 살맛이 났겠나? 수정이는 우울증으로 죽는 기다.

이수정 이 사람 너무 나무라지 마. 나도 이 집이 좋았어. 책 보고 음악 듣고 산책하고 읍내까지 내려가 시장도 봐 오고.

손대희 안 선생 니 아나? 내가 니 마누라였다면 내는 단 하루두 몬 살았을 끼다. 천재하고 살기가 얼매나 힘든데? 까탈스럽제, 이기적이제, 완벽하제, 독선적이제……. 남이 끼어들 틈이 없능 기라. 숨이나 제대로 쉬고 살았는지 모르겠다. 안 선생, 서운타 생각 마라. 수정이가 지금까지 살아낸 것만 해도 용한 기다.

안필상 예.

손대희 수정이가 빨리 가서 서운하나?

이수정 그럼, 속상하지. 언니는 내가 빨리 가서 시원하우?

손대희	됐다. 더 이상 죽어가는 아 앞에서 궁시렁궁시렁거려봤자 뭐 하겠노.
	한 번씩은 꼭 가야 할 목숨인데. 수정아, 판 안 벌리고 뭐 하나?
이수정	고스톱 치자고?
손대희	당연하제. 장사집 이꼬르 고스톱 아이가. 아버님, 고인 돈 쫌
	따묵어도 되겠지예?
이낙길	그럼요 그럼요.
김순애	그걸 무슨 재미로 치는 거예요?
손대희	고스톱 칠 줄 모르십니꺼?
이수정	아 참, 순애는 내 가장 친한 친구구요. 충북 옥천에서 된장을
	만들어 팔아요. 두레 같은 거 있죠? 마을 사람끼리 공동으로
	하는. (김순애에게 손대희를 소개한다.) 나하고 이 사람 대학 선배.
	손대희 언니.
김순애	(꾸벅 인사하며) 저녁때만 되면 시골에서도 남녀로 갈려 화투 치는
	사람들이 있거든요? 밤을 꼬박 샜는지 다음 날 일할 때 꾸벅꾸벅
	조는 사람도 있어요. 그런 사람 보면 신기해 죽겠어요. 이해가 안
	돼요. 진짜로 그게 그렇게 재밌어요?
손대희	너무 도사연 하몬 게임은 재미가 없어집니더. 화투판에 운명을
	걸어야 합니더. 화투를 치는 동안만큼은 얼라 새끼가 배고파
	죽는다 캐도 모른 척해야 합니더. 주전자 물이 가스 불 위에서
	비명을 질러대도 절대 자릴 뜨면 안 됩니더. 세상을 뒤집을 만한
	폭우가 쏟아진다 캐도 자리를 사수해야 합니더. 우린 살몬서
	그 정도로 집중할 일이 없습니더. 유치할수록 신납니더. 자꾸만
	시들해져가는 승부욕에 스스로 부채질해야 합니더. 화투를 치며
	자신의 희로애락을 증폭시켜 상상하는 맛도 별밉니더. 예를 들어
	5만 원을 잃으면 5백만 원을 잃었다고 상상하는 깁니더. 허나

돈에 너무 연연하믄 더러븐 인간이 됩니더. 게임하다 열 내는
사람, 나중에 게임 끝나몬 엄청 멋쩍습니데이.

이수정   언니 그만해라. 오늘은 물 건너갔다.

손대희   내도 안다. 삶의, 재미의, 50프로를 제껴놓고 산다 카니 안타까바서
해본 소리다.

이수정   언니, 가게는 잘돼?

손대희   말도 마라. 어떤 여자가 밍크코트에 치렁치렁하게 끼고 달고
걸고 와서는 이거 보자 저거 보자 해서 안 보여줬나. 진열장 앞에
앉아 자꾸 시계 보는 척하는 게 수상쩍었는 기라. 그 여자가
다음에 들르겠다고 캐서 그러라고 하면서 잽싸게 보니까네
다이아 하나가 비는 기라. 냅다 뛰쳐나가 차 타려는 그년의
머리끄댕이를 움켜잡고 경찰에 신고 안 했나. 변호사 부인이라
카드라.

이수정   어머머머!

황준범   아니 변호사 부인도 도둑질을 다 해요?

손대희   말도 마라. 벼라별 잡년들이 다 꼬이는 곳이 보석 가게인 기라.

황준범   너무 이쁘니까 자기도 모르게 슬쩍 했나 부죠?

김순애   그런 게 그렇게 갖고 싶을까요? 참, 사람들 마음을 모르겠어요.
나는 유리와 다이아 차이도 모르겠던데. 큰돈 주고 그런 거 척척
사는 사람들 보면 다른 세상 사람들 같아요. 음식 값 된장 값은
팍팍 후려치면서 보석 값은 전혀 안 아까운가 봐요. 그냥 준대두
받을지 말지 고민할 것 같은데.

손대희   맞습니더. 보석은 밤이 되면 돌멩입니더. 그래도 누가 공짜로
준다몬 받으소 마.

이수정   (안필상이 아무 말이 없자 말을 시켜본다.) 당신 생각은 어때?

안필상   글쎄……. 뭐 사람 나름이겠지.

황준범   그래서 변호사 부인은 어떻게 됐어요?

손대희   경찰서에 갔더니 오리발을 쫙 내미는 기라. 나는 봤다, 그 여자는
         안 훔쳤다. 결국 내가 헛것을 본 것으로 됐다 아이가.

황준범   그럼 핸드백 속에 있던 다이아는 저 혼자 저절로 들어간 걸로
         돼버리고요?

손대희   그래.

이낙길   답답하고 속상했겠습니다.

손대희   말도 마이소. 헛것을 봤다고 정신병자 취급하는데 미치겠습디더.

이낙길   난 그 심정 잘 알아요. 난 또 어땠는 줄 아십니까.

이수정   아빠, 아빠 또 그 얘기 하려고 그러지?

이낙길   가만있어.

이수정   아빠 제발 좀 참어.

손대희   (이낙길에게) 뭔데예?

이낙길   너무 분통이 터져서요. 나는 분명히 봤는데 수정인 내 말을
         끝까지 안 믿는 거 있죠?

손대희   말씀해보이소.

이낙길   크리스마스이브 날이었어요.

         이수정, 절망한다.

이낙길   화이트 크리스마스였죠. 눈이 엄청 왔고 밤이 되자 길이 꽁꽁
         얼어붙었죠. 여느 때 같았으면 택시를 타고 골목길까지 들어와
         집 앞에서 내렸을 텐데 그날은 골목길이 미끄러울 것 같아
         큰길가에 내렸죠. 집으로 걸어오는데 골목이 좀 어두컴컴한

거예요. 차들이 담벼락에 쭈욱 주차되어 있고. 헌데 어떤 차가
실내등이 켜져 있더란 말입니다. 어떤 놈이 차문을 제대로
안 닫고 갔으려니 했죠. 헌데 사람이 타고 있는 겁니다. 흰색
저고리를 입고 긴 머리로 얼굴을 반쯤 가리고.

이수정이 킥킥 웃는다.

이낙길   웃지 좀 마. 난 심각하단 말야.
손대희   빨리 말씀해보이소.
이낙길   소름이 쫙악 끼치더라구요. 기분이 이상했지만 집이 저기니까
          계속 가는 수밖에요. 그 차 옆을 스치는 순간 그 여자가 날
          쳐다보는데 민얼굴이었어요, 민얼굴! 눈 코 입이 없는 민짜 얼굴.
          아시겠어요? 소름이 쫙 끼쳐오면서 걸음을 못 떼겠는 거예요.
          뒤에서 확 낚아챌 것만 같고.
이수정   귀신이 왜 아빨 낚아채? 하릴없이, 노계를.
이낙길   안 믿기죠? 난 분명히 봤단 말입니다. 헛것을 본 게 아니에요.
          오죽하면 내가 이 자리에서 떠들겠습니까, 예?
이수정   알았어요. 믿어줄게요.
이낙길   (이수정의 말투를 따라 하며) "알았어요. 믿어줄게요"가
          아니라니까. 진짜 봤다니까.
이수정   아빠, 안 믿어지는 걸 어떻게 해?
이낙길   관두자.

이낙길, 힘없이 자리에 앉아 고개를 푹 숙인다.

이수정 아빠, 코허구 입이 없는데 어디로 숨을 쉬어?

이낙길 만약에 니가 봤다면, 그리고 사람들이 니 말을 모두 안 믿는다면
       니 속이 어떻겠냐? 그걸 한 번만이라도 생각해보라니까?

이수정 진짜는 진짠가 봐요. 저 얘길 30번도 더 들었거든요? 이젠
       나까지도 그런 여자를 본 듯한 거 있죠?

손대희 귀신이 있다 카드라. 주위에서 귀신 봤다는 사람 몇몇 있다.

이수정 언니도 참.

김순애 호정이 있잖아?

이수정 응.

김순애 걔도 걸핏하면 귀신이 놀러 온대. 피곤하니까 가라고 하면 "엇
       추워 엇 추워" 하면서 얘기 좀 더 하자고 안방에서 안 나간대.

이수정 정말?

김순애 나도 안 믿어지는데 걔는 그런 말을 태연하게 하는 거 있지.

손대희 한 많은 여자가 독을 품고 죽으면 귀신이 된다 카던데 니는
       절대로 귀신 되지 말그라.

이수정 아이구, 끔찍해. 그렇게 칙칙한 얘기 하지 말라니까.

박태봉 자 자 자 자, 화제가 샛길로 빠지는 듯하니까 이 대목에서 고인의
       육성을 함께 듣도록 하겠습니다. 이것은 남편 안필상 씨가 해외
       공연 때문에 6개월간 뉴욕에 머무르고 있을 때 고인이 손수
       캠코더로 찍어 보낸 영상 편집니다.

       벽걸이용 슬라이드 화면에 영상이 흐른다.
       이수정, 벚꽃이 무성하게 지는 꽃그늘 아래 의자를 놓고 앉아
       생글생글거리며 편지를 읽고 있다.
       젊은 모습이다.

영상이 나오자마자 이수정이 "으악, 나 몰라" 하며 어찌할 바를 모른다.

영상   며칠 전부터 간간이 떨어지는 봄비가 오늘은 하늘을 하얗게
덮으며 땅을 적시우고 있습니다.
당신이 안 계시기에 마음은 비어 있고
그 빈터엔 오직 꽃비만이 가득합니다.
사랑하는 이여! (약간 어색한 듯 웃고 나서)
당신의 부재가 어쩌면 이토록 감미로운 쓸쓸함을 가져다주는
것입니까.
당신의 부재는, 당신 외에는 아무것도 필요 없다던 나의 젊은
날을 상기시켜줍니다.
당신의 부재는, 당신이 얼마나 큰 나무로 내 가슴에
뿌리내렸는가를 볼 수 있게 해줍니다.
당신의 부재는, 당신과 씨름했던 나의 어리석음까지도 다름 아닌
사랑이었음을 깨닫게 해줍니다.
당신의 부재는 혼자이되 외롭지 않고 아프되 병나지 않으며
침묵하되 깊은 미소가 흐르게 합니다.
사랑하는 이여!
벚꽃이 지기 전에
밭을 잘 일구는 농부처럼
부지런히 골골마다 땅을 고르고 씨를 뿌려서
당신이 드실 아름다운 저녁을 마련하고 싶습니다.
향기로운 차도 준비하고 감미로운 저녁 산보도 준비하여
끝없이 많은 이야기를 꽃그늘 아래 풀어볼까 합니다.
당신은 건강하시어 활짝 갠 웃음만 가져오소서.

(손을 들며) 안필상! 파이팅!

살짝 간드러지게 윙크하는 이수정의 얼굴이 클로즈업된다.
보고 있던 사람들, 우엑우엑 구토를 한다.
어색해서 어쩔 줄 몰라 하는 안필상과 이수정.

이수정   (안필상을 때리며) 왜 저걸 틀고 그래?
안필상   아냐, 나도 몰랐어. 태봉아, 너 저거 어디서 났어?
박태봉   묻지 마라 안필상, 캐묻지 마라 이수정!
안필상   (이수정에게) 저 자식이 슬쩍했나 봐.
이수정   당신 저거 호텔에서 단원들하고 다 같이 봤지?
안필상   아니.
이수정   근데 어떻게 태봉 씨가 갖고 있어?
박태봉   묻지 마라 이수정, 캐묻지 마라 안필상!

사람들, "우우" 하며 야유를 보낸다.

손대희   얄궂네, 얄궂어. 수정이 니, 적막강산에서 눈물이나 흘리며 사는
         줄 알았더니 그기 아닌가 부네. 살랑살랑 애교를 부리며 깨가
         쏟아지도록 잘 살았구마. 가시내야 그라면 몬쓴다 몬써!
이수정   언니, 그게 아니라…….
손대희   시끄럽다 마. 내한테는 편지마다 "언니 나 외로워, 언니 나
         쓸쓸해" 이리 써서 보냈으면서 서방님한테는 혼자이되 외롭지
         않다꼬? 아프되 병나지 않는다꼬? 침묵하되 깊은 미소가 흐르게
         해준다꼬? 아이고, 내숭아 내숭아! 이수정이 말도 참 잘하데?

"끝없이 많은 얘길 꽃그늘 아래 풀어"논다꼬? 내사 넘사시러버서 절대로 그런 말 몬 한다. 내는 그것도 모르고 "외로워도 참그라. 쓸쓸해도 참그라" 이래 씩씩하게 써가 부쳤는데 문학성 없는 답장이라꼬 둘이 얼매나 흉봤을꼬.

이수정   언니 들어봐. 나하고 다투고 이이가 찜찜한 채로 뉴욕에 갔어.
　　　　　이이도 마음이 불편했을 거 아냐? 그래서 마음을 풀어주기
　　　　　위해…….

손대희   (말을 자르며) 싸웠으면 아가리를 찢어놓겠다고 할 것이지 끝없이
　　　　　많은 얘길 와 꽃그늘 아래 풀어놓노?

이수정   (양손으로 화끈거리는 얼굴을 부채질하며) 아이구, 쪽팔려. 죽는
　　　　　마당에도 이렇게 쪽팔릴 줄은 진짜 몰랐다. (안필상에게) 뭐라고
　　　　　말 좀 해봐.

손대희   안 선생, 퍼득 말해보그라. 뭣 때문에 싸웠노?

안필상   글쎄 말입니다.

손대희   어물쩡하고 구렝이 담 넘어가듯 넘어가지 말고 속 시원히
　　　　　말해보그라. 반성하고 참회하는 자리라메?

안필상   ……여자 문제겠죠 뭐.

손대희   여자 누구?

안필상   (어색한 미소만 지을 뿐.)

이수정   여기서 스톱!

손대희   웃지 말고 어서!

나유랑   저 때문일 거예요.

이수정   진짜 스톱!

나유랑   오늘 이 자리 초청장 받아놓고 많이 망설였어요. 참석해야
　　　　　될런지……. 안 하는 게 좋을런지. 가시는 마당인데 찾아뵙고

용서를 구하기로 마음먹었어요. 다 아시다시피 안 선생님은
중학교 때부터 제 레슨 선생님이셨어요. 피아노 연습을
안 해놨다고 30센티 자로 종아릴 때리시기도 했어요.
그때부터 지금까지 안 선생님 외에는 남자란 걸 몰랐어요.
사모님과 결혼할 때도 솔직히 전 제 남자를 빼앗기는
기분이었어요. ……사모님, 죄송해요. 마음속에서 통제가 잘
안 돼요. 어디까지가 실제이고 어디까지가 환상인지 아직도 잘
모르겠어요. 안 선생님은 제 머리 속에 뒤죽박죽이에요. 엄격한
스승이었다가 자상한 오빠였다가 무대에 같이 섰을 땐 열정적인
아티스트였다가 공연이 끝나고 쓸쓸히 흩어질 땐 툭 건드려보고
싶은 로맨티시스트였죠.
어떨 땐 안 선생님과 사모님이 잘못된 만남이고 저와는
천생연분이라는 생각도 들었어요. 사모님 죄송해요.

박태봉　　나도 미안해.

이수정　　태봉 씬 또 왜?

박태봉　　수정 씨한테 나만큼 거짓말 많이 한 놈도 없을 거야. 일일이
　　　　　열거할 수 없을 정도로.

손대희　　뭐가 그리도 많노?

박태봉　　자식 핑계대고 돈 꿔가고, 내일모레 갚겠다면서 또 꿔가고…….
　　　　　한 푼도 못 갚은 거 있죠? 수정 씨가 보증 서줘서 은행에서 대출
　　　　　받았다가 그것마저 내가 꿀꺽하는 바람에 대신 다 물어주고…….
　　　　　박태봉이라면 아주 이가 갈릴 거예요.

김순애　　나도 고백할 게 있는데……. 초등학교 때 니네 집에 자주 놀러
　　　　　갔던 게 실은 외제 잡지를 훔치러 간 거였어.

이수정　　잡지는 왜?

김순애   집에서 봉투를 접어 팔 때였는데 공책으로 만든 봉투는 열
        개가 1원일 때 외제 잡지로 만든 봉투는 한 개당 1원이었거든.
        과일 봉투는 그걸로만 썼어. 형편이 어려우니까 우리 엄마가
        훔쳐오라고 시켰어. 학교 갈 때 난 아예 빈 가방이야. 니네 집에
        들러서 잡지 훔쳐오려구. 가방에 책이라도 싸갈라치면 엄마가
        가방을 검사했어. 책 못 가져가게.

손대희   실례지만 계모셨습니꺼?

김순애   아뇨. 아버지가 천식이 심하셔서 계속 약을 드셔야 했는데
        엄마 혼자 벌기엔 힘이 부치시고 해서. 아침에 등교하려면
        속이 울렁울렁거렸어요. 어제 훔친 게 탄로날까 봐. 수정이가
        활짝 웃어주면 그제야 가슴을 쓸어내렸죠. 그런 죄의식이 계속
        이어졌어요. 지금까지도. 이렇게 실토하고 나니까 창피하긴
        하지만 후련하네요. 아까부터 할까 말까 망설였거든요.

박태봉   순애 씨는 지금까지 살아오면서 죄 지은 게 별로 없으시죠?

김순애   죄 안 짓고 살 수야 있겠어요. 그저 그렇게 살려고 노력했죠.

박태봉   그래서 그럴 겁니다. 저는 명색이 바이올리니스트인데
        오케스트라 단원 월급이 얼마 안 돼요. 저는 첫 단추를 잘못
        끼우는 바람에 빚을 지게 됐거든요. 가끔 삼중주 사중주를 짜서
        지방 공연을 돌죠. 제가 제작잡니다. 돈을 벌면야 개런티도 주고
        보너스도 주지만 적자 나면 그날부터 사기꾼으로 몰려 도망
        다니는 거예요. 흥행에 성공할 때보다 실패할 때가 더 많아요.
        빚 갚기 위해 시작한 게 빚만 늘어나는 거죠. 사기 치는 게 별건
        줄 아세요? 진실되려고 했는데 그게 잘 안 되면 사기예요. 사기
        치려고 했는데 잘 풀리면 그게 진실이구요. 전 순애 씨 같은 분은
        천연기념물로 지정해야 한다고 봐요.

안필상	그래도 얘는 천당 갈 거예요. 내 성격이 얼마나 지랄 맞습니까. 그래도 평생 나한테 화 한번 낸 본적이 없는 친굽니다. 누가 아무리 욕하거나 구박을 줘도 늘 유들유들하고 유머러스하고 활기가 넘치죠. 얘가 이래 봬도 자폐아를 둔 애기 아빠고 결혼 1년 만에 마누라가 가출해버린 친굽니다. 그래도 이것 보세요.
박태봉	(활짝 웃는다.)
안필상	이렇다니까요?
박태봉	수정 씨, 아등바등하며 살아봤자 별거 없지?
이수정	그럼……. 그럼.
박태봉	죽는다는 게 아쉽지?
이수정	그럼……. 그럼.
박태봉	또 슬퍼지려고 그러지?
이수정	그럼……. 그럼.
박태봉	걱정 마. 어느 공동묘지 입구에 이런 글이 새겨져 있대. "오늘은 내가! 내일은 니가!" (웃으며) 내가 곧 너 따라갈게.
이수정	고마워.
김순애	수정이 넌 왜 바이올린을 그만뒀어?
이수정	이이가 지휘자였고 난 단원이었잖아. 오전 연습을 마치고 점심시간이었는데 성수 유치원에서 전화가 왔어. 아이가 오토바이에 치어 병원에 실려 갔다고. 이이한테 말했지. "그래서?" 이이의 첫 반응이 "그래서?"였어. 생각해봐. 자식이 열 몇 바늘을 꼬맸다는데 "그래서?"가 뭐야. 병원에 가봐야겠다고 했더니 (싸늘한 표정으로) "그따위로 하려면 그만둬!" 그래서 그만뒀어. 계속했다간 이 사람과 음악 중, 하나는 잃을 것만 같아서. 이 사람의 엄숙주의를 좇자니 음악이 싫고 음악을 좇자니 이

	사람이 싫고. 난 음악을 즐기는 쪽이었지 음악에 목숨 건 사람은 아니었거든. 결국 프로가 못 된 셈이지.
손대희	(안필상에게) 아이구 이 웬수!
안필상	(어색하게 웃는다.)
박태봉	아마 바이올린을 계속했더라면 안필상이 못지않았을걸요. 난 수정 씨가 안필상이를 만나서 자기 재능을 다 못 펼치고 가는 게 제일 안타까워요. 참 잘했거든요. 부드럽고 섬세하고 특히 곡의 해석이 자유분방했죠. 아마 음악에 대해 아무것도 모르는 사업가를 만났다면 얘기가 달라졌을 거예요.
손대희	내 생각도 그렇다. 니는 계속해야 했다.
이수정	아이구, 그러는 언니는? 피아노 하다가 왜 때려쳤수?
손대희	내는 지금도 피아노 건반만 봐도 소름이 끼친다. 실기시험 볼 때 하나라도 틀리몬 교수가 하도 지랄지랄하니까 꿈속에서도 연습했다 아이가. 어떨 땐 꿈속에서 톡 짤린 두 손이 건반을 막 두들기는 기라.
박태봉	이 대목에서 신청곡 하나 듣고 넘어가죠. (이수정에게) 고인께서 말해봐.
이수정	몇 해 전에 지금 이 자리에서 회식이 있었는데 그때 나유랑 씨가 술에 취해서 부른 노래가 지금까지 내가 들었던 노래 중 (엄지 손가락을 보이며) 이거였어.
박태봉	(나유랑에게) 부一탁해요~
이수정	(나유랑에게) 괜찮겠어요?
나유랑	한번 해볼게요.

나유랑, 일어나서 노래를 부른다.

이수정, 노래를 들으며 한 줄기 눈물이 볼을 타고 흘러내린다.

노래가 끝난다.

힘없이 고개를 떨구는 이수정.

손대희 노래 들으며 꼬불쳐둔 애인이라도 생각했나?

이수정 그럼 나라고 없을까 봐.

손대희 여기 오라고 하지.

이수정 오라고 했지.

손대희 와 몬 왔는데?

이수정 올 수가 없대.

손대희 우리도 아는 사람이가?

이수정 그럴걸.

손대희 내는 이렇게 말하는 사람 제일로 싫다. 갑갑증 땜에 속에서 불이
       나는 기라. 누꼬?

이수정 내 입으론 말 못 해.

손대희 안 선생, 짐작 가는 사람 있나?

안필상 있죠.

손대희 숨 넘어간다. 퍼뜩 말해보그라.

안필상 안 성 수.

손대희 아아! (한숨을 푹 쉬며) 그렇구마. 다이너마이트가 거기에
       있었구마. 수정이 니 그거 아나?

이수정 뭐?

손대희 그노마 내한테 빚지고 갔다. 죽기 보름 전에 외박 나왔다 카몬서
       내 가게에 왔었다. 성수 그노마 좀 절도가 있고 싹싹 안 하나. 문을
       활짝 열며 "충성!" 하고 경례를 부치더니 성큼성큼 진열장으로

36

가서는 "이모님. 이기 얼맙니꺼?" "아서라. 그긴 엄청 비싼 기다."
"얼맙니꺼?" 이따만 한 다이아 반지를 가리키며 묻는 기라.
다이아는 클수록 좋다는 몰상식한 상식 하나만 가지고 계속
밀어붙이는 기라. "와? 니 애인 생겼나?" "예." "데려와봐라.
얼굴 보고 값을 메기자꾸마." "데려오긴 할 겁니다마는 이
반지만큼은 제 힘으로 해주고 싶습니더. 원가만 받으소 마."
"원가만 받는다 캐도 니 힘으론 택도 읎다." "지를 우습게 보지
마이소." 내가 깅상도 여자라 캐서 성수 말을 깅상도 억양으로
고쳐 말하는 기 아이다. 그노마가 내하고 말할 때는 꼭 깅상도
말로 한다.

안필상	걔가 남의 말 흉내 내는 데는 천재거든요.
이수정	언니, 그래서?
손대희	제대해서 갚기로 하고 가져갔다. 그 노마야말로 사기꾼이다. 황천길에서 만나거든 택배로 그 돈 부치도.
이수정	그 여자애가 누구였을까? 나한텐 뭐든지 다 얘기했는데. 당신은 만나본 적 있어?
안필상	아니.
황준범	영숙이였을 것 같아요. 키가 훤칠하니 크고 아주 이뻤어요.
이수정	어떻게 만났고 지금은 뭐 하는데?
황준범	지금은 뭐 하는지 소식이 없구요, 친구 소개팅으로 만났어요. 그 이상은 저도 잘 몰라요.
손대희	성수가 총각 딱지는 떼고 갔나?
황준범	그럼요.
손대희	언제?
황준범	대학 1학년 때요. 무슨 소설인지 생각이 안 나는데 주인공이 정처

없이 여행을 떠나기 위해서 청량리역으로 갔다가 거기서 어떤 창녀와 만나 첫 경험을 한다는 내용이었는데 성수가 그 소설을 읽고 나서 "바로 이거야" 하더니 그대로 했어요.

이수정   에이그.

황준범   왜 어머니한테 카메라 사겠다고 돈 타가지고 가서 안 사 온 적 있었죠?

이수정   응.

황준범   실은 그때도 어떤 여자애하고 놀러 가려고 거짓말했던 거예요.

이수정   어머 어머, 그랬니?

손대희   발랑 까졌었구마.

이수정   몰라 몰라. 성수가 태어났을 때 제일 기뻤고 성수가 죽었을 때 제일 슬펐어.

안필상   이 사람이 아프기 전까진 야간 산행을 즐겨 했어요. 밤에 잠이 안 온다면서 새벽 3시 반이면 어김없이 일어나 산에 갔죠. 나야 산행에 취미가 없으니까 늘 혼자서. 수십 년 만에 찾아온 추위라고 매스컴에서 떠들어댔던 날도 새벽 3시 반에 산에 갔죠. 건강에도 좋으려니 하면서 무심코 넘겼죠. 지금 생각해보면 아마 성수가 군에 입대하면서 그런 버릇이 생긴 것 같아요. 자식이 훈련받으랴 눈 치우랴 고생하니까 등짐을 나눠 지는 심정으로 산에 올랐던 거겠죠. 성수가 죽고 나선 성수 생각하며 산에 올랐을 거고.

손대희   그야말로 청승이란 청승은 혼자서 다 떨었구마?

이수정   (안필상에게) 청승 떠는 여인하고 일생을 함께하느라 고생 많았수.

손대희   안 선생 니도 그렇지 수정이가 힘들어 하몬 이 집 처분해가

서울로 올라올 것이제 와 청승 떠는 년 혼자 시골에 처박아
두고 살았노. 쯧쯧쯧. 서울에 진작 왔으몬 나라도 만나서
히히덕거리고 성수도 잊고 외로움도 잊고 이런 병도 안 생겼을 거
아이가.

안필상 처분하고 올라가자고 몇 번씩이나 제의를 했죠. 그때마다 싫대요.

손대희 와?

안필상 자식 때가 여기에 잔뜩 묻어 있는데 어떻게 처분할 수가 있냐고.

손대희 니처럼 무심한 놈도 세상에 없을 기다. 아니 그라몬 남편이 여가
좋다꼬 하는데 지 좋자꼬 올라가자 하긋나. 성수 때가 묻었다는
건 핑계인 기라. 훈기도 없는 이 넓은 집에서 혼자 집 지키고
있어봐라. 밤에 무서운 생각이 들면 얼매나 끔찍했겠노 말이다.
누굴 부를 수도 없제, 어디로 도망칠 데도 없제. 내는 이리
생각한다. 남편의 작업을 위해 수정이가 희생하며 산 것이다.
수정인 내가 잘 안다. 얘는 겉보기엔 얌전해도 사람 냄새 팍팍
풍기는 데서 활기차게 살 애다. 여가 싫었지만 남편을 안심시키기
위해 만족해하며 사는 것처럼 꾸미면서 산 것이다. 큰 희생 한 번
하는 건 쉽다. 작은 희생 매일 하는 건 쉽지 않다.

김순애 맞아요. 수정이가 얌전한 줄만 알았는데 깜짝 놀란 적이 있어요.
소풍 갔을 때 수정이가 삐빠빠룰라를 부르며 트위스트를 추는
거예요. 다들 뒤집어졌죠. 선생님들까지 쟤가 진짜 이수정 맞냐고
눈이 휘둥그레졌어요. 그 당시엔 여자애가 남자애들 앞에서 춤춘
다는 건 상상도 못 할 때잖아요. 대학에 합격하고 우리 집에
왔는데 요런 미니스커트를 입고 온 거 있죠. 어디서 그런 용기가
샘솟는지. 난 수정이가 변신을 거듭하며 파격적으로 살 줄 알았어요.
이렇게 된장처럼 살진 몰랐어요.

이수정   (미소만)

황준범   성수도 어머니 혼자 시골에 계신 걸 안타까워했어요. 좋은
         커피숍만 들어가도 "아, 우리 엄마도 이런 거 하나 해야 하는데"
         깨끗하고 이쁜 우동집만 봐도 "아, 이거 우리 엄마한테 딱인데".

손대희   안 선생! 이제 알긋나?

안필상   예, 내가 죽일 놈입니다.

박태봉   나는 그렇게 생각 안 합니다. 소아가 있고 대아가 있습니다.
         소아는 자기 이익을 챙기고 자기 가족을 사랑하는 작은 나죠.
         대아는 국가와 사회를 생각하는 큰 나죠. 안필상이는 누가
         뭐래도 좋은 작곡가입니다. 만약 안필상이가 소아가 되어
         가정에 충실했다면 아마 한계가 있었을 겁니다. 집을 팽개치고,
         자유연애를 구가하고, 도박에 빠지기도 하면서 열정적인 끼로
         똘똘 뭉쳐 지 멋대로 살았기 때문에 작업을 계속할 수 있었으리라고
         봅니다. 대아의 승리죠. 만약 에이즈의 치료제를 연구하는
         의학자가 있다고 칩시다. 그 의학자는 연구실에 오래 있어야
         합니다. 가족들과 피크닉도 중요하고 마누라 옷 사주는 것도
         중요하지만 에이즈 치료제 개발은 촌각을 다투고 있단 말입니다.
         그 의학자의 부인 또한 대아로서 행동해야 합니다. 바가지를
         긁기보다 자꾸 연구실에 가 있도록 등을 떠밀고 보약을 멕이고
         심신을 편하게 해주어야 합니다. 물론 수정 씨 개인만 볼 때야
         재능이 아깝긴 합니다. 안필상을 위해 자기 꿈을 접었다 해서
         그게 꼭 가치 없는 일은 아니잖아요. 난 오히려 수정 씨의 삶이
         대아의 승리였다고 말하고 싶습니다. 왜냐하면 음악 또한 에이즈
         치료제 못지않게 소중한 거거든요.

나유랑   제 생각도 그래요. 선생님은 특별한 사람이거든요. 특별하다는

것은 흔치 않다는 뜻이고 가꾸고 키우기가 쉽지 않다는 뜻도
되겠지요. 이런 특별한 분을 특별하게 클 수 있도록 도와준
사모님의 배려나 공로가 분명히 있을 거예요. 전 사모님의 삶이
무의미했다고 보지 않습니다. 선생님의 음악은 사모님의 그
무엇으로부터 나왔다는 것을 여러 곳에서 느낄 수가 있었어요..
선생님이 걸핏하면 "내 음악의 반은 내 마누라 거야"라고
단원들한테 말씀하시는데 전 그 말이 겉치레로만 들리진
않습니다. 사모님은 뭔가 해내신 거예요. 보이지 않는 음지에서
열정적인 끼로 살아가신 분은 아마 사모님일 거예요.

손대희   아버님은 어떻게 생각하시능교?

이낙길   늙은 놈이 뭘 알겠습니까? 늙을수록 단순해지는 법이지요.
맛있다 맛없다 쓰다 달다…… 이렇게 몇 개의 코드만 갖고 살죠.
뭐 특별하게 살았으면 어떻고 평범하게 살았으면 어떻겠습니까.
그저 한 세상 놀다 가는 게지요.

박태봉   여러분! 본래 1부 끝 순서로 고인의 딸 안효주 양의 추도사가
있을 예정이었습니다만 아마도 늦나 봅니다. 자, 이제 자리를
옮겨 앞마당으로 나가서 숯불구이를 먹으면서 고인과 함께
담소를 즐기는 2부 순서가 여러분을 기다리고 있습니다. 고인이
직접 여러분을 위해 준비한 성찬입니다. 자, 가시죠.

추모객들, 자리에서 일어서려 하는데…….
특전사 군복에 베레모를 쓰고 성큼성큼 들어서는 안효주 대위.
추모객들과 눈인사를 나누며 이수정 앞에 서서 경례를 한다.

이수정   부대에 일이 생겨 못 올 줄 알았더니?

안효주	와야지……. 오늘이 어떤 날인데…….
박태봉	효주야…… 추도사 준비했어?
안효주	네.

안효주, 추모객들 앞에 선다.
윗주머니에서 쪽지를 꺼내 추모객들한테 흔들어 보이며

안효주	제 추도사 대신 엄마 일기장을 읽으려는데 괜찮죠?
손대희	그래 그래.

다들, 고개를 끄덕인다.

안효주   엄마 미안! 엄마 일기장을 훔쳐보다가 몇 장 쓱싹했어. 엄마.
내가 특전사잖아? 내 전공이 적진에 침투해서 몰래 쓱싹하는
거거든.

그 말에 다시 웃는 추모객들.

안효주   (읽는다.) 휴가 나온 딸의 워커를 만져보다가 깜짝 놀랐다. 너무
무거웠다.
(워커발로 바닥을 탕탕 친다.) 이렇게 무거운 신발을 신고 보름씩
행군을 하다니……. 얼마나 힘들었을까. 마음이 영 안 좋다.
20여 년 전!
그 당시 우리는 중곡동에서 음악 하는 남편에…… 세 살배기
딸에…… 시부모에 시누이까지…… 대가족이 함께 살았다. 단독

2층을 전세로 살았는데 1층엔 주인이, 지하엔 우리 딸 또래의 아이가 살았다.

겉보기엔 지하에 사는 그 집이 우리 집보다 빈한한 듯 보였으나 실은 우리 생활이 절대 빈곤 그 자체였다.

딸이 세 살 때쯤, TV 광고만 보면 그것이 무엇이든지 간에 "엄마 저거 이이이 (이만큼이란 뜻으로 두 팔을 높이 치켜들며) 사줘, 응?" 신혼 가구부터 화장품에 이르기까지 눈에 보이는 것은 무엇이든 사달라고 졸랐다. 말은 어눌하지만 집요한 우리 딸에게 난 늘 건성으로 대답했다. "그래, 사줄게. 나중에 어어기 가서 사자, 응?"

그러면 딸의 성화는 조용히 가라앉곤 했다.

어느 여름날, 햇살이 유난히 눈부신 대낮이었다.

마당에서 놀고 있던 딸이 씩씩거리며 올라와 띄엄띄엄 말을 한다. "엄마 저거 이이이 (두 팔로 원을 그리며) 사줘, 응?"

딸이 내 손을 끌고 간 마당에는 물장난을 하고 있는 아랫집 아이가 있었다. 딸이 손가락으로 가리킨 것은 아랫집 아이의 신발이었다. 딸은 고무신을 신고 있었고 그 아이는 운동화를 신고 있었다.

세 살배기 눈에도 운동화가 좋아 보였는지 그걸 많이많이 사달라고 손을 마구마구 휘젓는다.

난 늘 하던 대로 건성으로 대답했다.

"그래 그래. 나중에 어어기 가서 사자, 응?"

그러고 보름쯤 지난 어느 날, 딸이 내 손을 잡아끌고 마당으로 내려가더니 그 아이 앞에 멈춰 서서 울 듯한 표정으로 이렇게 말하는 것이다.

"엄마, 이건 고무신이고 저건 운동화잖아. 나도 운동화 사줘!"
너무나 깜짝 놀랐다. 조금 전까지도 띄엄띄엄밖에 말할 줄
모르던 딸이 느닷없이 완벽하게 말을 한 것이다.
그런데 그 최초의 문장이 내 가슴을 너무 아프게 했다.
그때 우리는 봉지쌀을 사 먹고 금반지 반 돈짜리 하나를 들고
전당포를 들락거릴 때였다. 당연히 딸의 운동화는 사줄 형편이
안 되었다. 겨우 세 살배기인 아이가, 사준다는 말만 하고 한
번도 약속을 지키지 않는 엄마가 얼마나 야속했으면 갑자기
말문이 다 트였겠나 싶어서 화장실로 들어가 한참을 울었다.
그렇게 운동화를 신고 싶어 하던 세 살배기가 이제는 의젓하게
자라서 소위 계급장을 달고 군복에 워커를 신고 첫 휴가를 나온
것이다. 군 생활이 힘들까 봐 걱정을 하는 나에게, 이런 고생은
자기한테 꼭 필요하며 배우는 것도 많고 별로 불편함을 못
느끼는 걸 보니 자기는 군대 체질인 모양이라고 농담까지 해가며
엄마를 위로하는 딸.
정 많고 이해심 깊은 딸의 성격이 결코 그 유년의 기억과 별개가
아닐 것이다.
어린 시절, 고무신의 가난이 지금의 고난을 이길 힘이 되었고
지금, 워커의 고생이 훗날 긴긴 삶의 여정에서 고난을 이길 힘이
되었으면 좋겠다.
어려서의 고생은 돈 주고도 못 산다고 하지 않던가. 허나, 20여
년 전 그때를 생각하면 난 지금도 눈물이 난다.

안효주, 잠시 울먹인다.
이수정도 잠시 울먹인다.

44

안효주   저한테는 흑백사진이 한 장 있죠. 시커멓게 그을린 엄마가 양푼
         다라이 앞에 앉아서 활짝 웃고 있는 사진입니다. 큰 다라이엔
         딸기가 가득 있고……. 엄만 좌판을 펼쳐놓고 과일 장사를
         했어요. 엄만 저를 그렇게 키우셨죠. 철모르는 딸은 그 옆에서
         이거 사달라 저거 사달라 엄마를 조르고.

손대희   이 무슨 소리고? 니가 길거리에서 좌판을 했다꼬?

이수정   아냐 아냐. 아주 잠깐. 2, 3년 정도.

손대희   아버님은 아셨습니까?

이낙길   전혀 몰랐습니다.

손대희   필상이 니는?

안필상   …….

안효주   아빠는 대학로 카페에서 동료 음악인들과 커피를 마시며 행복한
         이기주의자로 살았을 거예요. 음악이란 그런 것이니까요.

         안효주, 이수정에게 와서 살며시 끌어안는다.

안효주   엄마, 나 지금 가야 돼.

이수정   왜…… 더 있다가 가.

안효주   미안해. 아빠하곤 단 한시도 같이 있기 싫어. ……엄마, 다음 생엔
         내가 엄마의 엄마로 태어날게.

         이수정, 안효주를 와락 껴안는다.
         말없이 슬피 우는 그들.
         잠시 후.
         안효주, 고개를 푹 숙인 채 나간다.

고개를 떨구는 안필상.

그런 안필상의 손을 슬며시 잡는 이수정.

3장

텅 비어 있는 무대.

잠시 후,

이수정이 문을 열고 실내로 들어온다.

힘든 발걸음을 겨우겨우 옮겨 서랍을 열고 약통과 주사기를 꺼내

주사기에 약을 넣는다.

그때 문을 열고 들어오는 안필상.

안필상   뭐 해?

이수정   갑자기 어지러워서.

주사를 찌르는 이수정.

외면하는 안필상.

이수정   방금 뭐랬어?

안필상   뭘?

이수정   지독한 여자라고 중얼거렸지? 주사기도 혼자서 팍팍 찔러대는
         지독한 여자라고…….

안필상   후후후.

이수정   이렇게 지독하지 않았음 당신하고 지금까지 살아낼 수 있었을 것
         같애?

안필상   살아내다?

이수정   그럼, 살아낸 거지.

안필상	소파에 좀 누워.
이수정	그래야겠어. 무리했나 봐.

안필상이 이수정을 소파에 눕혀준다.

이수정, 몸을 달달 떤다.

안필상	추워?
이수정	주사 맞았으니 조금 있음 괜찮아질 거야.

안필상, 담요와 베개를 꺼내 덮어준다.

이수정	나가 봐. 난 좀 쉬었다가 나갈 테니.
안필상	자기네들끼리 잘들 얘기하고 있어.
이수정	그래도 주인이 있어야지.
안필상	그러길래 이런 걸 뭐 하러 했어?
이수정	뭐 하러 하다니?
안필상	힘들고 번거롭게스리.
이수정	하루쯤 번거로우면 안 돼?
안필상	왜 화를 내고 그래? 당신 생각해서 하는 소린데.
이수정	내 생각해준다면 오늘 하루만이라도 입 다물고 잠자코 있어.
안필상	허허, 이 사람 참. 당신이 힘들어서 달달 떠니까 보기가 안됐잖아. 당신이 말 한마디 한마디 할 때마다 힘든 기색이 역력한데 내 속이 어떻겠어.
이수정	제발 이젠 당신 스타일 좀 나한테 고집하지 마. 날 생각해서 그리 했노라는 소리 이젠 지겹다 지겨워.

안필상	알았어, 내가 잘못했다.
이수정	잘못하긴 당신이 뭘 잘못해? 당신 잘못이 뭐야? 말해봐. 잘못한 걸 알아야 그 말이 나한테 진실되게 들리지. '그냥 조용히 갈 것이지 뭐 이리 떠들썩하게 잔치를 벌이고 요란을 떨며 시답잖은 사람들까지 다 불러다가 넋두릴 늘어놓느냐' 이게 당신 속마음이잖아?
안필상	진정해! 흥분하지 마! 밖에 소리 들려!
이수정	들리면 좀 어때? 사람 사는 집구석에서 싸우는 소리도 들리고 하는 거지.
안필상	알았어, 알았어.
이수정	당신 스타일대로 한다면야 호텔 뷔페 식당에서 만나 조촐하게 담소를 나누며 식사를 하고 간단히 헤어져야겠지. 그게 당신의 고상한 스타일이잖아. 오늘만큼은 그렇게 하기 싫었어. 힘들더라도 내가 손수 고기를 재고 가마솥에 장국을 끓이고 우리 집에서 푸짐하게 얘길 나누고 싶었어. 왜 자꾸 당신의 눈치를 보게 만들어?
안필상	내가 언제 눈치를 줬어?
이수정	드러내놓고 눈칠 주는 것만이 눈치 주는 거니? 자꾸 신경 쓰이게 했잖아. 혼자 꿍해가지고 말도 안 하고 누가 웃겨도 웃지도 않고. 나유랑이 때문에 그래? 나유랑이 앞에서 나와 다정하게 보이는 게 그렇게도 싫어?
안필상	나유랑이가 여기서 왜 튀어나와. 트집 잡기 위해 나유랑일 부른 거야? 날 코너로 몰아넣고 인민재판 하기 위해서?
이수정	웃기지 말어. 나, 당신만큼 고상한 인간은 못 될지 몰라도 당신이 생각하는 것처럼 그렇게 저급한 인간은 아니니까.
안필상	오늘이 니 장례식이라메? 이런 날 어떻게 다정하게 굴 수 있어?

나도 이것저것 생각나는 것도 많고 착잡했을 거 아니냐.

이수정　그러길래 미리미리 다짐다짐 해뒀잖아. 착잡하더라도 나를 위해
　　　　오늘 하루만은 참아주라, 손님들을 불편케 하고 싶지 않다.

안필상　나도 노력하느라고 했어. 당신 양엔 안 찼을지 모르지만. 그리고
　　　　또 나로 인해 사람들이 하루쯤 불편하면 어때?

이수정　평생을 그런 식으로 날 불편케 했으면 오늘 하루만이라도 내가
　　　　하자는 대로 해주었어야지. 맨날 자기 멋대로 해석하고 멋대로
　　　　행동하고. 언제나 당신 스타일은 확고부동해.

안필상　뭘? 언제? 어떻게?

이수정　난 텐트에서 자고 싶었어. 왜 싫다는 호텔에 굳이 날 재워. 난
　　　　순댓국이나 감자탕을 먹고 싶었어. 왜 호텔에서 스테이크를
　　　　멕이느냐구. 피가 질질 흐르는 맛대가리 없고 뻣뻣한 걸.

안필상　텐트에서 못 자본 게 그렇게도 억울해? 그게 뭐가 좋다구?
　　　　당신이 생각하는 것처럼 산에서 텐트 치고 자는 게 낭만적인 줄
　　　　알아? 갑자기 광풍이 불 수도 있고 폭우가 내려 며칠씩 산에
　　　　갇힐 수도 있어. 깡패들이 칼을 들이댈 수도 있고. 그런 위험을
　　　　감수하면서까지 텐트에서 잘 일이 뭐 있어? 그게 뭐 그리 대단한
　　　　일이라고.

이수정　그래, 당신 말이 틀렸다는 게 아니야. 그럴 수도 있다는 거,
　　　　나도 알아. 하지만 당신은 그런 불편함을 무조건 피하려고만
　　　　해. 불편함을 감수했을 때의 즐거움은 왜 상상하지 않는 거야.
　　　　저번 설악산만 해도 그래. 당신은 계획을 세우지. 어디로 간다,
　　　　몇 시에 어디 어디를 본다, 어디 가서 뭘 먹는다. 설악산…….
　　　　난 좋아라 가방을 꾸리지. 출발한다. 난 내 발로 설악의 흙을
　　　　밟아보고 나무 하나하나에 눈길을 주고 계절에 따라 변화하는

산의 자태를 볼 생각에 흥분이 돼. 그런데 막상 가서 어땠지?
차로 휙 둘러보고 호텔로 직행하는 거야. 아니 설악산에 가서
오후 내내 호텔에 있다니, 집에서 TV로 설악을 보는 것과 뭐가
달라?

다음 날 아침, 하하하, 당신은 새벽같이 일어나 아침을 먹고 나서
집으로 가재. 집으로 왔어. 낮 1시! 매사가 그런 식이었잖어.

안필상 당신 어떤 때 보면 되게 황당하다.

이수정 당신 황당한 건 하나도 생각 안 나지?

안필상 말해봐.

이수정 아랫동네 팔랭이 할아버지가 장작을 해다 줬어. 겨울을 따습게
보내라구. 얼마나 이쁘고 정겨워, 그 마음이. 장작 한 트럭에
15만 원뿐이 안 하는데 사서 쓰라고 화를 낸 사람이 누군데? 그
속 좁은 건 황당하지 않고?

안필상 수정아, 너 왜 그래?

이수정 그런 하찮은 사람들이 이 집에 들락거리는 게 싫었겠지. 아니면
그런 하찮은 호의에 일일이 답례하는 게 성가스러웠을 거고.
그런 사람들과 한 발 두 발 담갔다간 나중에 장사 치른다 혼례
치른다 했을 때마다 불려가기도 싫고 외면하기도 싫고. 그런
질척거리고 번거로운 싹을 애초부터 잘라내버려야 직성이 풀리는
게 당신 스타일이잖아.

안필상 관두자.

이수정 번거롭고 천한 것을 극단적으로 싫어하는 그 귀족 취향, 앞으로
버려.

안필상 관두자고.

이수정 그래 관둬. 이렇게 싸우는 거 보니까 오래 살려나 부다. (비꼬듯)

기분 좋네.

안필상   …….

이수정   나가서 아빠 좀 들어오시라고 해줘. 할 말이 있어서 그래.

안필상, 화난 채로 밖으로 나간다.

이수정, 일어나서 담요를 개켜서 제자리에 놓는다.

잠시 후,

이낙길이 접시에 고기를 담아 먹으면서 들어온다.

이낙길   고기가 아주 연하고 맛이 뱄다. 암송아지냐?

이수정   응.

이낙길   너도 좀 먹어보라고 담아 왔다.

이수정   난 못 먹어. 먹으면 다 토해.

이낙길   야! 경상도 말씨 쓰는 저 여자 이름이 뭐라고?

이수정   손대희.

이낙길   가게가 어딨냐?

이수정   압구정동.

이낙길   지금 몇 살인데?

이수정   왜?

이낙길   남편 있냐?

이수정   있어. 자식도 주렁주렁 있어. 아주 행복하게 잘 살고 있어.

이낙길   참 시원시원하다, 응?

이수정   아빠, 물어볼 게 있어. 엄마가 그렇게 싫었어?

이낙길   왜 갑자기 엄마 얘길 꺼내냐?

이수정   지금도 전혀 생각 안 나?

이낙길	안 나. 빨간 내복이 바지 밖으로 삐죽 나온 것 빼고는. 답답하고
	말도 안 통하고 징징 짜기나 잘하고. 멋도 모르고 낭만도 모르는
	여자였다.
이수정	아빠의 낭만이 주위 사람들을 얼마나 피곤하게 만들었는지
	알아? 아빠가 즐거운 만큼 엄만 힘드셨어. 아빠의 낭만은 우리
	가족에겐 배신이었어.
이낙길	이러지 마라. 애인은 선택이 아니라 필수다. 넌 꼬불쳐둔 애인
	하나 없었냐?
이수정	없어.
이낙길	쯧쯧쯧. 맹꽁이 같은 것.
이수정	난 아빠 여자들 대충 알아.
이낙길	어떻게?
이수정	엄마가 날 감시병으로 파견했었거든. 아빠가 뉘 집으로 몇 시에
	들어가서 언제 나오는지.
이낙길	그런 말로 날 윽박지를 생각, 하지도 마라. 난 조금도 챙피하지
	않다. 난 떳떳해. 난 운명적인 여자가 남들보다 좀 많았을
	뿐이야.
이수정	참 뻔뻔스럽기도 하시지.
이낙길	난 가장으로서 할 도릴 다 했어. 사실 내가 야비하게 돈을
	벌었다만 다 니네들 잘 멕이려고 한 짓이야. 날 난봉꾼으로만
	보지 말고 내 공로도 인정해줘야 된다. 나야 물론 못됐지. 돈만
	밝히는 수전노지. 내가 제일 싫어하는 사람이 어떤 타입인지
	알아? 사람 좋고 무능한 인간이야. 그런 놈들은 자기만 망하는
	게 아니라 꼭 친척, 친구 들까지 같이 망하게 만들어요. 사고 치기
	딱 좋지. 너 아빠가 무능했어봐라. 그래서 지금도 자식들한테

용돈이나 뜯으러 다니고 치매 걸려 짐이나 되고 돈도 없어서 요양소도 못 간다 쳐봐. 그거 아주 집안의 골칫거리다. 난 그런 거 싫잖냐.

이수정   난 아빠가 지긋지긋했어.

이낙길   지금은?

이수정   아빠 방식이 날 홀가분하게도 해. 젊어서는 아빠가 나한테 못해준 것만 생각나더니 나이 드니까 잘해준 것만 기억나는 거 있지?

이낙길   죽을 때 되니까 철드는구나. 암 그래야지. 당연한 걸 감사해할 줄 알아야지.

이수정   아빠.

이낙길   또 왜?

이수정   이쁜 딸한테 마지막으로 뭐 할 말 없어?

이낙길   없어. 있어. 오늘 장례식, 지금까진 잘했어. 끝날 때까지 우리 젠틀하게 가자.

이수정   겨우 그거유? 명철인 어떡할 거야?

이낙길   그 자식 얘긴 꺼내지도 말거라.

이수정   집안에 문제아 하나씩은 있잖우.

이낙길   이번에도 자동차 정비업소 해보고 싶다고 손을 벌리더라. 몽둥이로 어깻죽지를 후려쳐서 돌려보냈다.

이수정   왜? 그 많은 재산 아빠 혼자 다 쓰고 갈 것도 아니잖아?

이낙길   무슨 소리냐. 다 쓰고 가야지. 그놈에겐 1원 한 푼도 줄 수 없다. 오늘 여기 안 나타난 거 봐라. 이 늙은 애비도 참석하는데 지가 왜 안 나타나.

이수정   그럼 명철이는 우리 가족 아니우?

이낙길   사람이 돼야지, 사람이.

이수정 명철이도 아빠 자식이야. 우리 모두 가족이야. 내가 지금
       명철이가 이뻐서 그러우? 지 마누라도 있고 자식 새끼들도
       있잖아.

이낙길 인간이 되면 그때 도와주겠다.

이수정 걔도 내일모레면 50인데 언제 인간 만들어서 도와줘? 한번
       비뚤어지면 계속 어긋나게 되어 있어. 아빠가 품지 않으면
       절대로 인간 안 돼.

이낙길 이것도 다 니 엄마 때문이야. 니 엄마가 그놈을 그렇게 키웠어.
       맨날 나 몰래 뒷구멍으로 찔끔찔끔 도와주다가 부모 재산만
       노리는 한심한 놈으로 만들었어.

이수정 돌아가신 우리 엄마, 요긴할 때마다 잘도 갖다 써먹으시네.

이낙길 넌 니 엄마가 그렇게 좋냐?

이수정 그럼.

이낙길 나도 고백할 게 하나 있는데, 나 니 엄마 좋아해보려고 무지
       애썼다. 헌데 안 되더라.

이수정 노력했다는 말만 들어도 다행이유.

       그때 똑똑 노크 소리.

이낙길 (큰 소리로) 들어오슈.

       문을 열고 들어오는 강진만.
       시선을 바닥에 둔 채 걸어 들어오는 강진만.

강진만 사모님하고 둘이서 할 얘기가 있어서요.

이낙길	둘이서? 그거 좋죠.

이낙길, 밖으로 나간다.

잠시 어색한 침묵.

강진만	(문 쪽에 시선을 두었다가) 아버님 되시죠?
이수정	예.
강진만	······.
이수정	좀 앉으세요.
강진만	고맙습니다. (소파에 앉는다.)
이수정	와인 한잔하실래요?
강진만	예, 고맙습니다.

이수정, 바 스탠드로 가서 와인을 따라 제자리로 와서 건네며

이수정	저어······ 죄송해요. 제가 요새 약을 먹느라고 도통 정신이 없어서요.
강진만	예.
이수정	제가 잘 아는 분인지······ 아닌지······.
강진만	······.
이수정	정말 죄송합니다.
강진만	전 사모님을 잘 알지만 사모님은 절 모르실 거예요.
이수정	아, 예.
강진만	전 강진만이라고 합니다. 아래 읍내에서 자전거포를 하고 있습니다.

이수정	아아, 얼핏 생각이 날 것도 같네요. 제가 거기서 자전거를 샀죠?
강진만	기억하고 계셨군요. 10년도 넘은 일인데.
이수정	그런데 어쩐 일로 여기까지……?
강진만	장례식을 하신다기에 용기를 내어 이렇게 찾아왔습니다. 다시는 못 뵐 것 같아서.
이수정	아, 예.
강진만	(와인을 벌컥벌컥 마시고 나서) 저어…… 한잔 더 얻어 마실 수 있을까요?
이수정	그럼요.

이수정, 바 스탠드로 가서 와인을 따라 제자리로 와서 다시 건넨다.

강진만, 단숨에 마셔버린다.

이수정	한 잔 더 드릴까요?
강진만	아뇨. 됐습니다. 어떤 선물을 준비할까 하다가 끝내 고를 수가 없어서 그냥 빈손으로 왔습니다.
이수정	무슨 말씀을. 어차피 가지고 갈 수도 없는 길인데요 뭘.
강진만	죄송해요.
이수정	아녜요.
강진만	제가 불쑥 나타나서 좀 당황스러우시죠?
이수정	예, 약간은요.
강진만	저는 요즘 장편소설을 구상 중에 있습니다. 학교 다닐 때 습작 좀 하다가 이번에 다시 시작하는 겁니다. 장편소설은 첫 도전이구요. 스토리를 들려드리고 싶은데 괜찮으시겠어요?

이수정   제가 꼭 들어야 할 이유라도 있나요?

강진만   예.

이수정   그럼 듣죠.

강진만   주인공인 그는 서울 법대에 다니는 엘리트입니다. 개혁 성향을
         띤 전도유망한 법학도죠. 그는 어느 재벌집에 가정교사로
         들어갑니다. 그 집에서 숙식을 하면서 중3짜리 사내아이를
         가르치죠. 그 학생의 어머니는 눈부시도록 아름다웠습니다.
         주인공보다 20년이나 연상이었지만 그는 첫눈에 반해버리고
         맙니다. 열병을 앓게 되죠. 가슴이 두근거려 밤잠을 설치기
         일쑤고 그녀와 마주치기라도 하면 숨이 막히고 침이 마르고
         진땀을 흘려야 했습니다. 그렇게 1년 남짓 가슴앓이를 해오던
         어느 날, 그는 그녀에게 사랑을 고백합니다. 자식뻘인 사내의
         고백에 당황스러웠지만 그녀도 이미 알고 있었습니다. 운명적인
         만남임을. 그녀는 결국 그의 사랑을 받아들입니다. 불안한
         사랑은 깊어만 갑니다. 어느 날 그녀는 그에게 경고를 합니다.
         남편이 있는 자리에서 자기를 뚫어지게 쳐다보지 말 것을……
         허나 결국엔 남편이 눈치채게 됩니다. 남편은 그녀를 독방에
         가두고 문밖출입을 금지시킵니다. 더 이상 그녀를 볼 수 없게 된
         그는 좌절한 나머지 법학도의 길을 포기하고 창고의 관리인으로
         들어가 거기서 기거하며 살게 되지요. 세월이 흐르고 흘렀습니다.
         어느 날 그녀가 폐결핵으로 죽었음을 알게 됩니다. 그는 그길로
         미쳐버리지요. 그 후 그는 30여 년간 정신병원에서 살다가
         그곳에서 숨을 거두게 됩니다. 그녀의 사진을 두 손에 꼭 쥐고서.

이수정   가슴 아픈 사랑 얘기군요.

강진만   예. 불처럼 살다 간 어느 청년의 얘기죠.

이수정   그런 일이 과연 가능할까요?

강진만   그럼요. 사랑은 별의별 희한한 일들까지 만들어내니까요.

이수정   혹시 자전적 얘기도 들어가 있나요?

강진만   그런 점도 있지요.

이수정   …….

강진만   전 그때 기름때 묻은 정비복을 입고 있었고 사모님은 하얀
         원피스에 은은한 미색 숄을 걸치고 하얀 구두를 신고 있었죠.
         전 그때 세수도 안 한 얼굴이었고 사모님은 눈부시도록 화사한
         얼굴이셨습니다. 새 자전거를 고르시고는 안장에 올라타서
         페달을 몇 번 밟다가 그만 체인에 스커트가 감기고 말았죠.
         기름때 묻은 손으로 제가 스커트를 떼어냈지요. 그러느라 하얀
         원피스에 기름때가 시커멓게 묻고. 사모님도 당황하셨는지
         얼굴이 빨개지시고. 그래도 제가 무안해할까 봐 살짝
         웃어주셨어요. 그날 무슨 얘길 나눴는지, 자전거 값은 어떻게
         흥정했는지, 아무 생각도 안 납니다. 제정신이 아니었으니까요.

이수정   결혼은 했어요?

강진만   안 했습니다.

수정   이거 어쩌죠? 손님들이 계셔서 밖에 나가봐야 되는데.

강진만   저도 이제 가봐야죠. 시간 내주셔서 너무도 고맙습니다.

이수정   괜찮으시다면 선물을 하나 드리고 싶은데……. 준비된 건 없고.
         맘에 드는 게 있다면 기꺼이 드리겠습니다.

강진만   그래도 되겠습니까?

이수정   예.

         강진만, 진열장 옆에 붙어 있는 헝겊 신발장 속에서 하얀 구두를 집어

든다.

강진만   이걸 가져가도 될까요?
이수정   되긴 합니다만…….
강진만   고맙습니다.
이수정   이리 주세요.

이수정, 하얀 구두를 받아 헝겊 백에 넣어서 다시 준다.
헝겊 백을 들고 걸음을 옮기는 강진만.

이수정   시간이 되신다면 손님들과 같이 합석하셔도 됩니다.
강진만   아닙니다. 그럼 이만!

강진만, 문을 열고 나간다.

4장

이수정이 소파에 앉아 있고 나머지 사람들은 춤추고 노래하며 각자의
장기를 펼쳐 보인다.
이른바 추도 공연.
추도 공연이 끝나면,

이수정 짧은 시간에 어떻게 준비했어요?

손대희 준비하기는. 아까 마당에서 고기 구워 먹다가 이리 보내기는
서운타 해서 즉석에서 맞춰봤다 아이가. 맘에 들었나?

이수정 고마워요. 정말 뜻밖이었어요. 잡초보다도 못한 존재인 줄
알았는데 공주라도 된 듯한 기분이네요.

김순애 넌 우리한테 너무나 소중한 존재야. 한번 더 해볼까?

이수정 됐어. (사람들에게) 분에 넘치는 환대였어요. 여러분의 따뜻한
배려가 좋은 추억거리가 될 거예요. 감사합니다.

박태봉 자, 이제 고인과 헤어질 시간입니다. 덕담 한마디씩 나누고
작별을 고합시다.

나유랑 사모님께 마지막으로 꼭 말씀드리고 싶어요. 다들 사모님이
돌아가시면 나유랑이가 제일 신날 거라고 생각할 거예요. 그렇지
않아요. 안 선생님께서 사랑하신 분은 사모님뿐이에요. 앞으로도
그럴 거고.

손대희 안 선생이 직접 말해보그라. 우리 수정일 진심으로 사랑했나?

안필상 오늘 이 자리가 이 사람의 장례식이 아니라 제 장례식 같다는
생각이 듭니다. 다들 그렇게 살잖아요. 요것만 해결되면 아내와

같이 여행을 가야지, 요것만 해결되면 행복하겠지, 앞으로 더 힘든 일은 없겠지. 다들 요번만 요번만 하면서 살지요. 요번 작곡만 끝나면, 요번 공연만 끝나면…… 하면서 이 사람과 변변한 여행 한번 못 가 본 사람이 접니다. 이 사람이 장티푸스를 한 달간 앓은 적이 있습니다. 전 몰랐죠. 해주는 밥 먹고, 당근즙 해다 주면 아무 생각 없이 마시고. 병원에 갔더니 한 달 동안 어떻게 몰랐냐고 의사가 막 나무랍디다. 고열로 손발이 달달 떨려 걸음조차 걷기 힘들었고 몸무게가 10킬로나 빠졌는데도 전 몰랐습니다. 오렌지주스가 그렇게 마시고 싶었다는데 그거 한잔 못 멕여준 게 접니다. 무관심의 천재죠. 어저께 이런 생각을 해봤어요. 이 사람한테 몇 그릇의 밥을 얻어먹었는가. 어림잡아 만 그릇쯤 되데요. 만 번의 제 식사를 위해 시장을 보고 밥을 하고 반찬을 만들고 설거지를 하고. 그런데도 주스 한잔 못 따라줬습니다. 죄인이죠. 말로 형언 못 할 죄인이죠.

어디 이것뿐이겠습니까? (눈시울이 붉어진다.)

이 사람이 선고를 받고 보니까 이것저것 보이기 시작해요. 달도 서산에 지는 게 또렷이 보이고 나무 한 그루 풀잎 하나 모든 게 선명하게 보입디다. 언뜻 부는 바람조차도 애틋하게 느껴집니다. 이 병만 해결된다면 새롭게 살리라 마음먹지만 이 사람은 영원히 돌아오지 못할 다리를 건널 것입니다. 깨우치자 떠나는 것이지요. 제 자신이 죽이도록 미운 거 있죠? 그런데도 이 사람은 끄떡도 안 해요. 자기를 편하게 보내달래요. 어떻게 편한 마음으로 보낼 수가 있답니까. 들판에서 기차를 보면 기차가 가지요. 기차에서 들판을 보면 들판이 가지요. 난 내 안에 갇혀 그 속에서만 살았어요. 요즘 성자하고 살아요. 성자하고 살다 보니 전체가 들어와요. 오만방자했고 욕심으로 꽉 찼었고 인색하기만 했던 제 부끄러운 과거가. 앞으로 용서를 구하며 살아야지요. 죄인인 제가 달리 뭘 어떻게 하겠어요. 이 목숨 다할 때까지 이 사람에게 용서해달라 빌며 그렇게 삽니다. (좌중을 둘러보며) 죄송합니다. 이렇게 길게 말할 생각은 없었는데…….

이낙길 아닐세. 오늘의 장례식이 우리 모두의 장례식일지도 모르지.

김순애 수정아, 니가 너무 많은 걸 우리에게 남겨놓고 가나 봐. 나도 오늘 많은 걸 느꼈어. 위대한 사랑을 한 사람이 가장 위대한 삶을 살다 가는 것이야. 니가 그랬어.

손대희 넘사스럽게 와 이라노. 이리들 말하몬 몬쓴다. 쪽팔린다 아이가. 내는 일생 동안 돈만 밝히고 돈만 챙기며 살았는데 내 인생은 인생도 아이란 말인가. 아이다. 내는 앞으로도 내 식대로 살아갈 끼다. 돈이 얼마나 좋노. 수정아, 안 그러나?

이수정, 빙긋이 웃으며 일어선다.

이수정 여러분한테 조그마한 선물을 준비했어요.
먼저 사랑하는 우리 아빠. 어렸을 때부터 습관이 돼서 아버지라고 한 번도 못 부르고 죄송해요.

이낙길 아니다. 난 그 말이 더 정겹더라.

이수정 추운 겨울을 따숩게 보내시라구 이걸 준비했어요. (러시아식 털모자를 이낙길에게 씌워준다.) 아빠 죄송해요. 먼저 가서. 효도는커녕 맨날 구박만 하고…….

이낙길 구박당할 일 저질렀으면 구박당하는 거지 뭘. 마음속에 두지 말거라. 정신 연령이야 너보다 한참 아래잖니.

이수정	아빠 이거 러시아에서 사 온 거야. 아무 여자한테나 덥석 주지 말고 오래도록 써. 알았지?
이낙길	알았다.
이수정	다음은, 우리가 힘들 때마다 정신적·물질적 원조를 아끼지 않았던 우리 대희 언니. 언니가 없었으면 이 세상이 너무나 삭막했을 거야. 신혼 때 먹을 게 똑 떨어져서 빈 독을 쳐다볼 때마다 어김없이 먹을 걸 잔뜩 사가지고 나타났던 우리 구세주 언니.
손대희	넘사스럽게 와 이라노.
이수정	언니한텐 이 도자기를 선물하고 싶은데 맘에 들어?
손대희	그렇게 갖고 싶다고 눈치 줄 땐 안 주더니……. 빨리 도.
이수정	언니 가게에 갖다 놓으면 잘 어울릴 거야. (건넨다.)
손대희	(받으며) 금고 위에다 올려놔야겠다. 니 복으로 돈이 왕창 벌리게끔. 니가 가장 아끼던 보물이니까네. 아깝지 않나?
이수정	언니한텐 아까울 게 없어.
손대희	고맙구로.
이수정	나의 가장 친한 친구 김순애. 너랑 나랑 니 아버지 천식을 고쳐보겠다고 며칠씩 백년 묵은 산삼을 캐러 인왕산을 헤맸잖아. 결국 소낙비를 맞고 감기에 걸려서 포기하고 말았지만. 그때 그 시절로 돌아가고 싶어, 꿈으로 가득 찼던 그 시절로. 너한테는 이 바이올린을 주고 싶어. 이건 나의 꿈이었어. 나중에 손주가 태어나면 이걸 줘.
김순애	됐어 애. 내가 니 선물을 어떻게 받아. 내가 널 줘야지.
이수정	신혼 초에 니가 애기 업고 우리 집에 책 팔러 왔었잖아. 그때 사주지 못한 게 너무나 미안했어. 우리도 지지리도 돈이

없었거든. 힘없이 돌아가는 니 모습을 보면서 마음이 그렇게 안
좋았어. 그 뒤로도 니가 어렵다는데 못 본 척했고. 그땐 사실
도우려면 도울 수도 있었는데. 그놈의 작은 욕심 때문에 차일
피일 미룬 거야. 자, 받아.

이수정, 건넨다.

김순애	손주가 태어나면 자랑스럽게 니 얘길 해줄게. 고마워.
이수정	그래. ……다음 나유랑 씨!
나유랑	전 괜찮아요.
이수정	무슨 소리예요. 나유랑 씨가 없었다면 이이는 황폐한 삶을
	살았을지도 몰라요. 메마른 가슴에 열정을 불어넣어주었지요.
	진심으로 그 점을 고마워해요. 젊어서야 질투도 했었죠. 젊다는
	건 서투르다는 거 잖아요. 날 용서해줄 수 있죠?
나유랑	사모님, 무슨 말씀이세요. 용서를 구해야 할 사람이 누군데.
이수정	(보석함을 들며) 이건 내가 시집올 때 어머니가 해준 패물인데
	힘들 때 다른 건 다 전당포에 잡혀봤어도 이건 안 잡혔어요.
	어머니의 뜻이 담긴 거라……. 가지세요. (건넨다.)
나유랑	사모님.
이수정	어서요.
나유랑	(눈물이 그렁그렁한 채로 받는다.)
이수정	예술가 하나를 키운다고 생각하세요.
나유랑	사모님…….
이수정	(봉투 두 장을 들어 보이며) 이 선물을 준비하는 데는 이이의
	공이 무척 컸어요. 이이한테 말했어요. 황천길 가는데 노잣돈

좀 내놓으라구. 선뜻 내놓더라구요. 이이가 유명하니까 재산이
많을 거라 생각할지 모르지만 이 돈 빼고 나면 별로 없을 거예요.
남은 돈으로 나중에 이이 치료비나 댈 수 있을지 걱정이에요.
내 명의로 되어 있는 것들을 모두 처분해서 이이가 준 돈과
합친 다음 다시 2등분 했어요. 이 봉투 하나를 박태봉 씨에게
드리겠어요. 자폐아 자식을 혼자 기르면서도 용기를 잃지 않고
우리에게 늘 웃음을 선사하고 특히 음악을 너무너무 사랑하죠.
지금 마포 달동네에서 셋방 살고 있거든요? (건네며) 태봉 씨,
빼지 말고 빨리 받아.

박태봉   (받으며) 고맙다. 난 진짜 할 말 없다. 형편상 좋은 데 쓸 수도
없다. 그냥 나하고 내 새끼하고 잘 먹고 잘 살게.

이수정   내 몫까지 잘 먹고 잘 살아.

박태봉   알았어, 그래줄게. 필상이 너, 도로 안 뺏어갈 거지?

모두들, 웃는다.

이수정   나머지 이 봉투는 아들의 친구인 황준범에게 주겠어요. 우리
준범이는 전기기사를 하며 홀어머니를 모시고 있어요. (건네며)
준범아, 이 돈을 종잣돈 삼아 크게 성공했으면 한다. 성수 대신
풍성한 숲을 이루며 살아줘. 내가 없더라도 시간 나면 이이를
찾아뵙고 인사드리고…… 자식처럼. ……이건 성수 배냇저고리야.
내 인생에서 가장 행복했던 시간이 이 안에 있어. 태울까 하다가
니 처분에 맡기기로 했다.

황준범   (받으며) 제가 가져갈게요. 어머님, 고맙습니다. 꼭 성공해서
어머님 뜻에 어긋나지 않도록 최선을 다해 열심히 살겠습니다.

이수정   그래, 고맙다.

          이수정, 눈시울을 닦고 나서

이수정   (모인 사람들과 일일이 시선을 주고받고 나서) 이제 헤어질 시간이
          왔네요. 불편한 자리였을 텐데 찾아와주셔서 정말 고마워요.
          처음이자 마지막으로 주인공 노릇도 해보고. 맨날 들러리만
          하다가 첨으로 주인공 해보니 참 좋다.

          이수정, 사람들과 일일이 포옹한다.

안필상   (이수정에게) 가시는 거 보고 들어올 테니 당신은 여깄어.
이수정   그래요. (사람들에게) 오늘 이후로 다시는 날 찾아오지 마세요.
          아쉬운 작별을 여기서 끝내기로 해요.
이낙길   할 말은 많다만 그냥 가슴속에 남겨두기로 하자.
손대희   좋은 데 가서 터 잡아놓고 기다리거레이.
이수정   아빠 안녕! 언니 안녕! 친구들이여 안녕!

          서로 손을 잡고 작별을 한다.
          밖으로 나가는 사람들.
          홀로 남은 이수정.
          힘든 듯 자리에 앉는다.
          그러다가 일어나서 음악을 튼다.
          음악이 흐른다.
          눈을 감고 음악을 듣는 이수정.

잠시 후, 안필상이 들어온다.

이수정   (눈을 감은 채로) 다들 가셨어?

안필상   응.

이수정   음악 좀 꺼줘.

안필상   (음악을 끈다.) 왜 더 듣지 않고?

이수정   아깝잖아.

안필상   뭐가?

이수정   아껴뒀다가 더 힘들 때 들어야지.

안필상   대단하지?

이수정   응, 약간.

안필상   효주는 걱정하지 마. 그 녀석 화가 풀릴 때 까지 계속 면회 가서
         싹싹 빌 테니까.

이수정   정말?

안필상   응. 약속.

둘이 새끼손가락을 걸고 약속한다.

이수정   아, 이젠 진짜 가볍게 날아갈 수 있겠다. 고마워. 그래도 너무
         싹싹 빌진 마. 쪽팔리지 않을 정도로만 해.

안필상   아냐, 쪽팔릴 정도로 싹싹 빌 거야.

이수정   속상하지? 딸은 본래 엄마 편이라잖아.

안필상   아냐 아냐, 걘 틀린 거 하나도 없어. 다정하고 유쾌하고 속도
         깊고 합리적이고. 내가 엉망진창이지. 까칠이에 똥고집에
         잡스럽고.

이수정   잡스럽진 않다. 까칠한 건 맞지만.

안필상   난 내가 생각해도 진짜 밥맛이야. 왜 그렇게 그런 것들이
         싫은지. 그다지 귀족적인 놈도 못 되면서. 나같이 까다로운
         놈도 이 세상에 없을 거야, 그지? 줄을 서서 지하철 타는 것도
         싫고, 아무 여인숙이나 들어가서 남이 덮었던 이불에 잠드는
         것도 싫고, 공공장소에서 큰 소리로 말하는 사람들도 싫고, 안
         어울리는데도 돈으로 떡칠해서 멋을 부린 여자들도 꼴 보기
         싫어. 아주 그런 사람들 보면 까만 가면을 씌워서 어디론가
         뭉텅이로 보내버리고 싶어. 이상하지? 남들은 아무렇지도 않아
         하는데.

이수정   당신은 좀 심해.

안필상   심하다 뿐이냐. 중증이다 중증. 고백 하나 할까? 장모님이
         돌아가셨을 때 말야, 나 일본에서 들어오려면 얼마든지
         들어올 수 있었어. 공연 없었어. 할 일이 없어서 호텔 안에서
         뱅뱅 돌았어. 사우나탕으로 커피숍으로 식당으로 룸으로 다시
         사우나로. 그렇게 사흘을 보냈어. 괴롭기도 했지. 당신 어머닌데.
         당신이 엉엉 울며 슬퍼할 게 눈앞에 선한데도 가기가 싫은 거
         있지. 총 맞을 일이지, 응?

이수정   (손으로 총을 만들어 탕! 하고 쏜다.)

안필상   내가 먼저 죽어야 하는데.

이수정   안 그래도 그게 걱정이다. 아무것도 못 처먹고 양기 부족으로
         뒈질까 봐. 30리 반경엔 바퀴벌레들과 합석해야 하는 식당들뿐이니
         어떡한대니.

안필상   여길 뜰까?

이수정   그래보든지.

안필상   같이 죽을까?

이수정   그것도 좋고.

안필상   화장할 때 뜨겁지 않을까?

이수정   무더울 거야. 몇천 도라는데.

안필상   매장은 지저분해서 싫어.

이수정   고기는 어땠어? 아빠는 맛있다던데?

안필상   연하고 맛있었어. 다들 맛있게 먹던데. 특히 대희 누님이.

이수정   오래 살 거야. 그 에너지가 보통 에너지간? (갑자기 큰 소리로
         웃으며) 하하하.

안필상   왜?

이수정   언니가 한 말이 생각나서.

안필상   뭐랬는데?

이수정   자기 장례식 때 문상객들이 와서 고스톱 치다가 "쓰리 고에
         피박!" 하면 관 뚜껑을 열어젖히고 벌떡 일어나 다시 살아날
         거래.

안필상   좀 더 살아서 실제로 그러는지 확인해보지 않구…….

이수정   그러게 말야.

         안필상, 이수정에게 다가와 이마를 짚어본다.

이수정   열은 없지?

안필상   응……. 앞으로 진통제도 안 듣고 호되게 아플 텐데.

이수정   깡다구로 버텨야지.

안필상   깡다구도 안 통하면?

이수정   죽는 법은 나도 안 배워서 몰라. 여행이라도 다녀와.

안필상	별소릴 다 하네.
이수정	당신 아니어도 날 간호해줄 사람 많아. 지금도 이혼하고 오라는 사람도 있어.
안필상	아까 그 친구?
이수정	봤어?
안필상	다들 모여 있는데 나를 보며 정확히 "사모님과 얘기 좀 나눠도 되겠습니까?" 나는 모르겠는데 그쪽은 나를 안다는 얘기잖아. 대개 그럴 경우, 어떤 스토리를 지니고 있지. 누군데?
이수정	그런 사람 있어. 나 같은 여자 만난 걸 행운으로 알어.
안필상	어떤 여자?
이수정	그런 여자 있어.
안필상	아암, 행운이고말고.
이수정	난 다시 태어나도 당신인데 당신은 누구야?
안필상	나?
이수정	말해봐.
안필상	누굴 택할진 모르겠지만 당신을 남 주긴 싫어.
이수정	내가 식물인간 같아서 안 답답했어?
안필상	아니. ……왜 식물인간처럼 살았어? 대희 누님이나 순애 씨 말 들어보면 당신 끼가 대단했던 거 같은데.
이수정	내 끼가 당신을 눌러버릴까 봐.
인필상	그 대답이 다야?
이수정	부탁이 있어.
안필상	뭔데?
이수정	앞으로 내가 정신을 잃거나 고통스러워하더라도 날 병원으로 옮기지 마. 아무리 힘들더라도 이 집에서 눈을 감고 싶어.

안필상	(고개를 끄덕인다.)
이수정	곁에 있어줄 거지?
안필상	그럼……. 그럼.
이수정	당신, 내가 가루가 되어 나와도 울지 마.
	눈, 코, 입, 벌떡이던 심장이 안 보여도 찾지 마. 태어나서 다시
	없어지는 소멸의 아름다움도 있는 거야. 물론 난 그 경지까지
	도달하진 못했지만…….
안필상	내가 얄밉지 않아?
이수정	아니.
안필상	후회 안 해?
이수정	안 해.
안필상	다시 태어나면 나 같은 놈 만나지 마.
이수정	왜?
안필상	괴팍한 놈 만나서 죽도록 고생만 하고.

안필상, 이수정에게 키스를 한다.

이수정	한번은 TV를 보는데 팍! 하고 정전이 됐어. 아무 소리도 안
	들리고 아무것도 안 보이고. 이게 죽음이구나……. 사후세계에도
	음악이 있을까?
안필상	침묵도 음악이겠지.
이수정	그 말 멋지네. 침묵도 음악이다…….
안필상	죽음은 스타카토야. 잠깐 쉬고 그다음 노래가 이어지지.
이수정	난 임무를 완수하고 가는 걸까?
안필상	글쎄…….

이수정	솔직히 말해봐. 내가 싫을 때도 많았지?
안필상	응.
이수정	어떤 때?
안필상	날 가르치려 들 때.
이수정	맞어. 난 그게 문제야.
안필상	또 또 또! 그냥 해본 소리다.
이수정	아냐 아냐. 당신이 작곡을 게을리 할까 봐 늘 노심초사했어. 난 음악이 정말 좋아. 장르 불문하고. 음악은 허공에 비단 짜는 일이거든.
안필상	그럼 내가 비단 장수 왕 서방이냐?
이수정	응. 근데 이 왕 서방이 자꾸 싫증을 내는 거야. 자기가 하는 일이 세상에 꼭 필요한 일이라고 생각해야 하는데. 안 그럼 금방 시답잖아지고 팽개치고 싶거든. 그래서 족쳤지.
안필상	난 평생 동안 칭찬 한번 못 받고 얻어터지기만 하고.
이수정	하하하. 오해하진 마. 누군가가 양탄자를 때릴 때 그 때림은 양탄자에 대한 것이 아니라 그 안의 먼지를 털어내기 위한 거라는 걸.
안필상	하도 때려대서 먼지 낄 새도 없었어.
이수정	나 없으면 뭐가 제일 생각날 거 같아?
안필상	열무김치. 당신이 담근 열무김치보다 더 맛있는 건 없었어.
이수정	나 당신한테 또 하나 부탁할 게 있는데…….
안필상	뭔데? 말해봐.
이수정	나 죽거든 날 위해 작곡 하나 해줘. 죽은 후에도 당신 음악 계속 듣고 싶어.
안필상	그래?

이수정	내 묘비명에 이렇게 쓸 거거든. "새 한 마리 나뭇가지에 앉았다 갑니다!" 흔적은 없어도…… 왔다가 가는 날 위해…… 멋진 거 하나 만들어줄 수 있지?
안필상	(웃는다.)
이수정	왜?
안필상	대단해. 죽은 후에도 끝까지 임무를 완수하겠다는 그 굳은 의지!
이수정	당신은 비단 장수 왕 서방이잖아. 하하하.

서로 애잔한 시선이 오고 간다.

그렇게 시간이 흐른다.

안필상	제일 해보고 싶었던 게 뭐야? 텐트에서 자보는 것 빼고.
이수정	대학가에서 테이크아웃 커피점을 해보는 거.
안필상	왜?
이수정	학생들과 시시껄렁한 얘길 나누며 젊게 살고 싶었어. 걔네들 풋사랑에 개입해서 조언도 해주고……. 이웃집 맘씨 좋은 아줌마처럼.
안필상	또?
이수정	아프리카나 인도 여행을 하고 싶었어. 갠지스강도 가보고 히말라야 등정도 해보고 싶었고.
안필상	또?
이수정	야구장에 가보고 싶었어. 관중 틈에 섞여 소릴 지르며 환호하고 싶었어. 사람들 땀 냄새 맡으며 삶의 열기를 느끼고 싶었어. 치맥도 하고. 승리한 팀에 끼어 어깨동무를 하고 거리를 누비고

싶었어.

안필상   대희 누님 말이 다 맞구만. 진작에 말을 하지.

이수정   했지. 수없이. 이제야 내 말이 당신 귀에 들리는 것뿐이야.

안필상   맞어, 그랬을 거야. ……또?

이수정   신혼 첫날밤에 남편의 두 팔에 번쩍 안겨서 침대로 가보는 게
꿈이었다.

안필상   우린 어땠지?

이수정   친구들하고 밤새 카드 쳤잖니.

안필상   맞어, 그랬지. 오늘 앞마당에서 텐트치고 잘까?

이수정   관두자 관둬.

안필상   그래도 오늘이 마나님 장례식인데 남편으로서 뭔가 하날 해야지.

이수정   맞어, 장례식 마지막 순서는 조시를 읊거나 조무로 끝맺잖니.

안필상   골라봐.

이수정   조무가 좋겠어.

안필상   조무?

이수정   전설적인 그 히프 춤 좀 보여줘봐. 도도한 남자의 히프 춤을 보고
싶어.

안필상   그거야 술 처먹고 룸살롱에서나 하는 거지.

이수정   룸살롱 여자한텐 보여주고 죽도록 고생만 한 지 부인한텐 못
보여주시겠다?

안필상   그거야 놀 때고 지금이야 분위기가…….

이수정   (말을 자르며) 날 그렇게 보내지 말라니까.

안필상   그래도.

이수정   어허!

안필상   알았어. (황당해하며) 하! 참!

안필상, 무대 앞쪽에 선다.

이수정   1분 이상 춰야 돼.
안필상   알았어.

안필상, 엉덩이를 씰룩씰룩거리며 히프 춤을 춘다.

이수정, 박장대소를 한다.

안필상, 수줍어하면서 계속 춘다.

이수정, 일어나 같이 춘다.

상의를 젖혀 어깨선을 드러내며 요염한 자세를 취하는 이수정.

안필상, 이수정을 두 팔로 번쩍 안는다.

이수정   엄마야!

안필상, 이수정을 안고 내실로 향한다.

언니, 나야

등장인물　여인
　　　　　　사내

어둠 속에서 음산하면서도 퇴폐적인 음악이 흐른다.

반원형의 갓에 달린 백열구가 서서히 밝아진다.

한정된 공간만을 비추는 불빛.

사내가 손목에 수갑이 채워진 채 의자에 앉아 있다.

심한 고문이 한차례 휩쓸고 간 직후.

탈진된 상태의 사내의 모습.

공포에 질려 입술이 파르르 떨리고 있다.

들릴 듯 말 듯한 사내의 신음 소리.

무대가 서서히 밝아진다.

선글라스에 모자를 쓴 여인이 옆구리에 총을 차고 와인 잔을 들고

음악에 맞춰 몸을 흐느적거린다. 여인이 쳐다볼 때마다 사내는 공포에

질린다.

여인, 이런 분위기를 즐기는 듯도 하고 냉소적이기도 하고 여유도 있다.

마치 고양이가 쥐를 가지고 놀 듯.

탁자 위에는 책 한두 권 분량의 진술서가 놓여 있다.

여인, 리듬에 맞춰 어깨를 흔들며 사내에게 다가간다.

경계하는 사내. 여인이 손을 올리자 사내는 움츠러든다.

여인, 사내의 뒤통수를 어루만진다.

여인	힘들지?
사내	…….
여인	고생하네.
사내	…….
여인	(사내의 뒤통수를 때린다.)
사내	…….

여인	아퍼?
사내	…….
여인	안 아퍼?
사내	…….
여인	대답 안 해?
사내	…….

여인, 와인을 마시고 나서 다시 가득 따른다.

여인	(와인 잔을 사내의 입에 갖다 댄다.)
사내	(뒤로 뺀다.)
여인	(들이민다.)
사내	(안 마시려고 버틴다.)
여인	(와인을 마시다가 사내의 얼굴에 뱉어버린다.)
사내	(천천히 옷소매로 닦아낸다.)
여인	나쁜 새끼. 개새끼.
사내	…….
여인	(기분이 한층 좋아진 듯 노래를 흥얼거린다.) "오늘 같은 밤 무엇을 할까……."

여인, 다시 춤을 추며 흐느적거린다.

그러다가 여인이 와인 잔을 벽에 던져버린다.

쨍그랑 소리.

사내, 그 소리에 놀라 다시 입술이 파르르 떨리기 시작한다.

여인	말해.
사내	모릅니다.
여인	어서 말 안 해?
사내	진짜 모르겠습니다.
여인	…….
사내	…….
여인	넌 살아선 못 나가.
사내	…….
여인	알아들어?
사내	…….
여인	대답해, 이 자식아.
사내	아악!
여인	대답 안 해?
사내	예, 전 살아서는 못 나갑니다.
여인	황시영 검사.
사내	…….
여인	고문 중에 가장 악독한 게 뭔지 알지? 잠을 안 재우면 어떤 독종이라도 다 불게 되어 있어. 어떤 방법이 있을까? 밤새 두 눈에 스포트라이트를 비춰버려? 졸릴 때마다 물을 끼얹어? 뚜드려 패? 아예 테이프로 눈꺼풀을 붙여버릴까? 드릴로 눈꺼풀을 뚫어서 낚싯줄로 천장에 매달아? ……방법은 많아. ……허나 그러긴 싫어……. 이성이 있는 상태에서 자발적으로 진술하길 기다리는 거야, 내가.
사내	힌트라도 주십시오.
여인	지금 스무고개 하자는 거야?

사내　개인 비린가요, 커넥션에 관한 건가요? 여자 문젭니까, 뭡니까?
　　　권력 남용인가요? 피의 사실 사전 공푭니까, 긴급 체포 영장
　　　발붑니까?

　　　여인, 따귀를 때린다.
　　　사내, 눈을 감아버린다.

여인　말 돌리지 말어, 인마. 질긴 놈……. 오늘이 마지막 날이야.
　　　준비나 해둬.

　　　여인, 사물함 있는 데로 가서 알약을 꺼내 입에 넣은 뒤 술을 잔에 따라
　　　삼켜버린다.
　　　가쁜 숨을 진정시킨다.
　　　적막감이 흐른다.

사내　차를 몰고 고속도로를 달리고 있습니다. 앞에 트럭이 가고
　　　있습니다. 냉장고를 가득 싣고. 시속 백 킬로미터 이상으로.
　　　앞차를 뒤따라가면서 이런 생각을 해봅니다. 만약 앞차에서
　　　냉장고가 떨어져 내 차와 부딪친다면…… 나는 어찌 되는가…….
　　　아마 죽고 말 것입니다. (여인을 보며) 아무 이유도 아무 죄도
　　　없이 그냥 죽는 겁니다.
여인　…….
사내　오늘이 마지막 날이라면…… 제가 어디로 후송된다는 건가요?
　　　아니면 정식 재판도 없이 어떻게 된다는 뜻입니까?
여인　질문하지 말랬지?

사내	질문을 하지 않도록 설명을 해줘야 할 것 아닙니까?
여인	시끄러.
사내	쓰고 또 쓰고, 쓰고 또 쓰고. 대체 이 진술서를 어디다 보고하려고 이러십니까?

여인, 사내에게 다가가려 하자 사내가 겁을 먹고 움츠러든다.
여인, 걸음을 멈춘다.

사내	여기 끌려온 지 일주일도 넘을 겁니다. 이유나 알고 당해야 할 것 아닙니까? 아무 이유도 없이 불법 연행, 강제 조사, 강요된 자백…… 이건 인권 유린입니다. 국민의 기본권을 무시한 처삽니다. 박통 시절에도 이런 일은 없었어요.
여인	조용히 안 해?
사내	꼭 알고 싶습니다.
여인	…….
사내	여긴 어딥니까? 소속을 밝혀주십시오. 제 죄목도 밝혀주시고.
여인	…….
사내	전…… 어떻게 되는 겁니까?

여인, 사내의 뒤통수를 몽둥이로 내리친다.

여인	질문하지 말랬잖아. 똑바로 들어. 질문은 나만 한다. 알아듣겠나? 질문은 나만 해. 대답해. 어서!
사내	예, 예. 잘못했습니다. 시정하겠습니다.
여인	개자식.

사내	…….
여인	고개 들어.
사내	(고개를 든다.)
여인	몇 센티야?
사내	173입니다.
여인	몸무겐?
사내	68킬롭니다.
여인	혈액형?
사내	AB입니다.
여인	바보구만.
사내	…….
여인	AB형은 천재 아니면 바보라잖아? 몇 번을 말해도 못 알아듣는 거 보면 천재는 아닐 거 아냐? 대답해!
사내	네……. 바봅니다.
여인	마누라도 알어?
사내	뭘 말입니까?
여인	(이름이 떠오르질 않는다. 진술서를 뒤적이며 혼잣말로) 거쳐 간 여자들도 많아요……. 간호원에 스튜어디스에 은행원에 엘리베이터 걸까지. (찾아냈다.) 송영숙이? 송영숙이가 세컨드라는 사실을 니 마누라도 알고 있냐고.
사내	모릅니다.
여인	둘 사이에 자식도 있구?
사내	거기에 적혀 있지 않습니까?
여인	(사내를 패기 위해 진술서를 내려놓으며) 묻는 말에 정확히 대답하랬지?

사내	예. 자식이 있습니다.
여인	아들, 딸?
사내	아들입니다.
여인	좋았겠구만. 본처에겐 딸만 둘 있으니까. 이름은?
사내	송철환입니다.
여인	송철환? 황철환이 아니고?
사내	아직 호적을 제 밑으로 못 옮겼습니다.
여인	아, 그래? 삼호빌딩, 시가 얼마짜리야?
사내	20억입니다.
여인	40억이야.
사내	IMF라 20억입니다.
여인	80억인데 IMF라 집값이 내려서 40억이야. 알겠어?
사내	예, 시정하겠습니다.
여인	얼마짜리라구?
사내	40억입니다.
여인	당신 월급 얼마야?
사내	…….
여인	두 번 묻게 하지 말어.
사내	…….
여인	말 안 해?
사내	죄송합니다.
여인	누가 죄송하단 소리 하랬어?
사내	2백입니다.
여인	그럼 1년이면 2천 4백. 10년이면 2억 4천. 니 월급 한 푼도 안 쓰고 2, 3백 년을 꼬박 모아야 그 빌딩을 산다는 얘기네. 맞지?

사내 예.

여인 당신 몇 살이야?

사내 거기다 쓰지 않았습니까?

여인 (째린다.)

사내 마흔일곱입니다.

여인 누가 줬어?

사내 …….

여인 하느님이?

사내 …….

여인 이런 빌딩 몇 개나 더 있는데?

사내 없습니다.

여인 정말?

사내 진심입니다. 믿어주십시오.

여인 그렇게 비장하게 말하지 않아도 돼. 여의도에 하나, 청담동에 두 개 있는 것도 알아. 그냥 심심해서 물어본 거야. 이런 건 중요하지가 않아.

사내 …….

여인 노래 불러봐.

사내 (부른다. 눈물이 주르르 흘러내린다.)

여인 (장난조로) 너 조폭이지?

사내 …….

여인 응?

사내 조직 폭력배 말입니까?

여인 그래.

사내 아닙니다.

여인 개네들이 빌딩도 주고 그랬잖아.

사내 아닙니다.

여인 거짓말. 김덕배, 홍사용이 살해 사건도 니가 무마시켜줬잖아.
     솔직히 말해봐. 아주 솔직히.

사내 아닙니다. 그 사람들과 친분이 있을 뿐입니다.

여인 친분 정도가 아니겠지? 밤에는 개네들이 하는 룸살롱으로
     출근하잖아? 다시 한번 해봐. 그때처럼. 응?

     여인, 「오늘 같은 밤」을 부르며 춤을 춘다.

여인 이렇게 사는 게 재밌니? 니가 노랠 부르면 개네들은 백댄서를
     하더라. 아부 떨라고. 개네들한테 부두목 정도 대접을 받고
     있지?

사내 (뭐라고 말하려다가 입을 다문다.)

여인 왜 할 말 있어?

사내 전 부두목, 부반장, 부회장 소릴 제일 듣기 싫어합니다.

여인 왜?

사내 ……아닙니다.

여인 아하, 황시영 검사께선 늘 언제나 항상 일인자를 꿈꾸시는구만?

사내 그런 목표로 지금까지 살아왔습니다.

여인 있잖아…… 늘 언제나 항상 같은 말은 쓰지 않는 거래. 늘
     지각하는 사람도 없고 항상 울기만 하는 사람도 없다는 거지.
     그러니까 그런 과장법은 쓰지 않는 거래. 부정확한 거니까.

사내 알겠습니다.

여인 넌 왜 늘 언제나 항상 조폭 돈만 받냐?

사내　…….

여인　걔네들은 걸려도 안 부니까?

사내　…….

여인　그렇지?

사내　…….

여인　그놈들이사 의리를 생명처럼 알 테니까 어떤 고문을 당하더라도
절대로 불지 않을 것이고, 그만큼 넌 안전빵이겠지.

사내　선생님, 그건 오해십니다.

여인　"선생님, 그건 오해십니다." 극존칭은 빼지그래?
목에서 필터링 말고 이 속에서 우러나오는 생소리로 말해봐.
얻어맞으면서도 연신 "죄송합니다. 시정하겠습니다."
넌 나한테 잘 보이기 위해서만 행동해. 순진한 척 복종하는 척
단 한 번도 마음 그대로를 표현치 않아. 모든 것이 가식적이고
위선적이야. 이따만 한 계략을 뒤통수에 감춘 채.

사내　…….

여인　아냐?

사내　…….

여인　…….

사내　좀 걸어도 되겠습니까?

여인, 잠시 생각하다가 사내를 풀어준다.
사내, 온몸이 저린 듯 힘들게 일어난다.
두 손을 입김으로 녹이며 주무른다.
잠시 구부렸다가 한 발씩 어렵게 걷기 시작한다.

사내   별의별 생각을 다 해보는 겁니다. (혼잣말처럼) 저 여잔 누굴까?
       왜 일주일 내내 지하실에서도 선글라스를 안 벗는 걸까? 누가
       시킨 걸까? 날 제거하기 위한 정치적 라이벌? 다른 폭력 조직이?
       판결에 불만을 가진 사람이? 저 여잔 누구의 하수인일까?
       (고개를 흔든다.) 아니다. 개인적 테러라면 깡패를 고용했을
       것이다. 저렇게 연약한 여자를 고용했을 리가 없다. 그렇다면
       감히 부장 검사인 나를 잡아들일 수 있는 곳은 어딜까? 군
       수사기관이나 안기부? 여자분이신 걸 보면 보안사나 방첩대 같진
       않다. 여긴 안기부다. 맞다. 발목에 족쇄를 채우지 않는 걸 보면
       그만큼 자신 있다는 얘기고 내외곽 경비가 그만큼 튼튼하다는
       거다. 헌데 이상한 게 있다.
       (여자를 똑바로 쳐다보며) 이런 얘기를 해서 될른지 모르겠습니다만…….
       아니 알 건 미리 아시는 게 낫겠죠. 그래요. 난 곧…….

여인   알고 있어. 넌 곧 검사 옷을 벗고 여당 후보로 국회의원에
       입후보할 예정인 사람이야. 현재 청와대 상층부와 충분한
       교감을 나누고 있는 아주 잘나가는 사람이지. 됐어?

사내   그런데 안기부가 날 왜? 뭘 잘못했기에? 뭘 알아내려고? (여인의
       의중을 살핀다.)

여인   계속해.

사내   진짜 이상한 게 있다. 사실 심리는 그 항목에 관해서만 집중
       추궁하게 돼 있다. 그게 상식이다. 왜 여기선 상식 밖의 일이
       진행되고 있는 걸까? 진짜 궁금타. 왜 내 일생의 죄를 다
       파헤치려는 건가? 날 매장시키기 위해? 난 이승만이나 김구가
       아니다. 이 많은 진술서를 써야 할 정도로 위대한 인물이 아니다.
       중요한 재목으로 쓸 때를 대비해서 낱낱이 과거를 훑어보자는

걸까? 그래도 이건 너무 심한데……. (여인을 보며) 혹여 사람을
잘못 보고 데려온 건 아니십니까?

여인   아니야.

사내   잡아와놓고 보니 다른 놈이다. 헌데 상대는 실력자다. 보복이
두렵다.

여인   아니야.

사내   가끔 저도 순간의 판단 착오로 인해 엉뚱한 사람을 취조한 적이
있습니다.

여인   그런 건 걱정하지도 마.

사내   집에선 지금쯤 난리가 났을 겁니다. 비가 퍼붓기에 부하
직원들과 어울려 술 한잔했습니다. 술집에서 내준 나라시 차를
탄 것 같은데 깨어보니 여깁니다.

순간, 사내가 여인을 의미 있게 쳐다본다.

여인도 눈치를 챘다.

사내, 한 발 한 발 여인에게 다가온다.

여인, 옆구리에서 총을 뽑아 겨눈다.

사내가 개의치 않고 다가온다.

여인, 장전한다.

여인이 마음속으로 경계선을 상정한다.

사내가 그 선을 넘는다.

여인, 총을 쏜다.

총알이 콘크리트 벽에 맞고 튕긴다.

사내, 태연히 돌아서서 몇 발자국 걷다가

사내	역시 당신은 나를 죽일 수도 있는 사람입니다. 표정 하나 변하지 않고 쏘는 걸 보면.
여인	날 테스트하려 들지 마. 또다시 장난쳤다간 니 심장을 쏴버리겠어.
사내	압니다. 제가 누구인지 그동안 누누이 밝혔는데 미동도 없는 거 보면 처음부터 저를 지목하여 끌고 왔다는 거…… 앞으로 전 어떻게 됩니까?
여인	(탁자 위에 있는 라이터를 세운다. 라이터가 농사꾼이 된다.) 어떤 농사꾼이 있었어. 어느 추운 겨울밤 농장 일을 마치고 인부들과 어울려 집을 향해 가고 있는데 길바닥에 어떤 사람이 누워 자고 있는 거야. 가까이 가서 보니 그 마을에 소문난 주정꾼이었어. 인부들은 그냥 가자고 그래. 아주 골치 아픈 개고기라 건드렸다간 성가스러울 것 같으니까. 이러다간 얼어 죽겠구나 싶어서 농사꾼이 주정꾼을 리어카에 싣고 자기 집 건넌방에 이부자릴 해서 재웠어. 다음 날 아침에 주정꾼이 언 채로 죽었어. 살인 혐의로 농사꾼이 경찰서에 잡혀가. 젊은 형사가 묻는 거야. "니놈이 죽였지?" "아닙니다." "바른대로 말 안 해?" "아닙니다." "니놈이 죽였잖어, 인마. 뻑!" 뺨까지 얻어맞아. 그러고는 며칠 후 무혐의로 풀려났어. 그렇게 끝나나 싶었지. 농사꾼이 한 달도 못 돼서 자살해버렸어. (라이터를 떨어뜨린다.) 동네 사람들하고 막걸리 마실 때면 농사꾼이 그러더래.

"젊은 형사한테 욕먹었어. 맞았어."

그게 그렇게 서운했나 봐. 나중엔 실성한 사람처럼 하늘에다
대고 소나무에 대고,

"젊은 형사한테 욕먹었어. 맞았어."

사내 크하하하하. (한바탕 웃어섳히고 나시) 별걸 다 조사하셨구만요.
그 얘길 꺼내는 의도가 뭡니까?

여인 (라이터를 주워 탁자 위에 올려놓으며) 이 세상엔 뺨 한 대
맞고도 죽어야 할 정도로 순수한 사람들이 많아. 그 순수를
짓밟아버리는 놈들도 많고.

사내 그런 사람들을 순수하다고 하지 않습니다. 나약하다고 합니다.
사회 부적응자라고도 합니다.

여인 양심껏 살아온 사람이야. 경찰이 자기를 일시적으로나마 살인범
취급했다는 게 억울하고 분했던 거야.

사내 그 억울함 때문에 죽어버린단 말씀입니까? 고3짜리 아들도
있고 마누라도 있는데? 그 사람이 법 없이 살 정도로 착했는진
모르지만 그 판단은 어리석었습니다. 그 굳세지 못한 착함
때문에 결국 그 가족들은 엉망진창이 돼버렸습니다. 그 사람은
책임감이라곤 전혀 없는 사람입니다.

여인 니가 잘못 보고 있는 거야. 그 양반은 나름대로 뜻있는 삶을
살다 간 거야.

사내 그 바람에 마누란 시름시름 앓다가 죽어버렸고 아들은 갓
시집간 누님 집 단칸방에 얹혀서 살아야만 했습니다. 난 그
사람을 증오합니다. 태어날 때부터 정해진 겁니다. 요만한 놈과
이만한 놈. 요만한 놈들은 맨날 사랑 타령이나 순수 타령이나
하면서 살아갑니다. 이만한 놈은 그런 것들은 툭툭 차버리면서

전진합니다. 사는 방식이 다르죠.

여인   아하.

사내   에베레스트 최후의 정상엔 꼭 두 사람이 오릅니다. 한 사람은
      자기네 나라 국기를 꽂고, 다른 한 사람은 그 광경을 사진
      찍습니다.
      사진 찍는 사람은 셀파죠. 전 그 셀파 같은 종자들은 싫습니다.
      산은 지네들이 맨날 정복하면서 역사의 뒤편에서 사진이나 찍어
      주고 일당이나 받고. 사내로 태어났으면 그렇게 살지 말아야죠.
      능력 없는 것은 딱 질색입니다. 난 그 사람을 보면서 네 가지를
      결심했습니다. '셀파 같은 놈은 되지 말자. 착한 놈은 되지 말자.
      부두목은 싫다. 무조건 지지 않는다.'
      ……아버지 얘긴 더 이상 하지 말아 주십시오. 죄송합니다.

여인   그러지.

사내   …….

여인   그럼 다시 본론으로 들어갈까?

사내   …….

여인   후후후. 세상은 참 코미디야, 응? (진술서를 보여주며) 이게 다 니
      죄야. 우습지 않니? 너 같은 놈이 사람들을 저울대에 올려놓고
      저울질하고 근수를 매기고 도장을 꽝꽝 찍어. 제일 먼저 저울대에
      올라가야 할 놈이.

사내   대중을 통솔하기 위해서 우린 리더를 뽑습니다. 그리고 그
      리더는 대중의 표적이 됩니다. 욕먹게 돼 있습니다.

여인   그래서…… 니가 리더라 이거야?

사내   직업상 그렇습니다. 직업 자체에 계급이 있고 계급 서열에 따라
      차별적 윤리가 적용되어야 합니다. 직업은 전문성입니다. 우리

판검사들도 우리 직업이, 우리네 전문성이 싫을 때가 많습니다.
그렇게 따진다면 금은방이나 빵집을 하면 죄를 덜 짓습니다.
낙도의 등대지기는 직업상 죄지을 게 없습니다. 직업을 선택할
때 죄가 이미 예정되어 있다는 건 말이 안 됩니다.
우린 직업상 죄를 심판하게 되어 있고 그 오류의 파장은 큽니다.
그리고 권력과 권력끼리 늘 맞물려 있다 보니 관계망이 있기
마련입니다. 그 관계망이 비리라면 비리겠죠. 허나 그걸 다
우리의 죄로 돌린다는 건 말이 안 됩니다.

여인	넌 지금 뭔가를 단단히 착각하고 있는데……. 난 니가 검사라서 잡아온 게 아냐.
사내	그럼 뭡니까?
여인	죄인 황시영이를 단죄키 위해서지.
사내	죄목을 밝혀주십시오.
여인	다야 다. (진술서에 눈을 주며) 여기 있는 것. 앞으로 니가 진술할 거까지.
사내	거기 적어놓은 걸 다 죄라고 한다면 이 세상에 죄 아닌 게 뭐가 있겠습니까? 숨 쉬는 것도 죄고 똥 싸는 것도 죕니다. 환경오염 죕니다. 죄란 만들어지는 것입니다. 태어나지 말았어야죠.
여인	맞어. 넌 태어나지 말았어야 돼.
사내	선생님이 학생에게 상장을 줍니다. 상장을 받은 학생은 기분이 좋겠지만 못 받은 학생들에겐 벌을 주는 겁니다. 못나서 못 받은 거니까. 이 지경에 이르면 선생님은 어떤 상장도 학생들에게 줄 수가 없습니다. 제 얘긴 이것저것 따지다 보면 나랏일 세상일, 아무것도 못 한다 이겁니다.
여인	나랏일? 세상일? 니 행동이나 똑바로 해, 인마! 계집애들이나

따먹고 조폭들 돈이나 뜯어내지 말고.

사내   후후후.

여인   왜 웃어?

사내   순진한 발상이십니다. 지금 야쿠자들이 우리나라 밤거릴
         속속 침투해 오고 있습니다. 그들을 막기엔 공권력에 한계가
         있습니다. 야쿠자와 맞설 거대한 조직이 우리에게도 필요합니다.
         ……그렇다고 조폭이 꼭 필요하다는 얘기가 아니라 단지
         세상일이 그렇게 단순하게만 볼 수는 없다는 겁니다.

여인   너야말로 하나만 알고 둘은 몰라. 니 말대로 거대한 조직을
         만들어 야쿠자를 막는 데는 성공했다 치자. 그 조직은
         어떻게 유지해? 마약에 손대거나 가게들을 돌아다니며 돈을
         뜯어내겠지? 그 폐해는 생각 안 해봤어? 양아치…… 발상이야.

사내   절 길거리 불량배 취급하지 마십쇼.

여인   …….

사내   …….

여인   반성하는 기색이 전혀 없으시구만.

         사내, 여인의 싸늘한 시선에 아차 싶다.
         '너무 까불었구나…….'
         갑자기 무릎을 꿇고 애원한다.

사내   살려주십시오. 아까도 말씀드렸지만 우리 철환이가 아직도 호적
         정리를 못 해서 송영숙이 밑에 있습니다. 우리 철환이가 내년에
         초등학교에 들어갑니다. 본처에게 말해서 우리 철환이를 제
         밑으로 옮겨야 합니다. 이 일만큼은 꼭 해야 합니다. 제가 여기서

못 나가면 우리 철환이 앞으로 사생아로 학교에 다녀야 합니다.

그건 죽기보다 싫습니다.

여인   이리 와.

          사내, 여인에게 다가온다.

          여인, 갑자기 사내의 머리통을 잡고 드럼통 물 속에 처넣는다.

여인   교복 입어! 교복 입어! 교복 입어!

          실성한 듯한 여인의 울부짖음. 발작 증세.

          발버둥 치는 사내.

          연거푸 넣었다 뺐다 물고문을 한다.

          여인, 손에 힘이 풀린다.

          진정을 되찾는다.

          나동그라진 사내.

          긴 숨을 토해낸다.

          여인, 사내를 전기 고문 의자에 앉힌다.

          침묵이 흐른다.

사내   "교복 입어"가…… 무슨 뜻입니까?

          여인 담배를 주며 불을 붙여준다.

          자신도 담배를 피운다.

          여인, 일어나 사물함 위에 있는 햄버거를 가져와 사내에게 건넨다.

사내	됐습니다.
여인	(자신의 햄버거를 한입 베어 물다가 무슨 생각이 들었는지 거칠게 구석에 던져버린다).
사내	저어…… 약 좀 먹을 수 없을까요? 속이 쓰려서 미치겠습니다. 위장약을 먹어야 합니다. 의사가 하루라도 거르지 말라고 했습니다.
여인	…….
사내	…….
여인	…….
사내	오늘이 며칠입니까?
여인	…….
사내	…….
여인	…….
사내	전화 한 통화만 쓰면 안 될까요?
여인	…….
사내	…….
여인	왜?
사내	신문로 포럼에 나가 주제 발표를 하게 돼 있습니다. 못 나가면 전화로라도 알려줘야 합니다.
여인	…….
사내	…….
여인	언젠데?
사내	18일 오후 2시입니다. 목요일입니다.
여인	이미 지났어.
사내	아 예……. 저어…….

여인	또 뭐야?
사내	뉴스를 한 번만 들어보면 안 되겠습니까? 저에 관한 뉴스를 듣고 싶습니다.
여인	…….
사내	…….
여인	…….
사내	전 정말…… 여기서 못 나가게 됩니까?
여인	…….
사내	…….
여인	무슨 생각 하고 있어?
사내	진정으로 용기 있는 자는 지금 이 상황에서 어떤 행동을 할까? ……그 생각을 하고 있었습니다.
여인	(필기도구와 용지를 주며) 써.
사내	예?
여인	열까지 세겠어. 하나…… 둘…….
사내	잠깐만요. 뭘 말입니까?
여인	셋…… 넷…… 다섯…….
사내	전 여기다 다 썼습니다. 숨김없이 다 썼단 말입니다.
여인	여섯…… 일곱…… 여덟…….
사내	도대체 뭘 쓰란 말입니까?
여인	아홉…… 열.

여인, 전기 고문 의자에 달린 손잡이를 마구 돌린다.

사내의 몸에 전류가 흐른다.

발버둥 치다가 이물질을 토해내며 기절하는 사내.

여인, 사내의 손등에 피우던 담배를 비벼 끈다.

놀라 깨어나는 사내.

사내	넌 또라이야. 정신병자야. 미친년.
여인	조용히 해.
사내	흥! 니 멋대로 해. 자, 맘대로 해보라구.
여인	(맥주병으로 사내의 손등을 찍는다.)
사내	하나도 안 아프다, 이년아.
여인	(또 찍는다.)
사내	흥! 미친년!
여인	(사내의 머리통을 날려버린다. 병이 깨진다.)
사내	그래 이년아, 아예 죽여버려. 똥개도 몽둥이로 두들겨 패야 살이 연하고 맛있다며? 이제 속이 시원하냐, 미친년아? 억울하다 억울해. 너 같은 년한테 그동안 굽실굽실거렸던 게 분하고 억울하다, 이 개 같은 년아.
여인	그렇게 억울해?
사내	그래 이년아.

여인, 선글라스와 모자를 벗는다.

잠시 침묵이 흐른다.

사내	……이젠 어떡하실 겁니까?
여인	아직도 내가 누군지 모르겠어?
사내	(찬찬히 보다가 고개를 떨구고 만다.)
여인	옛날엔 왕이 직접 벌을 내렸잖아. 어떤 나라에 이런 왕이 있었어.

마땅히 사형시켜야 할 죄인에게 한 번의 기회를 주고 싶었어.
해서 묘안을 냈지. 대형 원형 경기장 관람석에 백성들을 모두
모이게 해놓고 죄인을 경기장 한가운데에 세웠어. 경기장 이쪽
문엔 굶주린 호랑이를 가둬놓고 반대편 저쪽 문엔 여자 노예를
가둬놓고 죄인에게 직접 한쪽 문을 열게 시켰어.

'여자냐? 호랑이냐?'

물론 어느 곳에 호랑이가 갇혀 있는지는 아무도 몰라. 왕이
수건을 던져 신호를 보내. 그럼 죄인이 자신이 선택한 한쪽 문을
향해 걷기 시작하는 거지.

(함성 소리) 우우우우.

백성들은 흥미진진해서 열광들을 하지. 과연 어떤 문을 열까
하고. 죄인이 이쪽 문을 열면 호랑이에게 먹혀버리는 거고 저쪽
문을 열면 거기에 있던 여자 노예를 주는 거야. 하늘이 내린
행운이니 새사람이 되어 착하게 살라는 뜻으로. ⋯⋯지혜로운
판결 아냐? 죄인 스스로 자기 죄를 선택할 수 있으니까.

사내   나한테도 그런 기회를 주겠니?

여인   ⋯⋯.

사내   내 스스로 선택할 수 있도록. 그 결과에 대해 깨끗이 승복하겠다.

여인   ⋯⋯.

사내   진심이다, 경선아.

여인   ⋯⋯.

사내   경선아, 한 달 전에 토평리에 다녀왔다. 느이 아버지 무덤에
억새풀이 많이 자랐더라. 품을 사서 낫으로 일일이 다 벴다.
그 근처로 출장 갔다가 들러봤어. 이런 일이 있을라고 그랬나
부다. 너도 시간 날 때 가끔씩 들러서 벌초를 해줘야 할 게다.

아카시아 뿌리가 묘까지 파들어 올까 봐 이장한테 일렀다.
포클레인을 사서 다 파 없애라고. 지금쯤 그렇게 했을 게다. 느이
아버님께 제일 미안터라. 묘 앞에 무릎 꿇고 앉아 오랜만에……
실컷 울어보았다. 눈물이 하염없이 쏟아지더구나. 느이 아버진
우리 아버지와 달랐다. 없는 돈 쪼개서 친자식 이상으로 날
보살펴주었어. 가슴을 열어서 너에게 보여줄 수만 있다면
좋으련만.

여인   뭘?

사내   만나고 싶었다. 만나서…… 빌고 싶었다.

여인   …….

사내   아버지 묘를 내후년까진 이장해야 할 게야. 문중산에 비료
공장이 들어오게 돼 있다. 강주산으로 옮기려고 중간에 사람을
넣어 작업 중이었어. 김종갑이라고 토평리에서 연초 재배하는
사람이 있는데 그 사람을 통하면 산을 좀 헐하게 매입할 수 있을
거야. ……이젠 니가 알아서 해야겠지.

여인   여기 끌려온 첫날부터…… 나인 걸 진짜 몰랐어?

사내   몰랐다. 알았으면 용서를 구했지.

여인   낯익은 목소리였을 거 아냐?

사내   진짜 몰랐어. ……많이 변한 것 같구나. ……목소리도 굵어진 것
같고……. 여전히 웃음은 없는 것 같고. ……잘 있었니?

여인   내 얘길…… 왜 안 적었어?

사내   그건 너에 대한 배려였다. 니 정체를 모르는데…… 어떻게 그
얘길 함부로 발설할 수가 있어. 그건 널 두 번 죽이는 거라고
생각했다. 죽도록 얻어맞으면서도…… 그래서 안 적었던 거야. 널
위해서.

여인	…….
사내	나한테 적으라는 게…… 그 일이었니?
여인	…….
사내	…….
여인	아냐.
사내	그럼?
여인	삼촌을 잡아들일 계획을 다 짜놓고 발이 부르트도록 걸어 다녔어. 실행에 옮길까 말까를 고민하느라고. 삼촌하고의…… 좋았던 일들만 떠올렸어.
사내	누님이 오사카에 있는 음식점에서 허드렛일을 하기로 했다면서 너희 둘을 맡겼을 때 내 이랬다. "누님 걱정하지 말아요. 내가 도울 차례지요. 이젠 내가 얘네들 아버집니다, 누님!"
여인	밤이면 삼촌이 기타를 치면서 노래를 불렀어. 외숙모 몰래 용돈도 듬뿍 주고.
사내	니 외숙모가 맨날 그랬다. 경선이, 현선이한테 쏟는 관심의 반만이라도 우리 자식들한테 가져줬으면 여한이 없겠다고.
여인	난 여름철에도 반팔 옷을 못 입었어. 어깨에 손바닥만 한 갈색 점이 있어서. 수영은 더더욱 생각도 못 하고. 맨날 울면서 잠이 들었어. 어느 날 삼촌이 내 어깨를 쓰다듬으면서 "경선아, 삼촌이 돈 많이 벌어서 꼭 고쳐줄게, 응?" 정말로 몇 년 뒤에 날 고쳐준 거야. 수술비도 비쌌을 텐데. 그때가 그렇게 고마웠어. 그 좋은 추억으로 인해 행여나 내 행동을 막을 수만 있다면. 길을 걸으며 간절히 기도했어. "조카가 삼촌을 죽이는 일만큼은 없게 하소서." 허나 그 추억들도 내 결심을 바꾸진 못했어.
사내	날 죽일 셈이니?

여인   …….

사내   그때 내가 왜 그랬는지…… 나도 정말 모르겠다. ……내가 느이
        집에 얹혀살 때야. 니가 잠옷 입고 하드 사러 골목 어귀를
        빠져나가 가게로 달려가는데, 요만한 녀석이 분 바른 것 같은
        뽀얀 얼굴에 넘어질 듯 뛰뚱거리며 뛰어가는 니 모습이……. 2층
        내 방에서 널 보면서……. 세상에 어떻게 저런 이쁜 애가 있을 수
        있을까…… 나도 빨리 장가가서 저런 자식 하나 갖고 싶다……
        그랬었다.

여인   …….

사내   경선아 어떻게 지냈니? ……그때보다 좀 마른 것도 같고…….

여인   현선이 결혼식 때 말이야. 어떻게 내 동생 손을 잡고 웨딩 마치에
        맞춰 혼주 행세를 할 생각을 했어? 무슨 자격으로, 응?

사내   누님의 간곡한 부탁이 있었다.

여인   우리 엄만 아무것도 모르잖아. 가슴 밑바닥에 요만큼의 양심의
        가책 같은 거라도 요동을 쳤을 거 아냐.

사내   있었다. 많았다. 나도 괴로웠어. ……니가 가출한 다음부터 늘
        속죄하는 마음으로 살았다. 내 뒷조사를 다 했다니까 니가 더 잘
        알겠지만 난 일요일마다 고아원을 찾는다. 왜 그랬겠니?

여인   삼촌, 이러지 좀 마. 왜 그걸 나한테 갖다 붙여? 총선에 대비해
        표밭을 다지기 위해서고 당신의 죄를 감추기 위해서였잖아.

사내   아냐, 아냐.

여인   당신도 사람이니까 약간의 괴로움이야 있었고, 마음의 위안도
        있었겠지. 돈 있겠다 시간 있겠다 적당히 반성하는 척이라도
        해야 마음이 편했겠지. 지식인들의 죄의식이라는 게 그런 거
        아냐? 앞의 죄를 까부쉈다 생각될 때 더 큰 죄를 저지를 수 있는

여유가 생겨나는 것.

사내   아냐 아냐 아냐. 너에 대한 죄를 씻기 위해서다. 경선아, 이젠 그
        일은 잊어버려. 난 인간도 아냐.

여인   …….

사내   내가 속죄할 수 있도록 한 번만 기회를 다오. 어떻게 하면 니
        화가 풀리겠니. 니가 하라는 대로 다 할게. 만약 이 약속을
        어기면 그때 가서 니 맘대로 해.

여인   …….

사내   니 삼촌이잖아.

여인, 갑자기 사내의 손을 탁자에 펼치게 해서 각목으로 손목을
누른 다음 각목과 탁자 사이를 볼트로 조여 손이 움직이지 못하도록
고정시켜버린다. 여인, 칼을 들고 다가선다.

여인   사실대로 말해.

사내   뭘?

여인   우리 현선이.

사내   현선이가 왜?

여인   어떻게 했어?

사내   지금 무슨 소리 하고 있는 거니?

여인   어떻게 했냐고.

사내   뭘?

여인   어서 말해.

사내   경선아.

여인   빨리.

사내	아니, 왜 이래?
여인	시침 떼지 말고 바른대로 말해, 인마.
사내	현선이에게 뭘?
여인	말해! 빨리!
사내	경선아.
여인	(칼을 치켜들며) 어서 대답해. 우리 현선이를 어떻게 했냔 말이야.
사내	내가 뭘 어쨌다고 그래?
여인	현선이까지 건드렸지?
사내	무슨 소리야?
여인	어서.
사내	현선인 아냐.
여인	이 새끼가 정말.
사내	진심이다, 경선아.

여인, 사내의 팔뚝에 칼을 내리친다.

"아악!" 사내의 비명 소리.

피가 솟구친다.

고통스러워하는 사내.

여인, 잠시 그 모습을 바라보고 있다가 천천히 움직여 지혈제와 붕대를

가져와 치료해준다.

여인, 사물함으로 가서 알약을 털어 넣고 술을 연거푸 마신다.

사내가 안돼 보였는지 탁자에 고정되어 있는 사내의 손을 풀어준다.

여인, 진정할 겸 담배를 피운다.

이내 비벼 끈다.

여인　　새벽녘에 어렵게 잠이 들었는데 전화가 왔어.

"언니, 나야. 너무 일찍 걸었지?"

현선이었어.

(현선이란 말에 눈시울이 뜨거워진다.)

가슴이 덜컹 내려앉는 거야. 무슨 큰일이 생겼나 해서.

"언니, 된장찌개 어떻게 하면 맛있게 끓일 수 있어?"

예의 그 명랑 쾌활한 하이 톤으로.

"니 신랑 고기 좋아하니?"

"아니."

"해물은?"

"좋아해."

"그럼 우선 바지락 사다가 엷은 소금물에 해감을 시켜."

"해감?"

"소금물에 담가놓으면 가는 모래나 뻘 같은 걸 토해내걸랑."

"아, 그게 해감이야? 그래서?"

"해감된 바지락을 물에 넣고 부르르 끓여. 폭폭 끓이면 안
된다."

"부르르는 뭐고 폭폭은 뭐유?"

"부르르 끓자마자 불을 꺼야 돼. 폭폭 끓이면 조갯살이 질겨져서
못 먹어. 그나저나 된장은 있니?"

"아이고 언니는. 된장 없이 무슨 된장찌개를 끓이우. 된장만큼은
최고다. 시어머니가 엊그저께 이만큼 갖다줬어. 된장은 조리에
받쳐서 국물에 풀어버리면 되는 거지?"

"그래. 감자, 호박, 양파, 풋고추를 썰어서 단단한 순서대로 넣는
거야. 호박 같은 건 무르니까 맨 나중에 넣고."

"언니 고마워."

……그러구 나서…… 30분도 못 돼서…… 우리 현선이가 아파트

10층에서 떨어져 죽었어. 아무 이유도 없이.

신랑이 세수하고 나오면서 "현선아, 밥 먹자." ……식탁에

앉았는데…… 아무 반응이 없길래…… 작은방에 있나?

다용도실에? 화장실에? ……베란다 창문이 반쯤 열려 있고……

그 아래 풀밭에…… 우리 현선이가 머리를 처박고는…….

처음엔 신랑을 의심해봤어. 밀어뜨려 죽인 게 아닌가 하고. 허나

그건 아냐……. 둘이 얼마나 사랑했는데. 시부모님도 현선일

끔찍이 이뻐했고.

사내   알고 있다.

여인   알고 있다면 현선이가 나와 통화하고 나서 죽기까지 마지막

        30분을 설명해줄 수 있겠어?

사내   경선아.

여인   도둑이 들어온 것도 아니고 현선이와 신랑 둘뿐이었는데,

        신랑이 밀어버린 게 아니라면…… 지 스스로 목숨을 끊은 거야.

        방금 전까지 신랑을 위해서 된장찌갤 맛있게 끓일 생각만 했던

        현선이가, 왜 갑자기 돌변해서 자살해버렸을까?

사내   나도 누님 부탁으로 특별 수사반을 편성해서 뒷조사를 다

        해봤지만 물증이라곤 신경안정제뿐이 안 나왔다. 정신분열에

        의한 단순 사고사로 규정지을 수밖에 없었어.

여인   아냐 아냐. 처음엔 나도 어이가 없어서 아무 생각도 할 수가

        없었어.

사내   뭐 짚이는 거라도 있다는 얘기냐?

여인   내가 눈치채질 못한 거야. 현선이는 지 슬픔을 안 보이기 위해 늘

생기발랄한 척 위장을 해온 거야. 당연히 그 속을 모를 수밖에.
시간이 지나면서 차츰차츰 명료해지는 거 있지.

사내 그래?

여인 현선이가 결혼하기 이틀 전이야. 같이 목욕탕엘 갔더랬어. 머릴
감고 있는데 현선이가 아무 생각 없이 손목을 때수건으로 박박
문질러. 민 데를 마구 문지르는 거야. 피가 줄줄 흘러.
"현선아, 피 나잖아. 안 아파?"
"언니. 이런 게 뭐가 아퍼? 이런 건 아픈 게 아냐."
(눈물을 삼킨다.)

사내 …….

여인 왜 그랬어? 현선이까지 왜 그랬어?

사내 니 마음 충분히 이해한다. 무슨 상상인들 못 하겠니. 그런
상상까지도 다 내 탓이라는 거…… 잘 알아.

여인 현선이는 틈만 나면 신랑한테 고백하고 싶었을 거야. 내일 하자,
내일 하자 하면서 약혼…… 결혼…… 신혼여행…… 고백과 고백한
다음의 파문 사이에서 갈등은 깊어만 가고.
나중엔 심리적 압박감에 시달리다가, 고백하기보다 영원히
입을 닫는 길을 충동적으로 선택한 거야. 너무나 남편을
사랑했으니까. 영원히 사랑스러운 존재로 남고 싶어서…….

사내 니가 작업실까지 잡아놓고 조각에 열중이라기에 내가 얼마나
기뻐했는 줄 아니? 이제 새 삶을 찾아가나 싶어서 얼마나 보고
싶었는데. 누님 환갑잔치 때만큼은 내 앞에 나타날 줄 알았다.
현선이 결혼식 때, 장례식 때까지 안 나타나기에…… 마음속으로
그랬다.
'아하, 아직도 그 상처에서 헤어나오지 못하고 있구나. 내 죄가

너무나 깊구나…….'

여인   엄마를 위해서 동생을 위해서 잊어버려야 한다고 다짐했지.

엄마가 당신의 그 잘난 동생을 얼마나 끔직이 생각하는데 거기다 대고 내가 무슨 말을 해. 삼촌은 내 육체를 더럽힌 게 아냐. 내 정신을 죽인 거야. 엄마와 삼촌…… 삼촌과 나…… 나와 엄마…… 가족이 무엇인지 내가 누구인지를 몰랐으니까. 난 사람이 아니었어. 그냥 허공의 먼지였어. 뿌리 없이 떠다니는. 가출할 수밖에 없었어. 그 후론 땅만 보고 다녔어. 땅엔 사람이 없었어. 정리가 되는가 싶었지. 현선이만 죽지 않았어도 비닐봉지로 두 겹 세 겹씩 봉해서 쓰레기통에 처박아버린 옛 얘기들을 새삼스럽게 끄집어내진 않았을 거야.

사내   현선이 때문에 날 붙잡아 온 거라면 그건 정말 오해야. 내 말을 믿어. 경선아, 경선아.

여인   그렇게 부르지 말어, 이놈아. 넌 그 짓을 할 때마다 지금처럼 "경선아, 경선아" 애원을 했어. 그 애절한 니놈 면상에 염산을 부어버리고 싶었던 적이 한두 번이 아니었어, 이놈아.

사내   그건 실수였어.

여인   똑같은 살인범이라도 총을 한 방 쏜 놈과 다섯, 여섯 방을 쏴서 죽인 놈과…… 다르잖아. 한 번이었다면 나도 실수였다고 체념하겠어.

(총을 뽑아 사내의 관자놀이에 겨누며) ……넌 여기서 살아서는 못 나가.

사내   이 총 치워.

여인   못 치워.

사내   경선아.

여인   (생각하다가 총을 거둔다.)

사내   니 일 가지고도 평생의 짐이었는데 내가 어찌 현선이까지…….
        짐승도 그러지는 않겠다.

여인   그래, 넌 짐승이야. 늘 언제나 항상!

사내   너무 심하게 말하는 거 아니니? 넌 과거에 대한 복수심 때문에
        나를 죽이려 하고 있어. 니가 날 죽인다 치자. 너도 다치게 돼
        있어. 검사 살해범인데 널 그냥 내버려두겠니? 아무 죄도 없는
        너는 살아야지. 날 이대로 검찰에 고발해버려. 근친 강간범으로
        파멸시켜버려. 그럼 넌 살 수 있잖니. 내가 살고파서 이러는 게
        아니다. 마지막으로 너만큼은 살리고 싶어서 그래. 나야 여기서
        니 손에 죽는 게 더 편할 수도 있다.
        명예 하나만 추구하며 살아온 놈인데 근친 강간범 소릴 들어가며
        옥살일 하고 싶겠누? 그건 나한테 죽음보다 더 무서운 형벌이야.
        그 구덩이 속에 날 밀어버리라니까. 경선아, 지금 이대로 서울로
        가자.

여인   잡아떼면 그만이야. 법정에서 니가 순순히 다 불 것 같애?
        니가 어떤 놈인데? 입원했던 경력까지 들춰내서 날 정신병자로
        몰아세우겠지?

사내   경선아, 마음을 돌려먹어. 못난 삼촌의 마지막 부탁이다. 이게 또
        마지막으로 내 죄를 씻는 길이기도 하고.

여인   정감 어린 얘기로 날 울려보시겠다? 니가 어떤 놈인지 들려줘?

사내   뭘?

여인, 카세트를 가져와 사내에게 들려준다.
사람들의 박수 소리와 환호 소리에 이어 사내의 음성이 들린다.

112

사내(소리) 감사합니다. 감사합니다. 저의 중부부장 취임 축하연에 이렇게

　　　　많은 분이 왕림해주신 것에 대해 뭐라 감사의 말씀을 올려야

　　　　할지 몸 둘 바를 모르겠습니다.

　　　　(박수 소리)

　　　　전, 법에도 시의 정신을 도입해야 한다고 생각해온 사람입니다.

　　　　시의 본질은 아름다움에 있습니다. 우리는 그 내면의

　　　　아름다움을 한시도 잊고 살아서는 안 되겠습니다. 시를

　　　　사랑하는 마음은 인간을 사랑하는 마음이며, 법은 그 사랑의

　　　　정서 위에서만 존립해야 한다고 굳게 믿습니다. 또한 그렇게

　　　　살아왔다고 자부하는 바입니다.

　　　　(박수 소리)

　　　　폐일언하고 부장 취임 인사말로 시 한 편을 낭송할까 합니다.

　　　　감사합니다.

시를 낭송한다.

이제 나는 일어나 가리라.

이니스프리로 가리라.

거기에 진흙을 빚어 작은 오막살이집을 짓고

아홉 이랑의 콩밭과 꿀벌 한 통 가지리라.

벌 소리 요란한 골짜기에 홀로 살리라.

거기엔 평화가 있으리.

평화는 천천히 방울 짓는 것이니

아침 장막으로부터 귀뚜라미 울어 예는 밤까지

밤의 들녘은 하이얀 달빛으로 빛나고
대낮엔 영롱한 광채
저녁은 붉은 방울새 날개로 하늘을 가득 채우리.

이제 나는 일어나 가리라.
밤이나 낮이나
호수 물이 낮게 기슭에 찰싹이는 소리 들리니
진흙길에 섰을 때나 포장된 회색 길에 섰을 때나
나는 그 소리를 가슴 깊이 한복판에 듣게 되리라.

　　　　　　　　　　　　　　　　　　　　　—예이츠

이어서 환호와 박수 소리.

여인, 카세트를 끈다.

사내, 예전의 태도와는 눈빛부터가 다르다.

여인　흥! 시? 악마도 자기를 합리화시킬 때 성경 구절을 인용한다며?
　　　넌 청중이 모인 곳에서는 언제나 시를 읊어. 온화한 미소를 띠며
　　　아름다운 낭만에 젖어 놀라운 시적 감수성을 발휘하지. 다들
　　　숭고한 너의 정신에 박수를 쳐. 웃기지?

사내　경선아.

여인　너의 그 숭고한 시 정신으로 지금까지 몇이나 건드렸는데?

사내　너 정말 왜 이래?

여인　그때마다 제복1, 제복2라고 명명하지 그랬어. 왜 또라이들 보면
　　　살인하고 나서 나비1, 나비2라고 이름 붙이잖아.

사내　(치밀어 오르는 걸 참는다.)

114

여인	간호원에 스튜어디스에 은행원에 엘리베이터 걸까지……. 왜
	유니폼 입은 여자만 보면 건드리게 되니? 그게 소위 제복
	심리라는 거야? 그래서 우리 현선이한테도 "교복 입어! 교복
	입어! 교복 입어!" 그랬니?
사내	그런 걸 가상 심리라고 해. 사람을 그렇게 옭아매는 게 아냐.
여인	현선인 자살한 게 아냐. 니가 죽인 거야.
사내	(폭발하며) 글쎄 현선이는 아니랬잖아.
여인	넌 현선이의 약점을 이용한 거야. 니가 무슨 짓을 해도,
	니놈의 사회적 명성 때문에 천륜 때문에 잠잠히 있을 거라고
	생각했겠지. 그래서 쉽게 쉽게 건드린 거야.
사내	왜 말귀를 못 알아들어? 니 가상 심리는 일고의 가치도 없어.
	현선인 털끝 하나 안 건드렸다니까. 어떻게 내 결백을 보여줘야
	니가 믿을 수 있겠어? 어서 날 풀어줘.
여인	뻔뻔스러운 놈.
사내	입장을 바꿔서 생각해봐. 너는 아무 짓도 안 했는데 난데없이
	조카한테 끌려와서 이렇게 고문당했다 쳐봐. 이런 복장 터질 일이
	또 어디 있겠누?
여인	넌 현선이의 입장이 돼서 생각해본 적 있어? 현선이의 상처를
	생각해본 적 있냐구.
사내	당연히 없지. 아무 일도 없었으니까. 근데 설령 무슨 일이
	있었다면 그게 자살 동기가 된 되는 거냐?
여인	그걸 지금 말이라고 하는 거야?
사내	아냐. 넌 외할아버지 피를 너무 많이 물려받았어. 너무 순수파야.
	내 생각은 달라. 날아가는 화살도 순간적으론 정지 상태와 같다.
	순간을 인정하지 않으면 낭만이란 없어. 순간을 인정하지 않으면

행복이란 없어. 순간을 즐기지 않으면 영원은 없어. 인생은 순간순간 즐기려고 사는 거야. 권력도 그래서 필요한 거고. 넌 지금 옛날 『테스』 얘기를 하고 있어. 그런 구태의연한 성 모럴은 현대에 맞지 않아. 요즘은 그런 순정 시대가 아냐. 난, 순결을 잃어버렸기 때문에 앞으로 사랑하는 사람이 생겨도 마음을 열지 못하겠다는 것들은 정말이지 딱 질색이다.

여인 그래 이놈아. 속에 가지고 있는 생각 다 털어놔봐.

사내 넌 내 여자 문젤 사사건건 걸고넘어지는데 그때그때 내 감정에 충실한 것이 솔직한 거야. 외적인 걸로만 판단할 순 없는 문제라고. 한 명도 안 건드렸으면 성인군자고 열 명을 건드렸다면 오사리잡놈이냐? 더 솔직히 말해봐? 나 같은 전문직 종사자는 스트레스가 많아. 그렇기 때문에 그런 걸로라도 풀어야 돼. 소악(小惡)들이 모여서 대선(大善)을 이룬다. 몸을 풀고 그 상쾌한 기분으로 내 일에 충실할 수 있다면 그 길을 택하는 게 적극적인 삶이고 개인을 위해서도 나라를 위해서도 좋은 거라구. 넌 내가 맨날 과거를 속죄키 위해 술에 찌들어 폐인처럼 소극적인 삶을 살기를 바라? 그건 아닐 거 아냐.

여인 흥. 몸을 풀었더니 상쾌한 기분이었다구? 니놈 눈엔 여자들이 굴러다니는 축구공으로밖에는 안 보였어? 멋대로 차서 멋대로 날려보내는? 넌 도대체 머리 구조가 어떻게 생겨먹은 놈이야. 니놈에게도 두 딸이 있잖아. 니 딸들이 뭇 사내들한테 그렇게 똑같이 당하더라도 아무 상관이 없다는 거야 뭐야. 더러운 자식. 걸어 다니는 오물통!

사내 너 정말 왜 이래. 꼭 효순이 효영이까지 거들먹거려야 속이 시원하겠어? 이년아, 걔네들은 니 조카야 조카.

여인	이놈아. 나나 현선인 니 조카가 아니었냐, 이 새꺄.
사내	과거는 흘러갔어. 툴툴 털어버리면 되잖아.
여인	어떻게 잊을 수가 있냐, 이놈아.
사내	못 잊을 게 뭐 있어. 난 고등학교 때 커닝 페이퍼 안 돌렸다고 친구들한테 무릎 꿇고 집단 구타 당한 적도 있어. 허나 잊어버리기로 작심해서 곧 잊어버리고 열심히 공부했어. 그래서 고시에도 패스했고. 그게 왜 안 잊히니? 고 부분만 싹 도려내서 던져버리면 되잖아. 현선이는 핑계야. 넌 니 일을 복수하기 위해 일부러 없는 일까지 만들어서 상기시키고 있어. 억지 부리는 이유가 뭐야? 돈 때문이니?
여인	뭐야?
사내	얼마야? 지금 당장 니가 원하는 장소에 원하는 액수를 갖다놓으라고 할게.
여인	이 자식이 정말.
사내	5억? 10억? 10억도 적어?
여인	이 새끼가 어디서 써먹던 수작을 여기서도 써먹는 거야, 엉! 죽일 거야, 죽여버리겠어.

여인, 흥분해서 몽둥이를 잡고 사내에게 달려든다.
그 순간 사내가 언제 수갑을 풀었는지 두 손으로 여인의 목을 낚아챈다.
여인의 손에 수갑을 채우고 그것도 못 미더워서 줄로 꽁꽁 묶는다.

| 사내 | 진짜 싸움꾼은 태권도 9단도 아니고 검도 9단도 아냐. 현장 9단이야. 현장에 있는 펄펄 끓는 주전자 물을 상대의 안면에 끼얹을 줄 아는 놈. 숟가락 젓가락까지도 무기로 사용할 줄 |

아는 놈.

사내, 주위를 개선장군처럼 시찰한다.

사내 이 전기 고문 의자, 도르래, 드럼통……. 니가 다 직접 만들었나
      부지? 이런 거 만들려고 조각을 했니? 최후의 작품으로 뭘
      남기려고 했는데? 펄펄 끓는 쇳물에 날 집어넣어 에밀레종이라도
      만들어보려고 했어?
      이리 와, 이년아.

사내, 여인을 도르래에 거꾸로 매단다.

사내 내가 그리 호락호락 당할 줄 알았어? 내가 당한 대로 니년도
      똑같이 당해봐. 아주 서서히 피를 말려 저승으로 보내줄 테니까.

사내, 여인의 상체에 주사기를 꽂는다.
'아악!' 외마디 소리.

사내 흥. 드릴로 눈꺼풀을 뚫어서 낚싯줄로 천장에 매달겠다구?
      (주사기를 꽂으며) 그게 조카 년이 삼촌한테 할 소리냐, 이년아?
      (또 꽂으며) 여기가 안기부? 내가 지어낸 말이다, 이년아. 널
      안심시키려구. 흥, 마취를 시켰으면 제대로 알고 시켰어야지,
      이년아. (또 꽂으며) 이리 끌려올 때 차 트렁크 속에서 이미
      깨어났어, 이년아. 울퉁불퉁 비포장도로였어, 이년아. (또
      꽂는다.) 아, 강원도 두메산골에 있는 농가구나. 아, 조카 년

118

작업실이구나. 마당에 이상한 조각들이 있고 돌 장승도 있고. 차 트렁크에서 날 끄집어내어 운반용 리어카로 옮기는 것까지도 다 봤어, 이년아. (또 꽂는다.) 저년이 날 죽일지도 모른다. 우선은 잘 보이자. 순종하자. 그러면서 틈새를 노리는 거다. 역전의 찬스가 기필코 올 것이다. (또 꽂는다.) 그게 무산되면 난 죽는다. 혓바닥에도 꽂아줄까? 아예 찍소리도 못 하게?

여인   니 맘대로 해, 인마. 난 이미 죽기로 작정한 몸이다, 이놈아. 어서 꽂아봐라, 이 새꺄.

사내   (여인의 머리를 낚아채며) 이 촌구석에 박혀 그냥 맑은 공기나 마시면서 곱게 죽어갈 것이지 왜 허튼수작을 부려, 이년아. 촌년 같으니라구……. 하나만 묻자. 정말로 날 죽이려고 했니?

여인   그래 이 자식아.

사내   아하, 그러셨어?

사내, 주사기를 돌려서 아프게 뽑는다.
그때마다 경악하는 여인의 비명 소리.
사내, 도르래에서 여인을 풀어준다.
풀어준 즉시로 드럼통 속에 여인의 얼굴을 처박는다.

사내   니가 날 죽여? 니가 날 죽여? (꺼냈다가 다시 처박으며) 명색이 삼촌인데 조카가 어떻게 삼촌을 죽여, 엉?

사내, 여인을 꺼내어 전기 고문 의자에 앉힌 뒤 결박을 한다.

사내   이젠 어떻게 해줄까? 전기 고문도 시켜줄까?

여인	…….
사내	으음 아니지. 전기 고문은 빼주겠어. 니가 날 고문하는 동안 난 내 알리바이를 짜봤어. 전기 고문은 알리바이상 좋지가 않아. 수갑은 애진작에 풀려면 풀 수도 있었고. 동조자가 있느냐가 내 관심의 초점이었지. 미친년. 그 순진한 대갈통만 믿고 혼자서 일을 저질러? 무식한 게 힘이지, 이년아?
여인	그래 이놈아.
사내	'돈 얘길 꺼내면 미친년 널 뛰듯이 흥분해서 날뛰겠지? 그때를 노리는 거다.' 넌 늘 눈엣가시였어. 널 죽이면 내 과거사는 깨끗해지지. 이 자리에서 널 지금 죽여. (총을 쏘는 시늉) 피웅! 그리고 검찰청으로 전화를 걸어서 여기 위치를 알려. 자기방어로 일어난 사고사. 너한테 고문받은 흔적이 있고 넌 또 정신병원에 입원한 병력이 있어. 넌 나의 무엇을 노렸다고 말할까?
여인	회개해. 니 죄를 씻을 수 있는 마지막 기회야.
사내	외삼촌이 평소 도와주지 않은 것에 앙심을 품었다. 허나 황시영 검사는 청렴해서 도와줄래야 도와줄 수가 없었다. 넌 정신이상자로서 삼촌을 납치해서 죽이려 했고 난 마지막 순간에 용케도 수갑을 풀고 너와 결투를 했다. (주먹으로 여인의 얼굴을 강타한다.) 여기서부터 격투를 해서 엎어지고 올라타고 하면서 여기까지 와서 널 (물고문 드럼통) 처박았는데…… 니가 어느새 왼손으로 도끼를 잡고 찍어내려. 순간 살짝 피해 저쪽으로 가서 총을 잡았어. 넌 양손에 도끼를 잡고 나를 향해 달려오고…… 그 순간 엉겁결에 쏴버린 거야. 정당방위였지. 물론 쉬운 방법도

있어. 널 죽여서 대충 파묻은 다음 내일 아무렇지도 않게 회사로 출근하는 거야. 이렇게 하면 지금 당장이야 편켔지만 이건 아무래도 전문가가 볼 때 구리거든. 지금쯤 밖에선 황시영 검사가 일주일째 실종됐다고 난리가 났을 텐데, 그들의 상상 욕구를 어느 정도 충족시켜줘야지 잠시 여행 갔다 왔달 수는 없잖아. 땅에 파묻는 건 언젠가 발각될 위험도 있고 또 아무것도 모르는 누님께서 우리 경선이를 찾아달라고 애걸복걸해대면 그것도 성가시고. 전문가들은 완전 범죄를 선호해. (장갑을 끼며) 해서 절차는 까다롭지만 앞의 것을 택하기로 했어.

사내, 도끼를 여인의 손에 쥐게 해주었다가 바닥에 던진다.
주사기를 헝겊으로 닦은 다음 여인의 손에 쥐여주었다가 하나하나
바닥에 던진다.

사내   이 주사기는 니 스스로 저지른 자해 행위야. 정신병자들은 별짓
       다 하거든? 날 겁주기 위해 니가 한 거야.
여인   …….
사내   넌 훌륭했어. 모든 것이 완벽했어. 하지만 한 가지. 뭐
       실수라고까지는 할 수 없지만 요만큼의 틈이 있었어. 나를
       너무 우습게 본 것. 너는 곧 그 대가를 치르게 될 거야…….
       마지막으로 할 말 있어?
여인   우리 현선이 어떻게 했어?
사내   아 참. 그 얘길 못 했구만……. 미안해. 현선이……. 그래도 걘
       너보다 현명했어. 저와 나의 명예를 실추시키지 않고 아름다운
       침묵을 택했으니까.

여인   (입술을 깨문다.)

사내   미안하대두. 이유는 나도 모르겠다. 그냥 모든 여잘 요렇게도
           해보고 조렇게도 해보고 내 맘대로 다 해보고 싶은 거 있지?
           하지만 니 잘못도 크지 않냐? 그 어린것을 놔두고 너 혼자
           살겠다고 도망치면 어떡해. 동생을 그토록 사랑했으면 같이
           데리고 나가든가 했어야지. 그게 책임 있는 언니의 행동이지, 안
           그래?

           사내가 서서히 움직인다.
           구석으로 가서 술을 따라 마신다.

사내   (시를 읊는다.)
           술은 입으로 오고
           사랑은 눈으로 오나니

           (총을 잡는다.)
           그것이 우리가 늙기 전에
           진리로 알 전부이다.

           (총을 겨누며)
           나는 입에다 잔을 들고
           그대를 바라보며 한숨짓노라.

           (방아쇠를 당긴다.)
           예이츠.

총이 발사되지 않는다.

당황하는 사내.

계속 "예이츠, 예이츠" 하면서 방아쇠를 당기나 허사다.

그때 전기의자의 결박을 풀고 장총을 잡는 여인.

사내, 힘없이 주저앉고 만다.

여인   흥, 마취를 덜 시켰다구? 꼬박 1년을 준비해왔는데 내가 그
        정도도 모를까 봐? 일부러 덜 시켰어. 넌 내가 누구라는 걸 다
        알면서도 시치밀 떼고 능청을 부렸어. 니놈의 계산속이 얼마나
        가증스러웠는지 알어? 니가 수갑을 푸는 거 다 봤다. '아,
        이제 저놈이 본색을 드러내겠구나.' 인간이 얼마나 사악한가를
        시시각각 니놈이 다 보여준 거야.

사내   니 잘못도 있어. 왜 처음부터 널 밝히지 않았어? 니가 선글라스와
        모자로 위장한 걸 보고는 '아, 이건 홧김에 그냥 잡아온 게
        아니다. 굉장한 일이 여기서 벌어질 것이다.' 니가 니 정체를
        밝히지 않은 상태에서 날 죽일지도 모른다고 생각했다. 그래서
        내 행동도 비틀리게 된 거야.

여인   일어나.

사내   (일어난다.)

여인   이리 와 앉어.

사내가 앉자 여인이 사내를 결박한다.

여인   자, 이제 우린 마지막 남은 일들을 끝내야겠지? 난 오늘 같은
        날을 기다렸어. 왜냐? 널 내 손으로 죽일 수 있는 기회가 이렇게

왔으니까.

사내 (눈을 감는다.)

여인 이건 공평치가 않아. 당한 사람은 그늘에서 눈물이나 흘리고
정복자는 출세가도를 달리며 승승장구하고. 난 구석지에 처박혀
줄담배나 피우는데 넌 호텔 사우나 휴게실에서 오늘 같은 밤……
무엇을 할까……. 핸드폰을 뒤적이며…… 불러낼 여자나 고르고.

사내 그래서 이런 연극을 준비한 거야?

여인 심증은 있는데 증거가 없어. 그날…… 현선이가 내가 불러준
레시피대로 된장찌개 끓이고 있는데 따르릉 핸드폰이 울려.
너야. 오후에 보자고. 호텔방을 잡아놨으니 그리 나오라고.
현선인…… 하얗게 질린 채…… 베란다로 나간 거야. ……과연 넌
어떤 상황에서 현선이 얘기를 할 것인가. 아무리 잠을 안 재우고
고문을 해도 넌 절대로 실토하지 않을 것이라고 결론을 내렸다.
해서 역전의 기회를 준 거야. 다시 정복자의 위치에 서게 되면
자신 있게 말하리라. 그것만이 너의 진실이리라.

사내 만약에 정복자의 위치에서 내가 진심으로 무릎 꿇고 용서를
구했다면 날 살려주려 했어?

여인 그랬을지도 모르지. 새사람이 되어 살아보겠다는데 쉽게 죽일
수야 없잖아. 분명히 난 너한테 마지막 기회를 주었어. 레이디
or 타이거처럼. 니 스스로 타이거를 선택한 거야. 원형 경기장
한가운데서 넌 반성하고 회개하기는커녕 마지막 살 길을 니
스스로 무산시킨 거야.

사내 웃기지 말어……. 나도 너한테 목숨을 구걸하고 싶은 생각은
요만큼도 없으니까. 이젠 니 맘대로 해봐.

여인 (사물함에 가서 걸터앉는다.)

사내   …….

여인   현선이가 여기 와서 3, 4일간 묵었다 간 적이 있어. 내가

        진흙으로 작업하고 있는데 현선이가 이렇게 사물함에 걸터앉아

        마냥 바라보고만 있어.

        "언니 조각이 그렇게 재밌수?"

        "아니."

        "근데 왜 해?"

        "맘에 안 들면 뻐개버리고 다시 만들 수 있으니까."

        "그래? 나도 한번 만들어보자."

        ……난 항아리를 만들고 저는 꽃병을 만들고.

        후후후……. 맘에 안 든다고 다시 뻐개버리고.

        "언니, 우리 인생도 이렇게 부숴버렸다가 다시 만들었으면

        좋겠다, 응? 시집가서 애 하나 낳고 나면 나 좀 본격적으로

        가르쳐주라. 언니 수제자 될래."

        내가 쥐고 있던 흙덩일 지 콧잔등에 살짝 묻히면서.

        "너 고민 있니?"

        그랬더니 현선이가 호호 깔깔거리면서 내 얼굴에 온통 진흙 팩을

        하는 거야.

        "아이구 언니는. 그럼 언니는 언니 고민 나한테 말한 적 있수?"

        …….

        내가 저한테 못 한 얘기를 저도 똑같은 이유로 나한테 못 한

        거야. 서로 가슴 아파할까 봐……. 현선이는 내가 죽였어. 내가 널

        일찍 단죄했다면 현선인 아무 일도 없었을 거야.

사내   주체성이 진리야. 너한텐 너에 맞는 삶이 있고 현선이한텐

        현선이에 맞는 삶이 있고 나한텐 나에 맞는 삶이 있는 거야.

여인	나에게 맞는 삶은 딱 하나야.
사내	이건 둘 다 죽는 길이야.
여인	그래, 난 둘 다 죽는 길을 택하고 있어.
사내	미친년!
여인	그래, 나 미쳤어. 미쳤기 때문에 너를 심판할 수 있는 거야.
사내	똑바로 들어. 넌 내 권력의 최대 수혜자야. 니 엄마 집…… 내가 사줬어. 니 작업비, 생활비, 엄마가 준 걸로 아는 모양인데 내가 다 대준 거야. 내가 첫 거래를 언제 텄는 줄 알아? 니 수술비 마련하기 위해서였어. 니 갈색 점 없애느라고. 근데 나한테만 악마의 피가 흐르고 너한텐 천사의 피가 흐른단 말이냐? 분명히 말하는데, 넌 이 시대 영웅을 죽인 역사의 죄인으로 남을 거야. 세상은 약육강식 적자생존이다. 힘 있는 자만이 살아남을 수 있어. 난 힘을 길러왔다. 힘 있는 나라를 건설하고자 했어. 역사는 이런 야망을 불태우는 영웅들의 몫이라고. 이렇게 역사를 건설하는 영웅들이 여자 한둘 건드렸다고 그게 뭐 그리 대수겠어. 그런데 너 같은 게 감히 날 죽이겠다고? 난 아직도 내가 왜 죽어야 되는지 이 상황을 인정할 수가 없어.
여인	역사는 너희들 것만이 아니야. 우리 모두의 것이야. 법 또한 너희들만 심판할 수 있는 게 아니야. 우리 모두가 심판할 수 있어. 권력을 가졌든 못 가졌든.
사내	그래 좋다. 어디 어떻게 죽일 것인지 마지막 구경이나 해보자.

여인, 빈 드럼통을 사내 옆으로 가져온다.
거기에 석고 가루를 붓고 물을 부은 뒤
삽으로 반죽하기 시작한다.

사내 (당황해서) 뭐…… 뭐 하는 거야?

여인 석고 가루와 물의 비율은 1:1이야. 한번 갠 석고는 5분이나 10분 정도면 굳기 때문에 그전에 사용해야 돼.

사내 왜? 왜? 내 동상이라도 만들어주려고?

여인 응.

사내 날 죽이면…… 넌 무사할 줄 알아?

여인 걱정 마. 내 일은 내가 알아서 할 테니까.

사내 미친년! 넌 미쳤어! 미쳤다구!

여인 매일매일 생각했어. 삼촌과 화해할 수 있는 획기적인 방법이 없을까? 삼촌을 용서해주고 싶었어. 삼촌에게 자비심을 베풀고 싶어서가 아니야. 비뚤어지려는 나를 내 자신이 곧추세우고 싶어서. 허나 삼촌은 용서가 안 돼. 이미 삐뚤어져버린 내 자신도 용서가 안 되고. 해서…….

사내 그따위 교훈은 필요 없어. 귀에 들어오지도 않아. 난 사실만을 인정해. 오늘 난 이 게임에서 졌어. 역사의 패배자야. 자, 죽여봐.

여인 난 오늘을 위해 살아왔어. 이 비참한 오늘을 위해…….

반죽을 끝낸 여인, 반죽과 사내를 번갈아 보다가
사내에게 다가가 어렵게 포옹한다.

여인 삼촌…… 잘 가!

여인, 사내의 얼굴에 반죽을 바르기 시작한다.

피고 지고
피고 지고

등장인물 왕오

　　　　　천축

　　　　　국전

　　　　　난타

곳　　　　산골

무대　　　두메산골의 허름한 집.

　　　　　객석에서 보아 무대 뒤편에 빈 화분이 겹겹으로 쌓여 있고 삽,

　　　　　곡괭이, 삼태기, 설비용 사다리 등 연장이 너절하며 좌측 옆으로

　　　　　창고로 통하는 문이 고장 난 듯 반쯤 열려 있다.

　　　　　중앙 뒤편에 창문이 있다. 키 높이보다 위에 있는 작은

　　　　　창이기 때문에 밖을 보려면 의자를 딛고 서거나 설비용

　　　　　사다리에 앉아야만 볼 수 있게 되어 있다. 창문 우측으로

　　　　　찬장이 있다. 찬장은 책장을 개조한 것으로 그 안에 6·25

　　　　　때 군수품을 연상케 하는 식기가 아무렇게나 놓여 있다.

　　　　　창문과 찬장 사이에 광목으로 된 족자가 세로로 걸려 있는데

　　　　　'신왕오천축국전(新往伍天竺國傳)'이라고 서툰 한자로 쓰여 있다.

　　　　　우측 중간쯤에 침상으로 쓰고 있는 평상이 있다. 평상에는 다

　　　　　떨어진 요가 깔려 있고 세 채쯤 되는 이불이 우측 벽에 개켜져

　　　　　있다.

　　　　　무대 중앙에 작업용 탁자와 의자 네 개가 있는데 식사 시간에는

　　　　　식탁용으로 쓰이기도 한다.

　　　　　탁자 밑바닥에 군용 담요가 양탄자처럼 깔려 있다. 담요를

　　　　　걷으면 지하 통로가 있는데 그것을 은폐키 위해 담요로 가린

것이다. 좌측 앞쪽에 밖으로 통하는 문이 있고 문과 탁자 사이의
중간쯤에 흔들의자가 있다. 흔들의자 뒤쪽 벽에 비석이 있다.
화분에 피어 있는 꽃들로 화사한 분위기.

1장

어둠 속에서 덜커덩거리는 소리.

무대 밑에서 천장으로 솟구치는 불빛.

연이어 세 가닥의 불빛이 천장을 가른다.

낮게 웅성거리는 소리.

이윽고 불빛이 하나씩 지하에서 무대 위로 옮겨진다.

강한 불빛이 허공을 떠다니며 객석을 비춘다.

용명되면 왕오, 천축, 국전이 작업복 차림에 전등이 달린 광부용 헬멧을 쓰고 있다.

작업이 이제 막 끝난 듯 천축과 국전, 물을 벌컥벌컥 마신 뒤 천축은 흔들의자에 쓰러지듯 앉고 국전은 평상에 눕는다.

평상은 외부 출입을 막기 위해 문 쪽으로 이동되어 있다.

천축과 국전, 피곤해 보인다.

왕오는 지하로 다시 내려가 연장과 흙 가마니를 가지고 올라온다.

이러기를 세 차례. 왕오는 거구여서 듬직해 보이기도 하고 그만큼 미련해 보이기도 한다.

그동안 국전은 품속에서 은밀하게 뭔가를 꺼내 보았다가는 다시 넣고 다시 보고 다시 넣고 한다. 큰 키에 호리호리한 편이다.

천축은 체구가 아주 작고 가냘프기 때문에 흔들의자에 파묻힌 것처럼 보인다.

이들은 60대 후반의 노인들이나 젊게 연기해도 좋다.

천축, 왕오에게로 가서 일을 돕는다.

왕오와 천축, 지하로 통하는 통로 뚜껑을 덮고 그 위에 담요를 간 뒤

탁자를 옮겨 와 담요 위에 놓는다.

왕오   (국전에게 다가와서) 형님 이젠 일어나셔야 합니다. 일을 서두르지
       않으시면 낭패 보기 십상입니다.

국전   형님이 아직 피로가 가시지 않았으니 불곰, 너는 짹소리 허덜
       말고 니 일이나 실컷 하도록 하여라.

왕오   아니되옵니다.

국전   어헛.

왕오   (평상을 들며) 엎어버리겠습니다.

국전   개자식. 좀 쉬었다 하면 안 돼?

왕오   (빙긋이 웃을 뿐.)

국전   힘만 세면 다냐?

       왕오, 평상을 든다. 바닥으로 넘어지는 국전.

국전   개자식. 미련한 게 힘만 세다더니.

       천축, 왕오를 도와 평상을 제자리에 옮기려 하자

국전   (천축에게) 아서라 아서. 두 다리로 서 있는 것만도 신통한
       녀석이 뭔 이런 막일까지 하시려고. (왕오와 같이 평상을 옮기며) 저
       의자에 앉아 꺼떡꺼떡거리면서 비문이나 생각하라고. 선비처럼
       시인처럼……. 넌 그게 어울려.
       (옮기고 나서 문으로 간다. 문틈에 끼워두었던 종이쪽지를 흔들어
       보이며)

아무도 안 왔다 갔어. 그 자리에 그대로라고.

(문을 열며) 아, 공기 좋다.

왕오   (달려와 문을 닫는다.) 벌써 열면 어떡해? 누가 보면 어쩌려고.

어서 옷을 벗어.

국전   오긴 누가 온다고 그래?

왕오   항상 몸조심, 입조심, 사람 조심.

옷과 헬멧과 장화를 벗어서 자루에 넣고 평상복으로 갈아입은 뒤
자루는 창고에 넣어둔다.

국전   맨날 작업복을 자루에 담아 창고에 처박아두니 꼬랑내 곰팡내
때문에 불결해 미치겠어.

왕오   니가 좀 싹 빨지그래. 헤헤헤.

국전   니놈은 힘 두었다 얻다 쓰냐? 멸사봉공의 정신으로 힘 좀
쓰시지.

왕오   (사다리에 올라 창밖을 살핀 뒤 문의 자물쇠를 푼다.) 내가 빨래할 때
평상에 누워 고소해할 니눔 생각이 나서 옴짝달싹하기가 싫어.

국전   좋았어. 내일 내가 빨래를 도리하지.

왕오   참말로?

국전   아암.

천축   너 오늘따라 기분이 좋아 보인다?

국전   나도 본래 종자는 진골이야. 흔들비쭉이만은 아니라고.

천축   (왕오에게) 오늘도 많이 파들어 갔지?

왕오   응. 열 자는 족할 거야.

국전   앞으로 얼마나 걸리겠어?

왕오   빠르면 1년쯤.

국전   늦으면?

왕오   3, 4개월 더 걸리겠지.

천축   그렇게나 많이?

국전   그러길래 내가 뭐랬어……. 5, 6갓쇼로 할 필요 없이 4, 5갓쇼로
       넣자니까……. 갱 속이 그렇게 넓어서 뭘 해?

왕오   5, 6갓쇼가 뭐가 넓냐? 가뜩이나 왔다 갔다 하는데도 좁아
       죽겠는걸.

국전   누가 허구헌 날 처먹고 살만 퉁퉁 찌래?

왕오   인석아 막상 니 말대로 해봐라. 곡괭이질에 삽질에 메겡이질 할
       때마다 활동 폭이 좁아서 시간도 더 지체될 테니까.

천축   왕오 말이 맞아.

왕오   장마가 문제야.

국전   내일모레가 추석인데 장마는 무슨 장마냐.

왕오   가을에도 홍수 나고 그러잖어. 장마 지면 그만큼씩 지체되는
       거지.

국전   문제는 그게 아니고 굴속 문화 시설이야. 프랑스 국립은행을
       털었다는 놈들은 조구 통 대신 바닥에 양탄자를 깔고 은 요강
       갖다놓고 날마다 샴페인을 터뜨렸다더라.

왕오   쯧쯧쯧.

천축   잘하면 내년 추석 때까지 돈황사가 뻥 뚫리겠네?

왕오   아암.

국전   펌프기를 사 와. 작년처럼 물 퍼내다가 볼 장 다 보면 어떡해.

왕오   기계 소리를 듣고 마을 사람들이 쫓아 올라오면 어쩌고.

천축   느림바위 쪽으로 물꼬를 트면 어떨까?

왕오　(왼 주먹을 보이며) 이것 봐. 우린 산 능선을 타고 지면에서 열

자쯤 간격을 두고 파 올라가고 있어. 앞으로 갱 뚫는 것은

땅 짚고 헤엄치기야. 호박에 침 주기라고. 흙도 보들보들해.

무덤 밑에서 터는 거야. 감쪽같이. 누가 알겠어? 퍼낸 흙은

화분용으로 모두 나가지, 아랫마을 사람들이야 비렁뱅이 셋이서

화초 팔아 연명하는 줄 알 테니까. 아마 우리가 털고 난 뒤에도

사람들은 영원히 모를걸? 우린 신화 속에 묻힌 묘구 도사가 되는

거라고.

천축　정말 그럴까?

왕오　그럼. 넌 집 털 때 뭐 보고 털었냐? 쓰면 싹 아냐.

천축　하루하루가 다가오고 있음이야. 무엇이 들어 있을까?

스님이었다니까 왕관이나 왕검 같은 것은 없겠지?

왕오　그게 문제냐? 신라 때 거라면 요강 단지 한 개라도 집 한 채

장만할 텐데.

천축　보물 찾으면 자넨 뭐 할 거야?

왕오　나?

국전　개자식. 처음에는 1년이면 충분하다더니 3년이 지난 오늘에

와서도 또 1년이야.

왕오　싫음사 이쯤에서 그만두거라.

천축　그럼 혜초 여사하고 너하고 나하고 이렇게 셋이서 나눠 갖겠네.

국전　그럴 수야 있나. 3년간 공들인 게 어딘데. 이 굴을 뚫고 계단을

쌓고 가마니로 나른 흙더미가 얼만데. 헤헤헤. 그럴 순 없지.

천축　있든 없든 그날이 빨리 왔음 좋겠다. 국전아, 그럼 넌 뭐 할 거야?

국전　송 하고 날으는 거지.

천축　어디로?

국전	마카오로. 사랑하는 난타 씨와 함께.
천축	난타가 같이 간대?
국전	돈 앞에 장사 봤어? 자고로 여자가 예쁘면 사내들이 내버려두질 않고 사내가 돈 많음 여자가 내버려두질 않는 법, 돈만 있어봐라, 깔려 있는 게 여자일 테니까, 마카오에서 둘이 도박장을 경영하는 거야. 낮엔 요트를 타고 바다를 질주하고.
천축	밤엔?
국전	일류 호텔 침대에 나란히 누워……. 테레비나 보는 거지 뭐.
왕오	그때는 목도리 좀 하지 말거라.
국전	이게 어때서? 젊음의 상징이야.
왕오	빨아서 두르든가. 궁상기가 줄줄 흘러.
국전	보물이 잡히기만 하면 그날 당장 사랑하는 난타 씨와 함께 치과엘 가겠다.
천축	왜?
국전	난타 씨가 곁에서 손을 꼭 잡아주면 조금도 두렵지 않을 거야. 들들거리면서도 난 난타 씨를 생각하는 거지.
왕오	꿈 깨라 꿈 깨. 떡 줄 놈은 생각도 않는데 혼자서 김칫국만 처마시고 있어.
국전	달밤에 약조를 봤다니까?
왕오	뭘 봤어?
국전	약속을 했단 말이야.
천축	드디어 2층에 성공했다?
국전	대충 그렇지.
천축	우와, 진짜냐?
왕오	진짜긴. 저 자식 허풍 떠는 거야 뭐 있잖아.

국전	아냐. 참말이라고.
천축	헤헤헤.
국전	헤헤헤.
왕오	그 여잔 못 믿어. 정이 헤프다고.
국전	질투하지 말어. 그 여잔 작품이야 작품. 난 말이야, 왜 사람들이 박물관에 가서 그림을 보는지 모르겠어. 널려 있는 게 명작들인데. 살아 움직이는 것들이 명작들 아니겠어? 남자한텐 여자, 여자한텐 남자.
왕오	단념해.
국전	개자식.
왕오	안쓰러워서 그래.
천축	아냐. 노친네일수록 꿈이 필요해.
국전	맞지?
천축	너무 개꿈이다. 부생약몽이라고.
국전	개자식.
천축	난 노인 호텔을 지을 거다. 만 60세 이상만 투숙할 수 있는. 미래의 주역은 노인이야. 이젠 노인들도 자식들한테 하도 당해서 유산을 미리 주지 않는다고. 자연 노인들이 갑부지. 그들을 위해 멋진 호텔을 지을 거야. 수영장, 골프장, 목욕탕, 이발소, 소극장, 도서관을 모두 갖춘 일류 호텔. 거기서 인생을 정리하게 만들 거야.
국전	제발이지 골골거리지 말고 그때까지 호호야처럼 살아남아 있거라.
천축	(흔들의자에 앉으며) 사람은 세 번 태어나.
국전	또 저 소리.

천축   살기 위해 태어나고 살아남기 위해 태어나고 고쳐 살기 위해 다시
        태어나는 거야.

왕오   고쳐 살다니?

천축   묘지를 봐두고 수의를 장만하며 인생을 정리하는 거지. 까짓거
        회개도 한 번쯤 해보고.

국전   그게 죽을 준비 하는 거지 고쳐 사는 거냐?

천축   그게 그거지 뭘 그래?

국전   제대 말년에 고칠 건 또 뭐 있누?

왕오   (빈 화분을 가져와 흙 가마니에서 흙을 퍼 담아 꽃을 심는 작업을
        한다.) 고칠 거야 많지. 나발나발대기 좋아하는 니놈의 말버릇
        입버릇 고쳐야지, 그 알쏭달쏭한 손버릇 고쳐야지, (똥 누는
        시늉) 명중 못 하는 사격술 고쳐야지.

천축   (시를 읊듯) 대저 인생은 공수래공수거 아니던가.
        백일홍이 피었다 진다 한들 어찌 세월을 탓할쏘며
        이 몸 죽어 무소귀면 산천 또한 더불어 황천행이 아니던가.

국전   미친놈, 자기 비문을 자기가 쓰는 놈이 어딨냐?

천축   이 몸 죽어 무소귀면 산천 또한 더불어 황천행이 아니던가.
        (설명조로) 내가 죽으면 자연 산천도 그걸로 끝이다 이거야.

국전   끝인 건 그게 아니라 더불어 황천행이 아니던가에서 더 못
        나가는 니놈의 대갈박인 게야.

왕오   혜초 여사는 안 오려나?

국전   차라리 난타가 대신 왔음 좋겠다.

왕오   요정 마담이 뭐가 좋다고 그러냐?

국전   그러는 혜초는? 툭 튀어나온 광대뼈에 치렁치렁한 귀걸이는 뭐가
        좋으냐?

왕오   이 자식. 추하게시리 왜 이래.

국전   추하게 나온 게 누군데.

천축   쯧쯧쯧. 이 빠진 강아지 언 똥에 덤비는 게 아니다 요놈들아.

국전   헤헤헤. 재밌지 않냐. 저건 혜초 여사 흉만 보면 저
         지랄이라니까?

왕오   이놈아, 누가 뭐래도 난타보다야 혜초 여사가 낫지. 덕망으로
         보나 학식으로 보나.

국전   이것아, 난타 양도 불란서 유학까지 갔다 왔다더라.

왕오   배우면 뭘 해. 하는 짓이 화냥년 접지랄하고 자빠졌는데.

천축   옜다 모르겠다. 온갖 잡놈들하고 섞여 사니 깡통 먹통이 다
         되어버렸어.

국전   아서라. 자고로 비문이란 남이 망자를 위해 생시 공적을 담아
         비석에 새기는 거야.

천축   우리네 비석을 누가 세워주겠냐? 내가 직접 하는 거지.

국전   자랑할 게 뭐 있다고?

천축   할 말은 있다 이거야.

국전   밀수하고 도박하고 사기 치고 호리질한 것?

천축   빼.

국전   뭘?

천축   난 사기 치진 않았어.

국전   좋다. 밀수하고 도박하고 호리질한 것도 자랑이냐?

천축   누가 자랑이래? 이건 자성비야. 스스로 반성하며 뉘우치는 거지.

국전   어떻게?

천축   모월 모일 이 몸이 만죄를 짓고 졸하니 후인은 이를 귀감으로
         삼아 금생(今生)을 그르치지 말지어다.

국전	그걸 누가 읽고?
천축	안 읽음 어때. 아무리 하찮은 인생이라도 마지막 할 말이사 있는 법이다. 어이 왕오, 안 그러냐?
왕오	아암. 그래도 너는 국전이보다야 낫지. 국전이는 사기까지 쳤잖아?
국전	누가 사기 치고 싶어서 친 줄 알아? 오야지가 개과천선하라니까 뒤집어썼지.
왕오	개관천선 잘도 했다.
국전	그쪽에선 그게 의리잖아.
왕오	후후후.
천축	헤헤헤.
국전	다 알면서 왜 그래?
왕오	후후후.
천축	헤헤헤.
국전	니놈들은 뭐가 달라?
왕오	누가 뭐래?
천축	글쎄 말이야.
국전	헤헤헤. (품속에서 그릇을 꺼낸다.) 헤헤헤 헤헤헤? 이게 뭔 줄 아냐?
왕오	국그릇이지.
천축	밥그릇이지.
국전	헤헤헤. 놀라지들 말거라. 이건 신라 시대 유물이야.
천축	뭐라고?
왕오	안 속아.
국전	(다가서며) 농담이 아냐. 몰래 가질까 했지만 난 천성이 (둘을

지칭) 흐리마리들이 아니거든. 돈황굴에서 나온 거야.

천축 언제?

국전 오늘 방금 전에.

천축 참말이야?

국전 아암.

천축 근데 왜 여지껏 가만있었어?

국전 몰래 난타 씨 주려고.

천축 히야. (보려 한다.)

국전 안 돼. 내 거야.

천축 누가 갖는데?

왕오 (아래를 가리키며) 여기서 나온 건 무조건 공동 소유라고 했잖어?

국전 누가?

왕오 우리 셋이서.

국전 언제?

왕오 그걸 나한테 물어?

국전 (그릇을 건네며) 에이 썅!

천축 히야, 굉장한데.

국전 얼마쯤이나 받을까?

천축 진짜라면 비쌀걸?

국전 아암.

천축 (왕오에게) 니 생각은 어때?

왕오 글쎄. 저번하고 똑같은 게 국그릇 같기도 하고…….

국전 굴속에서 나왔다니까? 저번 거야 돈황사 근처에서 주운 거고.

왕오 혜초 여사에게 보여줘봐야겠어.

국전 잠깐! 아까부터 생각해본 건데…….

천축	뭘?
국전	이게 만약 신라 시대 즐문토기라면…….
천축	아냐.
국전	뭐가?
천축	즐문토기는 평행성 무늬가 음각되어 있는 신석기 시대의 토기로서 유라시아 대륙 북부를 비롯하여 우리나라 등지에서 발견되는 빗살무늬의 토기인 것이야. (마른기침)
국전	개자식 아는 것도 되게 많네. 여하튼 혜초 여사에게 감정 받는 것은 문제가 있단 말이야 내 말은.
왕오	왜?
국전	전번에 주운 놋그릇도 범상치 않았지만 아무것도 아니라고 했잖아. 그 여자가 저 혼자 쓱싹 했을지 누가 알아?
왕오	또 저 허구망상.
국전	생각해봐. 이게 진짜라면 혜초 여사는 돈황성에 이런 게 째구 쌨다고 보고 노다지를 혼자 독식하려 들 테고 우릴 갖은 방법으로 손 떼게 할 거 아냐?
왕오	쯧쯧쯧. 저 소갈머리하고는.
국전	야! 이따만 한 황금이 있다고 했을 때 누구든 혼자 먹으려고 대들지 니놈처럼 "아나 너 먹어라, 아나 너도 먹고" 이러는 줄 알어?
왕오	야! 혜초 여사가 그럴 사람이냐?
천축	그건 왕오 말이 맞어.
국전	저건 항상 애 말이 맞대.
천축	우리가 한두 해 겪어봤냐?
국전	헤헤헤. 한번 해본 소리야. 진짜 그럴 거라는 얘기가 아니라

그럴지도 모른다는 얘기도 아니고 그저 개소리지 뭐. 한번
다른 사람에게 감정 받는 것도 나쁘지 않은 게 아니겠느냐는
것이었는데 역시 개소리지 뭐. 헤헤헤. 하도 당하고만 살아와서
그런가 부다. 우리사 항상 그래왔잖아. 부두까진 잘 와서
정박하려 하면 헬까닥 뒤집어지는 그런 꼴들 말이야. "이번 일만
성사되면…… 우린 날개 달고 홍콩 가는 거야 인마……." 헤헤헤.
그래 가지고 된 게 뭐 있어? 천만 번 눈을 뒤집었다 까도 그런
호사 시절이었던가. 낡아빠진 통수로 개통수나 불어댔지.

천축 맞어. 항상 장군들 들러리나 서다가 마지막엔 개꿈으로
    끝나버렸지. 노잣돈이나 몇 푼 받고 알맹이는 장군께서 죄다
    추려 토끼시고. 이번에 혜초 여사가 오면 할 말이 있어.

국전 그래, 수틀린 짓 하지 말라고, 빨리 해치워버리자고. 여긴
    생지옥이라고. 나가서 자유롭게 마음대로 살고 싶다고.

천축 저 펑퍼짐한 산등성이에 비닐하우스를 짓자고 할 거야.

국전 뭐야?

천축 열대식물을 재배해야겠어.

국전 갑자기 왜 새로 빠져?

천축 결심을 굳혔어.

국전 그게 얼마나 할 일이 많은데. 심어야지 가꿔야지 잡풀 뜯어야지
    물 줘야지. 모종에 파종에 이종에 손톱이 남아날 새가 없다고.

천축 걱정 말아. 나 혼자 다 할 테니.

국전 잘도 하겠다. 넌 야윈 말이야. 짐 탐내지 말고 그저 가만있어.

천축 혼자 한다니까.

국전 아서라니까. 그거 한답시고 이 박복한 놈 송장까지 치우게 하지
    말고.

천축	난 사실 하는 일이 하나도 없잖어. 삽질하는 건 국전이가 다 해, 나르는 건 왕오가 다 해, 왔다 갔다 걸리적거리는 일이나 내가 할까. 자네들 보기 민망해.
국전	앞으로 1년이면 뽕 하고 뜬다니까?
천축	중간에 암반 만나면 어떡하고?
국전	우회하지. 얼마나 걸리겠어?
천축	있는 날까진 바나나를 심고 파인애플을 심는 거야. 야자수도 좋고.
국전	여기가 하와인 줄 아냐?
천축	해보는 거야. 일단은 조그마하게. 마을 사람들 눈 가리기 위해 심는 게 아니라 진짜 나무를 심고 싶다고. 자식처럼 아낄 수 있는. 그렇게 되면 혜초 여사도 화원에 비싼 값에 팔 수 있고 마을 사람들 보기에도 운송비 노동비 빼고도 수지가 맞을 거라 생각할 테고, 그러다 보면 자연 우리가 하는 일에 명분도 서지 않겠어? 또 니네들은 니네들대로 아침나절엔 국전이 굴을 파고 왕오가 흙 나르고 오후엔 바꿔서 하면 서로 싸우지도 않고 미루지도 않고 좋을 게 아닌가.
국전	퍽도 좋겠다.
천축	온통 꽃동산을 만드는 거야. 철쭉, 매화서부터 야자수까지. 그야말로 돈황 제국을 건설하는 거야.
국전	쯧쯧쯧. 돈황이 퍽도 좋아하겠다.
천축	이봐! 국전. 돈황은 사람 이름이 아니야. 중국 감숙성에 있는 불교 최고의 유적지란 말이야.
국전	너 진짜 여기다 꽃동산을 만들 거야?
천축	그럼 어떡해. 잔뜩 기대하다가 보물이 안 나오면.

국전	있으니까 이런 게 나오지.
천축	헤헤헤. (왕오에게) 그럴까?
왕오	그럼.
천축	왕오 너는 뭐 할 건데?
왕오	나야……. 생각해봐야지. 우선 청맹과니 여동생 집 한 칸 마련해주고, 딸딸이 운전수 막냇동생 큼직한 짐차 한 대 사주고. 그래도 돈이 남을까?
천축	골동품이야 부르는 게 값인데?
왕오	그럼 국전이처럼 새장가나 한번 가볼까…… 어쩔까?
국전	더 늦기 전에 혜초 여사라도 잘 붙잡아두거라.
왕오	라도?
국전	아암.
왕오	이것아 그렇게만 된다면 원이 없겠다.
천축	하긴 너는 덩치가 있으니까 쭉 빼입으면 아직도 근사할걸?
왕오	장가는 무슨 얼어 죽을 장가겠어. 한번 해본 소리지.
천축	도와줄 식솔이라도 있어 좋겠다.
왕오	넌 아무도 없어?
천축	몰라서 묻누?
왕오	안식구가 어떻게 됐다고 했지?
천축	다 알면서 뭘 그래.
왕오	그래도.
천축	너도 아무도 없겠네?
국전	무슨 소릴. 나한테야 난타 씨가 있는데.
왕오	2, 3개월 만에 단물 쪽 빨아 먹고 도망칠 난타? 난타하며 떨어지는 너의 종소리. (붕알을 톡 친다.)

국전   개자식.

왕오   천축아, 안 그러냐?

천축   글쎄, 난타는 나한테도 묘한 자세를 취하면서 흘리더라. 어깨를
        들썩들썩하면서 이렇게.

국전   개자식들.

왕오   헤헤헤.

천축   헤헤헤.

국전   니넨 나더러 나쁜 놈이라고 하지만 날 나쁜 놈으로 만든 건
        너희들이야. 니넨 더 나뻐. 셋뿐인데도 둘이서만 소곤소곤
        음모를 꾸미고 내란을 일으키고.

왕오   심술이 또 도졌군.

국전   이번 일만 끝나면 갈라설 거야. 다시는 안 만나.

천축   우리는 어떻게 하고?

왕오   같이 데려가주라.

국전   싫어. 그땐 남남이야.

왕오   난타 씨 속옷까지도 빨아줄게, 응?

천축   쭈쭈가리개도 빨아줄게, 응?

국전   그동안 쭉 참아왔어. 그 설움과 멸시를 다 받아가면서도 이 일이
        끝날 때가진 꾹 참겠다고 이를 앙다물었다고. 니넨 그 서러움이
        어떤 것인지 알기나 해? 개자식들.

왕오   가르쳐주라, 응?

천축   다시는 안 그럴게. 용서해주라, 응?

국전   하다못해 세숫비누만 해도 그래. 자기들 것이라면 곱게 곱게 잘
        간수 하면서도 내 것이면 세숫물에 푹 담가 퉁퉁 불어터지게
        하여 못 쓰게 만들고, 내 세수수건이면 자기들 발바닥까지 다

닦고는 벗어놓은 양말 위에다 휙 내던져버리고. 흥! 애시당초 혜초 여사가 뭐랬어. (다른 목소리로) "호랑이에게 제일 무서운 게 뭘까요? 백수의 왕자인 만큼 무서운 게 없갔디요. 있다면 아마 자기 몸속에 싹트는 내부의 병일 것네. 여러분은 호랑입네. 무엇이든 겁날 게 없지만 오직 하나 여러분끼리 서로 싸우고 다퉈서 병을 만들지 않도록 조심해야 합네. 그것만이 염려될 뿐이야요."

왕오   여부가 있겠습니까. 우린 산전수전 다 겪은 몸들입니다.
        백전노장이죠. 단지 하나 걸리는 게 있다면 그건 국전이의
        지랄병이죠.

국전   너흰 친구도 아냐. 달성이는 안 그랬어. 자기 피를 팔아서라도 날
        배불리 먹이려 했고 잘 입히려 했어.

왕오   제발이지 그 자식 얘긴 그만 좀 하거라. 최달성이 이름 석 자만
        들어도 피가 거꾸로 치솟아.

국전   니 녀석보다는 낫어. 넌 있는 밥도 아까워서 벌벌 떨어.
        암행어사도 가짜어사가 더 무섭다고 얼마든지 대줄 테니 마음껏
        양껏 먹으라는데 왜 이해 상관없는 니가 나서서 허구헌 날
        지랄이야.

왕오   굶긴 적 없어.

국전   콩자반에 말라비틀어진 무 쪼가리가 굶긴 게 아니고 뭐야?

왕오   우리 처지에 그 정도면 됐어. 공작은 날거미만 먹고 살고
        수달피는 발바닥만 핥으면서 산다더라.

국전   아직도 곳간에는 먹을 게 많아.

왕오   그건 혜초 여사에 대한 예의야. 막 먹으랬다고 거지처럼 달라붙어
        주는 대로 족족 치워?

국전	소경 월수를 내서라도 먹을 건 먹어야지. 게다가 그 여자는 부자랬잖아?
왕오	아무리 부자라 해도 우리 실속만 차릴 순 없지.
국전	땡땡한 부자 놈들 것 좀 빼먹으면 어때?
왕오	부자 놈 부자 놈 하지 말어. 부자가 있는 체하며 거들먹거리는 것도 싫지만 가난한 게 수류탄인 양 부자 놈 운운하는 것도 꼴 보기 싫다고.
국전	누가 부자 놈 거라고 막 처먹재? 천축이 못 먹어서 비실비실하는 것 좀 봐.
천축	그만해. 듣기 싫어. 왜 추하게 먹는 것 가지고 그래?
국전	거봐, 나도 니가 먹는 걸 보면 추해서 미치겠어. 걸구 같애. 저렇게 먹을 땐 싸는 것도 푸질 거야.
천축	그런 것 말고 할 얘기가 그렇게 없어? 내 문제를 가지고 너희끼리 왈가왈부하지 말어. 내가 곧 뒈질 놈처럼 보이는 모양인데, 뒈질 때 뒈지더라도 그냥 내버려둬. 혼자 죽어버리면 될 거 아냐……. 조용히 죽거나 말거나.

잠시 사이.
천축은 흔들의자에 앉는다.
국전은 평상에 와 앉는다.
왕오는 화분에 꽃을 심을 뿐 말이 없다.

국전	(천축의 의중을 살피며) 어이 천축.
천축	…….
국전	자네가 죽긴 왜 죽어?

천축   언젠가는 그렇게 되겠지.

국전   언젠가는 그렇게 안 되는 사람도 있나?

천축   난 어렸을 때부터 약골이었지. 집안에서도 늘 걱정이었어. 장손에 외아들이었거든. 친구들이 냇가로 멱 감으러 갈 때도 난 할아버지 앞에서 『명심보감』을 읽어야 했지. 멱 감는 일은 생각도 못 했어.

국전   멱 감는 게 뭐가 좋다고 그래? 난 요만할 때부터 밤만 되면 다리 밑에서 목욕하는 아줌마들 훔쳐보는 게 일이었다. 다리 위에서 전등으로 비추면 아줌마들은 야! 하고 일어섰다가 얼른 물속으로 몸을 감추고. 그게 좋아 히히덕거리다가 어른한테 붙잡혀 죽다 살아난 게 한두 번이 아니었다고. 순 쌍것이었지. 아무렇게나 막 자랐거든? 한번은 친구하고 같이 (전등 비추는 시늉) 우헤헤헤 하고 있는데 친구가 "아니 저건 니네 엄마잖아." "그러냐?" (방향 전환하는 시늉) 헤헤헤.

천축   ……

국전   안 우습냐?

천축   아홉수에 뒈진 댔는데 스물아홉 서른아홉 다 넘어가고 지금까지 산 것만 해도 다행이지.

국전   쭈그렁밤송이 3년 간다고 그런 사람이 오래 산다 하지 않던.

천축   오래 살고 싶지도 않으이.

국전   무슨 소리. 천년만년 호호야처럼 살아야지.

천축   모진 목숨 길게 살아 뭣 해?

왕오   저녁 당번 누구야?

국전   분위기 좀 살리자.

왕오   오호, 너지?

국전	싫어.
왕오	그런 법이 어딨어?
국전	여기 있다.
왕오	그럼 내가 하지.
국전	헤헤헤. 그래줄련?
왕오	넌 굶어.
국전	못 굶어. 헤헤헤. 알았어 내가 하지. 까짓거 밥하는 게 문제냐. 한몫 잡음사 와장창할 판인데. (책장에다 그릇을 갖다놓는다. 왕오에게 다가와서) 열쇠.
왕오	(건네준다.)
국전	곳간 열쇠도.
왕오	안 돼.
국전	여보게, 왕오. 대저 인생은 공수래공수거 아니던가?
왕오	안 된다니까.
국전	굴비 꾸러미 둘러메고 꽁치 꾸러미 둘러매고 양손에 명태 들고 (잰걸음 시늉) 저승 갈래?
왕오	너도 내 나이 되어봐라. 앞뒤 가려서 똥 싸게 될 테니까.
국전	난 그렇게 꾀죄죄하게 늙어가진 않겠다. (머플러를 풀었다가 다시 맨다.)
왕오	이놈아, 니놈도 흰머리 성성한 게 아무리 큰소리 땅땅 쳐봐도 살 만큼은 산 게야. 촐싹대지 말고 자중해.
국전	무슨 소릴. (왼손을 시옷 자로 꺾어 산처럼 보이게 하며) 자네는 우리가 자꾸 여기에 있다고 하는데 난 지금 정상 모서리에 서 있어. 앞으로도 창창한 미래가 있다고. 내 나이 예순일곱이지만 그건 문제가 아냐. 아흔에 회갑을 쉴 거고 백 살에 진갑을 쉴

테다. 알겠어?

왕오 　아니 모르겠어.

국전 　이까짓 흰머리는 염색하면 끝이라고.

왕오 　그야 니 맘이지.

국전 　내 마음이 아냐. 너희들도 그렇게 살란 말이야. 젊고 활기차게.

천축 　몇 년 못 가 확 고꾸라질걸?

왕오 　구피 상피야.

국전 　(천축에게) 저 자식 지금 뭐래?

천축 　구피 상피래.

국전 　국진 껍떡이 어째서 쌍피냐. 열 끗이 쌍피지.

천축 　개가 코끼리 가죽을 뒤집어쓴 것처럼 안 어울린다 이거야.

국전 　그래? (금방 시무룩해지면서) 나이 앞에 장사 있는가. 사방 군데가
　　　마춰 주사 맞은 것처럼 얼떨떨하지. (다시 살아나서) 하지만
　　　아직 자네들과는 다르다고. 아직도 밤만 되면 이놈이 벌떡벌떡
　　　거린다니까. 팔굽혀펴기 목표 열 번 (평상에다 대고 팔굽혀펴기를
　　　한다.) 하나 두—울. (엎어지고 만다.)

왕오 　후후후.

천축 　그 나이에 아직도 팔팔하구먼.

국전 　작년 그러께까지만 해도 열 개는 거뜬히 했었는데.

천축 　키가 커서 그래. 난 한 개도 못 할걸?

국전 　한번 해봐.

천축 　싫어.

국전 　뭐 어때?

천축 　약 올릴려고?

국전 　아냐, 약속할게.

천축   (팔굽혀펴기를 한다. 한 개도 못 하고 엎어지고 만다.)

국전   (의기양양하게) 한 개도 못 해?

천축   내가 뭐랬어. (왕오를 가리키며) 예순아홉 (자신) 예순여덟 (국전)
       예순일곱! 니놈은 역시 막내답게 젊은 거야.

국전   그럴까?

천축   그럼.

국전   (시무룩해지며) 젊으면 뭘 해. 굴이나 파다가 끝마칠 인생인데.

천축   1년 뒤면 뿅 한다며?

국전   기다려서 될 일이라면 아무 걱정도 없겠다. 세월은 흘러가고 고
       녀석은 다가오고 보물은 안 나오니 사면초가지.

천축   고 녀석이라니?

국전   저승사자.

천축   후후후.

국전   요즘 들어 부쩍 그 녀석이 어둠 속에서 팔짱을 낀 채 날 오라
       손짓해.

천축   그동안 나쁜 짓 하며 잘 살았다고?

국전   응.

천축   살 만큼 살았으며 가는 거지 뭘.

국전   우리한테는 꼬리표가 달려 있을 거야. 이 꽁무니에. 배달되어야
       할 화물 소포처럼. 어디로 보내라고.

천축   나쁜 놈이니 지옥으로 보내라고?

국전   응.

왕오   설마.

국전   필수 녀석 죽었을 때 벽제 화장터에서 태우는 데 딱 30분
       걸리더군. 그것도 어른은 오래 걸린대.

천축   살점 태우는 데야 얼마 걸리겠어? 나머진 죗값이지.

국전   그런가 봐. 애기 무덤을 만들어줄까 했는데 내가 죽고 나면 누가
       돌봐주겠어. 단념했지.

천축   잘했어.

국전   비가 엄청나게 내리는 날이었다. 돈은 없고 어떡해. 가마니로
       그놈을 똘똘 말아 손수레에 싣고 밤중에 화장터로 내뺐지.
       통행금지가 있던 때지만 별수 있었남? 구파발에 다다르니
       동이 터와. 미치겠더군. 버스들은 지나가지 사람들은 두 눈이
       뚫어져라 쳐다볼 것만 같지. 그런데 누가 "넌 뭐야" 그래.
       쳐다보니 검문소 헌병이야. 사정 얘길 하는데 그때서야 눈물이
       쏟아지더라⋯⋯. 헤헤헤. 나 죽거든 화장해. 사람 많이 다니는
       종로 통에다 묻어주고. 넘들 몰래. 죽게 되면 외로운 게 제일
       싫어.

천축   너보다 내가 먼저 갈란다.

국전   그건 모르는 거야. 이러다가 콕 하고 쓰러지면 그걸로 끝인 게야.
       선규 못 봤어? 갑판에 기대고 조는 줄 알았더니 그대로 갔잖아.
       그나저나 염라대왕 앞에 가면 뭐라고 말하지? 무슨 죄를 이렇게
       많이 지었느냐고 물으면?

천축   대왕께서도 그 세상에 가서 한번 살아보십시오. 사는 게 그냥
       죄입죠.

국전   한마디 더 덧붙일란다.

천축   뭐라고?

국전   죄짓고 사는 것도 힘듭디다 하고.

천축   거짓말 마라 인석아.

국전   헤헤헤. 그럼 또 누가 아냐? "오호 인간적인 놈이다" 하고

천당에 보내줄지.

천축　아서라. 천당 가긴 그른 몸들이야.

국전　그걸 누가 모르는가. 그냥 해본 소리지……. 천당 가서 필수나
　　　한번 봤으면 좋겠다.

천축　자넬 닮았었나 보군?

국전　영락없는 내 자식이지. 우는 것 웃는 것 하며.

천축　잘 삐치고 콩콩거리는 것두?

국전　응.

왕오　그런 것 보면 물 한 방울의 위력이 대단한 거야.

천축　몇 살 때 죽었댔지?

국전　일곱 살 때.

천축　꽤 커서 죽었구먼.

국전　그 나이에 큰 죄야 지었겠어? 거기엔 연좌제도 없을 테니 애비 죄
　　　물려받은 것도 없을 테고.

천축　그럼 천당 갔겠지.

국전　명 짧은 게 최고야.

천축　그럼…… 그럼.

왕오　밥 안 해?

국전　응? 해야지.

천축　내가 할게.

국전　아냐 됐어. (부엌을 향하자)

천축　야! 우리 외식 한번 해볼래?

국전　외식?

천축　어때?

국전　어디 가서?

천축	읍내로 나가서.
국전	읍내까지 30리 길을 걸어가서?
천축	그래 막국수가 먹고 싶어. 얼큰하고 시원한.
국전	우와, 멋진 일인데.
천축	왕오야 어떠냐?
왕오	안 돼.
천축	왜?
왕오	너무 비싸.
국전	짜장면 반 그릇 값이다, 인마.
왕오	30리 길을 걸어가서 막국수를 먹고 온다?
천축	헤헤헤. 좋잖아.
국전	쉬엄쉬엄 갔다 오면 내일 새벽에나 도착하겠네.
왕오	혜초 여사가 올지도 모르는데?
천축	까짓거 기다리라지 뭐. 맨날 우리만 기다리라는 법 있냐? 한 번쯤 이탈도 해보는 거야. 사는 게 순간이고 순간마다 발악발악 발악질하는 게 아니겠어?
국전	아암, 우회도 하고 탈선도 하고.
왕오	좋다. 그래 가자.
국전	참말이야?
천축	그럼. (노래를 부른다.) 휘파람을 불며 가자 어서야 가자.
국전	잠깐만. (밖으로 나간다.)
천축	서울에서 시내버스를 운전할 때 맨날 똑같은 노선만 댕기는 것이 어찌나 싫던지. 역마살 잔뜩 낀 놈한테 고 길만 왔다 갔다 하라니 얼마나 근질근질 했을 거야. 길은 막히고 숨통은 죄어오고. 왱 하고 핸들을 돌려 '서울이여 안녕' 하면서 시외로 냅다 뺑 까고

싶더라고.

왕오   한번 해보지 그랬어?

천축   실제로 했다니까. 그날로 끼익. (목 치는 시늉)

왕오   신났겠는데?

천축   그럼. 왱 하면서 영등포 안양 수원을 거쳐 천안까지 단숨에
        달려갔지.

왕오   승객들은?

천축   중간에 허겁지겁 다 내렸어.

왕오   아무 말로 안 하디?

천축   겁에 질려 짹소리도.

왕오   하하하.

국전   (색안경과 벙거지를 쓰고 등장) 나 어때? 어울리냐?

왕오   돼지발톱에 봉숭아물이다 인석아.

국전   마카오 노신사들은 다들 이래.

천축   멋있는데?

2장

외출하였다가 비를 흠뻑 맞고 돌아온 직후다. 난타의 젖은 옷이 줄에
걸려 있다.
왕오 천축 국전, 비 맞은 머리를 말리기도 하고 옷을 갈아입기도 하고
거울 보며 모양을 내기도 한다.
활발한 무대.

왕오   (물끄러미 보고 있다가) 난타가 오니까 다들 생기가 도누만.
천축   얼마나 좋으냐 야. (문틈 새로 안을 들여다보며) 이렇게 구경거리도
       있고 얘깃거리도 생기고. 국전아, 기분이 어떻디?
국전   뭐가?
천축   난타 업고 개울 건널 때 말야. 볼록볼록한 것이 등짝에 박히면서
       짜릿짜릿하지 않던?
왕오   개자식, 평소엔 비실비실하더니 어디서 그런 황소 힘이 났던고?
       아예 내려놓을 생각을 않더군.
천축   에이, 그거야 나라도 그랬겠다. 국전아, 난타가 나오면 또 밤
       따러 가자고 해볼까?
왕오   야 야, 관둬라.
천축   또 아냐? 왔다 갔다 하다가 고물이라도 떨어질지? 예컨대
       알이 배겼다고 허벅지를 주물러달랄지, 배탈 났다고 배를 살살
       문질러달랄지.
국전   그래 찐드기처럼 쫓아다녀봐. 개도 부지런해야 더운 똥
       얻어먹는다더라.

왕오	개자식.
천축	그나저나 오늘은 니놈이 운수대통한 날이다. 밤 따러 가서 소나기 퍼부어 개울물 불어 그래서 난타까지 업어. (왕오에게) 마치 누군가가 국전을 위해 미리 짜 맞춘 것 같잖아? 하느님이 보우하사 우리나라 만세다 이놈아. 헤헤헤. 어이 국전 씨 말 좀 해보아?
국전	(거울 보고 빗질하며) 빗 좀 사자 야. 이가 빠져 못 쓰겠어.
왕오	수건도 사고 양말도 사고 겨울 내복도 사야 될걸?
천축	헤헤헤.
국전	참말로 한의사 영감탱이와 결혼할까?
왕오	병신 자식. 그것 때문에 고민하고 있었냐?
천축	야, 우리가 한두 해 겪어봤냐? 맨날 허는 소리가 누구하고 어쩌타 저쩌타.
국전	그렇겠지?
천축	아암. 야 근데 너 왜 내 옷 입냐?
국전	하루만 빌려주라.
천축	쯧쯧쯧. 헤헤헤.
국전	왜 하필 영감탱이를 골라잡았을까?
왕오	돈 많고 만만하니까.
천축	더더욱 천우신조가 아니더냐. 너도 보물을 잡아보아. 그까짓 한의사가 문제냐? 마카오 도박장 사장님께서?
국전	어떤 관계일까? 혜초 여사하고.
천축	글쎄. 그 점이 묘하거든?
왕오	어찌 보면 수준 있고 어찌 보면 수상하고 또 정이 헤프고. 오늘 밤 피해줄 테니 잘해봐라, 인석아.

천축   헤헤헤.

국전   자고 갈지 그냥 갈지 어찌 아누?

천축   옷이 다 젖었는데 가긴 어딜 가.

국전   그런 것에 연연해할 여자더냐?

왕오   기다렸다가 혜초 여사와 하냥 가겠지.

천축   (문틈으로 본다.) 야, 드디어…….

국전   뭐가 보여?

천축   응. 크흐흐흐.

왕오   그래? (다가간다.)

국전   뭔데?

천축   빨래하고 있어.

국전   개자식. 빨래하는데 왜 크흐흐흐냐?

천축   우리 빨래야.

왕오   어, 저건 내 빤쓴데.

천축   빤스를 주물럭주물럭. 가냘픈 난타 살이 코끼리 빤쓰 속에
        알알이 박히겠네.

왕오   뒷모습이 아름답지 않누?

천축   정강이가 뽀송뽀송하구만.

국전   이쪽 보고 빨래하면 얼마나 좋을까?

천축   더 짧은 치마 입고, 응?

왕오   예끼, 인석아. 더 짧으면 그게 치마냐?

천축   빤쓰지.

왕오   하여튼 희한해. 들쑥들쑥 술렁술렁하다가도 저렇게 빨래하는 걸
        보면 참한 데가 있단 말씀이야.

천축   그러니까 혜초 여사하고 단짝이겠지. 어이, 왕오 국전!

혜초여사가 왜 이리 늦는 거지?

국전   그러게나 말이야. 난타 양하고 하냥 왔다는데.

왕오   군청에 들른댔다니까 다소간 지체되는 거겠지.

국전   아냐. 아까부터 곰곰이 생각해본 건데 난타 양 말대로 저 기지가
       옮기게 될 것 같고 그 땅을 혜초 어사가 불하받는다 치면 그것이
       우리에게 득이 될지 손이 될지 잘 생각해봐야 된다니까.

왕오   득실을 따질 게 뭐 있누? 기지가 옮기게 되면 힘들여서 굴 팔
       필요 없이 그냥 굴러들어오는데. 앞으로 더욱 조심해야 될 거야.
       남들이 눈치채게 되면…….

천축   하긴 꼭대기 기지 대장이 알게 되면 마누라한테 긴급 전화를
       걸어 "어이 난데 기지 밑에 무덤 있잖아? 그 속에 신라 시대 각종
       유물이 가득이야. 잔소리하지 말고 니가 몸을 팔아서라도 무조건
       이 땅을 사두라고 알았나? 복창해라, 우리 무조건 산다. 이유는
       없다. 절대 명령이야." 찰크덕.

왕오   쉿. 이제 반쯤은 우리 것이 된 셈이야.

천축   헤헤헤.

국전   왕오 천축, 오늘 밤에 해치워버리면 안 될까? 아무래도 느낌이
       이상하단 말이야.

왕오   아이구 또 저느무 허구망상. 야. 돈황사 터가 여기 있으면 기지는
       여기 있어. 위에서 훤히 내려다보이는데 어떻게 터냐? 안국동
       한옥집 털 듯이 수월할 것 같애?

국전   각오야 해야지.

천축   난 싫어. 콩밥이라면 지긋지긋하다고. 요만한 놈들한테 신입
       빳다 맞는 것도 싫고 똥깐 옆에서 잠자는 것도 지겨워.

왕오   한의사 영감 때문에 초조해진 모양인데 아서라 아서. 자고로

사내란 급할수록 여유가 있어야 되는 법이다, 이것아.

국전 혜초 여사가 혼자서도 할 수 있었다면 골이 비었다고 우릴
불렀겠냐. 근데 이제 땅을 사서 완전히 자기 것이 됐다 치면?

천축 하긴 이상하긴 해. 얼마 전엔 읍에서 산림계 직원이 다녀가, 며칠
전엔 또 기지에서 사찰 나와, 뭔가 돌아가는 것이 뒤숭숭하단
말이야.

왕오 그것도 난타가 얘기하지 않던? 기지 이동과 관련된 것이라고.

국전 혜초 여사가 읍내에서 잠적한 이유는?

왕오 미친놈 형사들 말허듯이 허구 자빠졌네. 잠적은 무슨 잠적이야.
잠시 뒤엔 추석빔을 사 들고 활짝 웃으며 안녕, 하며 나타날
텐데. 혜초 여사는…….

국전 (왕오를 흉내 내며) 누가 뭐래도 품질을 내가 보장한다고.

왕오 굴러들어올 복이나 잘 챙겨.

국전 형님이야말로 들어올 복인지 나갈 복인지 잘 챙기시라구요.

천축 (문틈을 들여다보며) 쉬잇! 야! (오라는 시늉) 드디어

국전 안 속아.

천축 싫음 관둬라, 인석아.

왕오 진짜야?

천축 크흐흐흐. 머리 감고 있어.

국전 참말이냐?

왕오 (다가서며) 어디 보자.

국전 좀 비켜봐.

천축 후후후. 이번엔 이쪽이야 이쪽.

왕오 역시 정강이가 일품이야.

국전 목덜미에서 등짝까지 얼핏설핏 보이는 저 능선은?

천축   죽이고 싶도록 아름답지.

왕오   아름답다 못해 서글프고.

국전   일품이야 중앙이지. 볼록볼록한 선녀의 쭈쭈!

천축   아무렴 대저 쭈쭈란 인생의 진리가 아니던가!

국전   백일홍이 피었다 진다 한들 어찌 세월을 탓할 쏘며,

왕오   이 몸 죽어 무소귀면 쭈쭈 또한 더불어 축축 처질진저.

천축   생각보다 포동포동하다니까?

왕오   살결 곱고 팽팽하고 암팡지고.

국전   볼록볼록 짤룩 볼록 짤룩 (밀어내며) 저리 가지 못해?

천축   쉬잇. 들릴라. 왜 그래?

국전   이상하잖아. 너희들이 왜 쳐다보면서 낄낄거려?

천축   너는 왜 보냐?

국전   내 걸 내가 보는데 뭐가 어때.

천축   자고로 여자란 예술품이라며?

국전   그런데?

천축   값진 예술품 박물관에 진열해논 까닭은 서로서로 번갈아 보라
        함이지 어떤 놈 한 놈만 우라지게 보라 함이더냐? (보려 한다.)

국전   (밀쳐내며) 예술품도 두 가지야. 박물관용도 있지만 개인
        소장품도 있다 이 말이야.

        (혼자 보려 하는데 문이 열리며 얻어맞는다.)

천축   쌤통.

왕오   쌤통 쌤통.

난타   뭘 보고 계세요? 머리 감는 거 한두 번 보셨어요? 목욕이라도
        했다간 이 문짝 다 부서지겠네요.

왕오   아무렴 난리가 나지요.

164

천축	우리가 그만큼 나오시기를 학수고대했다 이 말입죠. (왕오에게) 안 그래?
왕오	아암, 그저 언제나 씻고 닦고 나오시려나 나오셔야만 또 밤 따러 같이 가고 감 따러 같이 갈 텐데.
국전	소낙비도 그쳤거든요?
왕오	이것들하고 다녀봐야 낭만과 우수와 고독한 대붕의 꿈을 어찌 안답디까, 헤헤헤.
난타	먼저들 가세요. 낭만과 우수를 찾아 대붕처럼 날아서들. 전 천천히 등목까지도 할 테니까요.
국전	등을 밀어줄 사람이?
난타	헤헤헤.
국전	헤헤헤.
난타	그래주실래요?
국전	저야 뭐, 헤헤헤.
난타	그냥 수건만 갖다주세요. 그러고요.
국전	뭔데요?
난타	속옷 좀 자주 갈아입었음 해서요.
국전	그건 왕오 빤…….
난타	헤헤헤헤. (안으로 들어간 다음, 문을 닫는다.)
국전	자식아, 너 때문에 내가 당했잖어.
왕오	쌤통.
천축	쌤통 쌤통.
국전	니 수건 좀 도오.
천축	니 건?
국전	냄새가 심해서 그래.

천축	나도 그래.
국전	왕오야?
왕오	나도 그래.
천축	니 여자라며?
국전	개자식들 (자기 수건을 들고 가서 슬쩍 안을 늘여다보며 노크한다. 수건을 건네며) 죄송할 뿐입니다, 헤헤헤. 진짜 등목도 하시게요?
천축	안 해도 돼요. 나머진 저희들이…….
왕오	(난타가 벗어놓은 옷을 부여잡고) 다 상상하며 볼 수가 있으니까요.
난타	걱정들 마세요.
왕오	여부가 있나요? 그거야 순전히 난타 양 소관입죠. 저희들이사 뭔 느무 근력으로 이리 앉아라 저리 누워라 하겠습니까?
천축	(낮은 목소리로) 진짜 등목해?
국전	아니.
천축	헤헤헤.
국전	뭐가 우습냐?
천축	어제 곰보 할망구가 한 말이 생각나서.
왕오	아, 어제 그 막국숫집 할망구?
천축	그래. "할바씨들도 화덕에 불 지피려 오셨수? 조심들 허슈. 신세 조지기 전에." 헤헤헤. 그나저나 어떤 늙은이들인지 몰라도 생각은 되게 났던 모양이야.
왕오	갈뫼리 양로원 사람들이라잖아.
천축	후후후.
국전	그럴 수도 있지, 그게 뭐 그리 우습누?
천축	생각해봐. 영감탱이 다섯이서 일렬로 서서 화덕에 불 지피려 향했을 때. (구령을 붙이며) 하나— 둘 하나— 둘. 진작부텀

지네들끼리 따로 모여 돈을 걸고 대가리를 맞대고, 언제가 좋다 어디가 좋겠느냐, 그날이 올 때까지 하늘 보며 얼마나 설레는 가슴을 다독거렸을 거야. 몽창 병에 걸려 수녀한테 들킬 때까지 걱정은 얼마나 했을 거고.

왕오   후후후.

국전   갈뫼리 양로원을 성당에서 운영하던가?

천축   응. 그래도 우리보다 아래겠지?

왕오   위지. 최하가 여든여덟이라는데. 망신살이 뻗친 거지. 다 늙어 골골하는 것들이…….

천축   난 그렇게 생각하지 않아. 얼마나 아름다운 발버둥이냐고.

국전   쉬잇. 우리도 한번 해볼까?

천축   (왕오에게) 어떠냐?

왕오   미친놈.

천축   흘러가는 세월에 반역 좀 해보자, 이 말이야.

왕오   아서라. 일없다.

국전   그 영감탱이들이 스긴 섰을까? 하긴 섰으니까 병에 걸렸겠지? 에헴, 나야 아무 걱정 없다만 너희들이 쯤!

왕오   나도 별문제는 없다마는 천축이가 쯤!

천축   하하하. 웃기지들 말어. 이래 봬도 유사시 때 발동하는 건 뭐가 있단 말씀이야. 실제 상황이다 싶으면 앞뒤 안 가리고 퍽퍽이라니까.

왕오   아서라. 그 기분이사 모르는 바가 아니다마는 다음 날 동쪽에서 떠오르는 햇살과 함께 퍽퍽 쏟아질 니놈의 쌍코피도 염두에 두셔야지.

천축   아무튼 난 자신 있어.

국전	왕오 너는?
왕오	나도 자신 있지.
국전	좋다, 가자.
천축	언제?
왕오	날짜 잡어.
국전	쌍십절 날이 어떨까?
천축	양력? 음력?
국전	양력.
천축	그렇게 빨리?
왕오	좋지.
천축	돈은?

미리부터 나와 있던 난타.

난타	뭐가 그리들 좋으실까.
왕오	일들 해. 빈 화분이 어딨지?
난타	그 옆에 있네요.
왕오	아, 그렇습니까? 뭣들 해. 어서 흙을 가져오지 않고.
난타	돈을 걷어 어디 재미난 데라도 가려구요?
왕오	재미난 데라뇨? 우리 말인즉슨 늙음을 이성으로 제어하지 못하면 동물로 돌아가 죽을 것이다……라는 반성이었습죠.
난타	후후후. 노친네들끼리 기분 낼 거리라도 찾으셨나 부죠?
왕오	노친네라뇨? 우리야 아직도 금 그어가면서 오줌발 시합을 더러더러 하는뎁쇼. 특히나 국전이가 들으면 기분이 몹시 상할 겁니다. 앤 아직도 짱짱하거든요.

난타	뭐가요?
왕오	오줌발 말입니다.
국전	야! 왜 하필이면 이 신성한 자리에서 오줌 얘기냐?
왕오	오줌발이야말로 젊음의 상징이라면서? 어제만 해도 니 키보다 높이 쏘아올리겠다고 허풍 떨다가 내 바지만 버려놨잖아?
난타	(갑자기 찡그린다.)
천축	아니 왜 그러십니까? 안색이 안 좋구만요.
난타	속이 좀 메슥거려서요.
천축	옆구리가 약간 땡기고?
난타	예.
천축	생밤 먹고 체하셨나? 어디 좀 봅시다. (배도 찔러보고 손도 만져본다. 왕오에게) 맞지?
왕오	된통 체했군. 따야 되겠어.
천축	하하하. 그것 봐라. 천우신조가 아니더냐? 우리나라 만세다, 이놈아.
난타	아니, 왜 그러세요?
천축	아닙니다. (국전에게) 뭘 해? 바늘하고 고무줄 좀 빨리 가져오지 않고.
국전	알았어. (가져온다.)
난타	싫어요. 무서워요.
왕오	어린애처럼 칭얼대시긴.
난타	안 아파요?
왕오	시원헙죠.
천축	(난타의 손을 바늘로 딴다.) 이것 보세요. 새까만 피예요.
난타	그냥 뻘건 것 같은데요?

왕오	무슨 소릴. 염생이 똥처럼 시커멓구만.
천축	(입으로 피를 빨아들인다.) 많이 엉겼었나 봅니다.
왕오	발가락도 따.
천축	(따며) 저어 결례가 아니라면 배를 살살 주무르면서 체 내린다면 좋을 텐데요.
왕오	뭘 묻냐? 한시가 급한데.
천축	헤헤헤. 이리 앉으십시오. (왕오가 하려 드는데) 체 내리는 거야 국전이가 최고입죠.
국전	(머쓱한 웃음을 짓고 체 내린다.)
왕오	난 뭐 할 거 없어?
천축	이리 와서 발바닥 좀 주물러드려.
난타	발바닥하고 체 내리는 거하고 무슨 상관이 있다고 그러세요?
천축	무슨 말씀을. 발바닥에 모든 신경이 쟁겨져 있다고요.
왕오	암마 암마. 왜 옛날 양반들 보면 주리 틀고 앉아 곰방대 입에 물고 발바닥 주무르고 그러잖소. 다 선인들의 지혜입죠.
국전	왕오야! 나하고 바꾸자.
왕오	일없다, 인석아.
난타	<u>호호호호.</u>
천축	웃는 것도 이쁘시지. 꽃처럼 웃으시네.
왕오	왜 그러슈?
난타	암튼 좋아요. 백설 공주가 된 기분이네요. 기왕이면 어깨도 좀 주물러주세요.
천축	예 예.
왕오	무교동 낙지 골목…… 잘 있죠?
난타	그럼요.

국전	요즘도 자주 가슈?
난타	매일 가죠. 혜초 여사 가게가 거기니까.
천축	요즘은 낙지 한 사라에 얼마나 받수?
난타	5천 원요.
왕오	지금도 맵고 짜고?
난타	예.
국전	고추장도 듬뿍 치고?
난타	예.
천축	혹시 그 자식 입에서 구린내가 안 나던가요?
난타	누구요?
천축	한의사 영감탱이 말입니다.
난타	호호호호.
국전	발목댕이에서 살비듬 떨어지는 거 못 봤소? 안 그런 척 애써봐도 저녁때쯤 되면 까만 양말이 허열 텐데.
난타	아뇨. 못 봤는데요.
왕오	몽창 틀니 한 건 아니오?
난타	아뇨, 치아가 특히 반듯하고 복스럽더라구요.
왕오	다음에 잘 살펴보십시오. 틀림없이 가짜일 테니까.
난타	호호호. 그 사람 이제 서른네 살밖에 안 됐어요.
천축	아니, 한의사라면서요?
난타	젊은 한의사는 없나요 뭐.
국전	그 자식이 오히려 두서넛 연하겠네요.
난타	그렇죠.
천축	우와. 땡잡았네.
왕오	국전이 넌 쨉도 안 된다 야. 포기해.

국전	누가 어떻게 해보쟀어? 개자식들. 가만있는 사람 가지고 왜
	들었다 놓았다 엎어쳐대.
왕오	왜 나한테 화풀이누?
국전	언제?
천축	후후후.
국전	하늘 참 되게 시푸렇네.
천축	헤헤헤헤.
왕오	헤헤헤헤.
천축	날비린내 나지 않소? 너무 어려서.
난타	그런 감도 있지요.
왕오	그럴 거요. 내 생각엔 난타 씨는 듬직한 노신사가 어울릴 것
	같소만.
난타	후후후후.
천축	포기하세요. 결혼이란 소꿉장난이 아니거든요.
난타	후후후.
왕오	웃지만 말고 대답해보슈. (국전을 가리키며) 이놈 속이야
	오죽이나 답답하겠소.
국전	왜들 이래. 내가 어쨌다고. (난타에게) 「사랑가」나 불러수슈.
왕오	그래 보슈. 난타 씨 시원한 가락으로 애달픈 사연 싹 도려내겠다
	이거 아니겠소. 얘가 생긴 건 이래도 마음은 그저 이슬입죠.
난타	아저씨들은 좋겠어요.
국전	뭐가요?
난타	이렇게 공기 좋고 물 맑은 곳에서 세 분이 실실 농이나 건네며
	세월아 네월아 넉넉하게 사시니들.
천축	아이고, 죽을 맛이죠.

난타	왜요?
천축	도시 사람들은 논밭에서 한가롭게 김매는 아낙네를 보면서 "아! 이런 곳에서 살면 얼마나 행복할까" 하고 생각하겠지만 시골 아낙네야 뙤약볕에서 죽을 맛이 아니겠습니까?
난타	혜초 여사와 어떤 관계세요? 그분이 아저씨들 생각하는 걸 보면 끔찍한 사이 같던데.
천축	그 양반도 어려운 시절이 있었습죠.
난타	남대문 시장에서 외제 물건 파실 때요?
왕오	예. 야매로 양물건을 땡칠 때라 걸핏하면 경찰에 불려가고 깡패들이 찝쩍대고 그랬습니다. 그때 좀 도와줬지요.
난타	어떻게요?
왕오	뭐 우리한테 특별한 것이 있었겠소? 몸으로 때웠죠. 음으로 양으로.
난타	대신 형무소도 들어가주고?
왕오	과대 포장 하지 마슈. 그저 요만한 일들뿐이니까.
천축	혜초 여사는 무슨 소식 없수?
난타	아! 못 들를지도 모른대요. 군청 일이 늦어지면 먼저 올라가겠다고 했어요.
국전	저 땅 매입 건 때문이에요?
난타	예. 두루두루.
국전	난타 씨는요?
천축	주무시고 가세요. 이런 환자 몸으로 어딜 가시겠습니까?
왕오	혜초 여사는 시집 안 간대요?
난타	가야겠지요. 더 늦게 되면 서로 의지하며 등 긁어줄 사람이 필요할 테니까.

천축	왕오도 등 긁어줄 사람이 필요한데.
국전	누군 안 그러냐?
천축	할머니 건강은 어떠슈?
난타	골골해요. 아무 데나 똥을 묻히고 다닌다니까요.
국전	그래요?
난타	돌아가시면 정처 없이 여행이라도 다니고 싶어요. 자, 이젠 됐어요. 끝!

난타, 일어선다.

천축	속이 좀 어떠슈?
난타	예. 난쟁이 아저씨들 덕분에 좋아졌어요. 할머니와 단둘이 살면서 뼈저리게 느끼는 게 있죠. 제가 인간이 되려면 아직도 멀었다는 거. 늘 신경질 내고 함부로 말하고 제 고집만 피우거든요. 평생을 제 뒷수발로 희생만 하셨는데도 그걸 몰라요. 저는 어떻게 늙음을 준비해야 할까요? (서구의 고전식 무대 인사를 흉내 내며) 여러분!
국전	(따라서 흉내 내며) 왜라고 묻지 않고 십자가를 포옹할 때 침묵은 바로 흠숭입니다.
천축	다행이오. 그 나이에 그런 생각을 하게 되었으니. 올해 춘추가 몇이시더라?
난타	서른여섯이요.
왕오	꽃다운 나이요.
국전	(신파조로) 아! 꽃다운 삶과 (왕오 천축을 가리키며) 꽃일 수 없는 삶과의 갈등 사잇길에 야멸차게 서 있도다.

난타   약간 시든 나이죠.

왕오   우린 그 나이에 나쁜 짓만 골라서 하고 다녔는데.

난타   피차 마차예요.

천축   요정 일은 잘 되슈?

난타   예.

왕오   술손님도 많고?

난타   드글드글 끓죠.

국전   돈도 많이 벌었겠네요?

난타   그럼요.

왕오   술집 하다 보면 멋진 사내들도 많이 만나겠구랴?

난타   요즘 손님들은 일회용 주사기지요. 한방 놓고 버리는. 한마디로
         풍류가 없어요. 술 한잔에 시를 읊고 인생을 노래하는.

천축   우린 난타 양이 행복타 했더니 그것도 쉬운 일은
         아니겠습니다그려.

국전   까짓거 때려치워버리지 그러십니까? 꽃다운 나이에 반반한
         얼굴에 어디 가서 먹고살 게 그렇게 없겠소?

난타   이젠 타성대로 쫙 해요. 간단하더라구요. 그놈들을 짐승으로
         보면 그만이니까요.

천축   짐승 우리를 박차고 나오십시오.

난타   어느새 나도 짐승이 돼버린걸요.

천축   순진하고 맹물뿐인 여기 돼지우리가 어떻겠습니까.

난타   후후후.

천축   꿀꿀꿀.

국전   꿀꿀꿀.

왕오   꿀꿀꿀.

난타	후후후.
왕오	이것 보슈. 그저 여자의 행복이란 쓸 만한 사내 만나 오손도손 살아가는 게 최고라오. 잊을 건 잊고 살아야지 맨날 사업이니 늙음이니 흘미죽죽 넋두리나 하고 있으니 단 하룬들 평안하시겠소?
난타	사랑이 아프다고 사랑 자체를 안 하고 살 수야 있답니까?
국전	아암.
난타	안 풀릴 죽음이라 해서 죽음 자체를 잊고 살 수야 없잖아요?
왕오	허허. 글쎄 그런 어려운 얘길랑은 서울 친구들 만나면 그때 하슈.
국전	우리끼린 뭐 친구가 아닌가?
왕오	하두 어려워서 이놈 대갈통이 빠개질 것 같으니까.
국전	무슨 소리야 우리네 인생 얘기구먼.
왕오	서울 얘기 좀 들려주슈. 재미있는 걸로. 예를 들어 누가 홀라당 벗고 종로 네거릴 뛰었다느니 어떤 놈이 명동 노른자위 땅에 목장을 만들어 생우유를 판다느니.
난타	누구 짐승 아닌 참한 사람 없을까요?
천축	가까이서 찾으셔야죠. 두드려라! 그럼 가까이서…….
국전	네!
천축	하고 열릴 테니. 그나저나 어떤 사람을 좋아하슈?
난타	여백이 있는 사람이 좋지요.
천축	여백이라뇨?
난타	자기주장만 펼치지 않고, 남의 얘기도 충분히 들어주는 여유로운 사람요.
천축	그렇다면 흔들삐쭉이처럼 마음이 왔다 갔다 하는 사람이 좋겠군요?

왕오	그런 놈이라면 있긴 있지요. 왔다 갔다 하는 데는 가히
	천재입니다.
국전	헤헤헤헤.
천축	난 말입니다, 외아들로 자라 국민학교 선생이 되었고 노름꾼으로
	돌아섰다가 다시 버스 운전수로 종국엔 밀수 운반책을 거쳐
	형무소를 전전한 몸인데 이 정도면 인생을 살 만큼 살았다고
	보는 게요.
난타	그런데요?
천축	이쯤 됐으면 웬만한 관상쟁이는 됐을 법한데 난타 씨에 대해선
	도무지 감이 안 잡힌다니까요.

난타, 갑자기 배를 잡고 찡그린다.

왕오	아니, 왜요?
난타	배가 다시 쫌…… .
왕오	(천축에게 눈짓)
천축	안 되겠어요. 쉬셔야겠어요. 아무래도 서울 생활이 복잡한가
	봅니다. 여기서 한 달쯤 푹 쉬셨다 가시지요.
난타	그래도 되겠어요?
국전	여부가 있습니까요.
난타	무슨 일을 할까요? 난쟁이 아저씨들 빨래하고 밥해드릴까요?
국전	일은요. 그냥 있는 자체가 노동이고 도움이고 단비오리다.
난타	후후후.
천축	그럼 승낙하신 게유?
난타	생각해봐야죠.

천축   생각하고 말 것이 뭐 있단 말입니까?

난타   여기 처박혀 있다가 시집은 언제 가고요?

왕오   허허. 맘에도 없는 시집 얘긴 그만하라니깐 그러슈.

난타   혜초 여사가 올해 안에 꼭 보내겠다고 했는데요?

국전   당신이나 가라 하시오.

왕오   뭐야?

난타   (비석 있는 데로 간다.) 대저 인생은 공수래공수거 아니던가…….
        아저씬 이 비문 아직도 못 끝냈어요?

천축   눈도 가물가물 머리도 허둥허둥.

난타   돌아가시면 어떡해요? 미완성 비문을 세워드릴 수도 없고.

왕오   어차피 인생은 미완성인걸요 뭐.

천축   서둘러 끝내야 할 텐데……. 국전이 오줌발이 자꾸만 앞을 가로
        막는다 이겁니다. 실은 아까도 그 얘기였거든요? 우린 아무
        잘못도 없습니다. 그저 국전이가 하자는 대로 돈을 모아서
        하나— 둘 하나— 둘 구령을 붙여가며…….

국전   (다정하게) 천축아?

왕오   요 읍내로 내려가서 밤이 오길 기다렸다가…….

국전   왕오야?

왕오   뭘 줄련? 난타 씨 준다던 그 골동품 나 줄련?

국전   아 참, 그렇지. (찬장 속에서 그릇을 가져와 난타에게 준다.) 혜초
        여사 보여주지 말고 몰래 가지세요.

난타   이게 뭐예요?

국전   갱 속에서 주웠습죠.

천축   신라 시대 보물이에요.

난타   어머, 그래요? 그런데 저한테 주시는 거예요?

국전	예.
왕오	흐음, 국전아 그건 우리 공동 소유라 했지?
국전	왕오야. 한 번만 봐주라.
난타	아무튼 고마워요. 전 국전 아저씨가 제일 좋더라. (볼에 입맞춤)
왕오	그럴 순 없지.
난타	(왕오에게도 입맞춤)
천축	아암, 안 되고말고.
난타	(천축한테도 입맞춤)
천축	우헤헤. 가지세요. 까짓거 이게 문젭니까?
왕오	암만. 얼마 안 있음 우리 얼굴 보기 힘들 것이오. 마카오에서나 우릴 만날 수 있을까…….
천축	무슨 소리야. 국전이하고 같이 살게 되면 맨날 볼 텐데.
난타	누가요?
천축	난타 양!
난타	그게 무슨 말씀이세요?
천축	보물만 찾게 되면 국전이 하고 짝짝짝. 헤헤헤.
난타	예? 하하하하. (국전에게) 아저씨가 그랬어요?
국전	실은 얘네들이 자꾸만.
왕오	왜 우리 핑계 대냐?
천축	드디어 청실홍실에 성공했다고 안 그랬어?
왕오	같이 그랬다고, 응?
국전	내가 언제 그랬어. 그저 나 혼자 그랬으면 좋겠다는 것도 아니고 그런 상상을 가끔씩 해보았다는 것도 아니고 그저 개소리지 뭐.
천축	항상 시를 읊죠. 난타하며 떨어지는 나의 종소리! 나의 예편네!
난타	저를 정말 좋아하나 부네요?

왕오	전번에 버리고 간 스타킹 있잖았소? 그걸 한동안 목도리처럼 두르고 다녔다니까요, 저 위인이.
난타	오늘 밤 회춘 파티라도 벌여야지 안 되겠네요.
천축	그래만 주신다면 국전이는 뿅 하고 홍콩 가는 거죠.
왕오	「사랑가」나 불러주슈. 쟤는 난타 씨 「사랑가」라 하면 오금을 못 폅니다.
난타	그럼 제 청도 들어주셔야 돼요!
국전	아무렴요.
난타	(「사랑가」를 부른다. 부르고 나서) 자…….
국전	뭔데요?
난타	꼭 들어주셔야 돼요.
국전	여부가 있겠습니까?
난타	돈황굴 좀 보여주세요.
국전	히익.
난타	국전 아저씨.
국전	여자가 입갱하면 짐 내린다고들.
난타	알고 있어요. 그러니까 부탁하는 거죠.
왕오	국전아, 절대로 안 된다. 알겠지?
난타	보고 싶어서 그래요. 말로만 좋다고 하지 말고 용감하게 실행에 옮기시란 말예요.
국전	…….
왕오	거기가 뭐이 좋다고 보고 싶다 한답니까?
난타	국전 아저씨 찌른내 좀 맡으려고 그래요. 헤헤헤.
국전	좋습니다.
왕오	기다렷!

국전	그런 건 다 미신이야.
왕오	(나간다.)
국전	아니, 저 자식 왜 저래?
천축	나도 모르겠다. 혹시 널 죽이겠다고 도끼 가지러 간 거 아니냐?
난타	도끼요?
천축	능히 그럴 놈이지요. 쟤가 이래 봬도 왕년에 한가닥 했었거든요? 무교동 불곰 하면 대충 통했다고요. 한창 날릴 때는 닥치는 대로 해치웠던 사나입니다. 예컨대 지금은 없어졌지만 무교동 한복판에 뱀집이 있었습죠. 길가 쪽으로 대형 수족관이 있었는데 그걸 저놈이 도끼로 한 방에 날려버렸다고요. 그것도 벌건 대낮에.
난타	히익! 수족관을요?
천축	낄낄낄. 가관이었습죠.
국전	수천 수백의 뱀이 쏟아져 나오고…….
천축	지나가던 행인들이 소스라쳐 놀라고…….
국전	미장원 다방 할 것 없이…….
천축	독사 대가리가 불쑥…….
국전	살모사 대가리가 불쑥…….
천축·국전	예서 제서 불쑥불쑥…….
난타	아악! 그만하세요.
천축	이미 지난 일인데요 뭐.
난타	왕오 아저씨가 진짜 그랬어요?
천축	기운은 또 얼마나 세다구요. 저런 돌멩이쯤은 한 손으로 으그작 낼걸요.
난타	거짓말.
천축	(국전에게) 허허 참. 거짓말이래.

난타	(국전에게) 진짜예요?
국전	생긴 걸 보세요.
왕오	(등장한다.)
천축	어디 갔다 오냐?
왕오	오줌 누러.
천축	야 이거! (돌멩이를 던진다.)
왕오	(받으며) 뭐야?
천축	난타 양이 안 믿는다 야.
왕오	뭘? (가볍게 동강 낸다.)
난타	으악.
왕오	오늘 올라가실 겁니까?
국전	조금 있음 어두워질 텐데 어떻게 올라가냐?
난타	아뇨. 올라가겠어요. 여긴 무서워요.
국전	지가 있잖습니까?
난타	아무도 못 믿겠어요.
왕오	(천축에게) 왜 그래?
천축	별것 아냐. 무교동 뱀집 얘길 해드렸더니 그만…….
왕오	(거만하게) 어험, 뭐라고 말씀드렸는데?
천축	도끼로 뱀통을 날려버려 소란 좀 피웠었노라고 했지.
왕오	(도끼 들고 무릎을 툭툭 치며) 그까짓 일로 뭘 그러시나. 어렸을 때 지가 장난 좀 쳤지요.
난타	저리 가세요.
국전	이리 숨으세요.
난타	(숨는다.)
왕오	아하! 이리 앉으세요, 어서.

난타   (앉는다.)

왕오   몇 가지 좀 물읍시다.

난타   (끄덕끄덕)

국전   예전에 결혼했다는 설이 있는데?

난타   낭설이죠.

왕오   이쯤 해서 한의사와 끝낼 수 없는가?

난타   글쎄요.

국전   예, 아니오로 대답하라.

난타   모르겠어요.

국전   보복이 두렵지 않은가?

난타   ……아뇨.

왕오   우리가 보물을 찾을 것 같은가?

난타   모르겠는데요.

왕오   왜 확신을 못 하지?

난타   정말 모르겠어요.

왕오   대답하라.

난타   (일어서며) 싫어요.

왕오   어허!

난타   자, 굴속으로 안내해주시겠습니까?

국전   좋습니다.

난타   누가 같이 가시겠어요?

왕오   그야.

천축   물론 국전입죠.

난타   앞장서시지요.

국전   (천축에게) 니가 가.

천축	왜?
국전	갑자기 배탈이 나서. (배를 움켜잡고 밖으로 나간다.)
천축	쌤통 쌤통! 헤헤헤. 그럼 내가. (바닥에 깔린 담요를 걷으며) 작업복으로 안 갈아입을 거요? 그 차림으로는 막장까지 못 갈 텐데요?
난타	진짜 멋쟁이는 남이 보지 않을 때 특히 화사해야 한답니다.
천축	돈황굴이 위경사란 말입니다. 앞장서게 되면 뒤따르는 제가……. 헤헤헤.
난타	얼마든지. (입갱한다.)
천축	대붕알이여 안녕! (입갱)
왕오	앞길에 불행 있거라, 응? (문을 닫는다.)
국전	(등장하며) 들어갔어?
왕오	왜 그랬어?
국전	모르겠어.
왕오	미친놈. 기회가 맨날 있을 줄 아냐?
국전	둘만 있으면 숨 막히고 갑갑증 날 것 같아서.
왕오	난 너 때문에 안 막은 거야.
국전	고마워.
왕오	미신이겠지?
국전	아암.
왕오	설마 여자가 입갱했다고 짐 내릴라고?
국전	그럼.
왕오	(벌러덩 평상에 누우면서 노래를 부른다.) 이 풍진 세상을 만났으니 너의 희망이 무엇이냐.

사이, 시간이 조금 흘렀다.

왕오   헤헤헤. 천축이 이 자식 지금쯤 신났겠는데. 헤헤헤. 약 오르지 않냐? "어허, 위험합니다. 어어, 조심하라구요." 우헤헤헤.

국전   (점퍼를 입고 밖에 나갈 채비)

왕오   왜? 어디 가려고?

국전   읍내에 가보려고.

왕오   거긴 왜?

국전   직접 가서 확인해봐야겠어. 혜초 여사가 왜 안 오는지.

왕오   청승 떨지 말고 이리 와 앉아.

국전   지금쯤 형사와 만나 산림훼손죄로 우릴 잡아 가둘 계획을 짜고 있을지도 몰라.

왕오   그 자식 참 저질이네. 그렇게 혜초 여사를 못 믿구 어찌 이 일을 시작했누.

국전   누군 처음부터 둘러 먹자고 시작하냐. 하다가 일이 꼬이게 되면 둘러 먹게 되는 거지.

왕오   애시당초 이 정도도 비비 꼬이지 않을 줄 알았남?

국전   자꾸 옆에서 들쑤셔대봐.

왕오   누가?

국전   다른 호리꾼들. 자기들한테 맡기라고. 자고로 이 팽이가 돌면 저 팽이도 도는 법이야.

왕오   혜초 여사가 팽이 따라 돌 여자냐?

국전   우선 돈황사 묘가 신라 고승대덕의 묘라는 데 의문이 가.

왕오   왜?

국전   왠고 하니 그 여자가 전문적인 사학자도 아닌데 그걸 어찌

알며, 그게 사실이라 하더라도 비전문가가 그 정도쯤 추정할
땐 전문가들은 오죽 잘 알랴 싶은 거야. 하다못해 옛날 스님들
밥그릇까지도…….

왕오   발우.

국전   그래. 발우까지도 보물로 지정되어 있는 판에 저것만 빠뜨렸다는
게 이상하잖아. 그렇다면 벌써 전문가 쪽 손님이 다녀갔을 거고,
저기엔 쓸데없는 개뻑다귀나 있을 거라 이거지.

왕오   개뻑다구나 있을 저 땅을 혜초 여사는 왜 사려 들고?

국전   땅 투기로라도 얼마든지 살 수 있지.

왕오   이건 혜초 여사가 10년 동안 추적해서 얻어낸 것이야.
돌거북만 해도 그래. 모양이나 무늬나 크기가 중국 감숙성
석굴사에 있는 것과 똑같아. 그렇다면 여기에도 업적이 굉장한
스님의 부도전이 있을 게 아니냐. 대가람이 있었던 흔적은 니
눈으로 똑똑히 봤잖아.

국전   좋다. 설령 있다고 치자. 내 얘긴 왜 혜초 여사가 우리 같은
풋내기들에게 이런 대사를 맡겼겠느냐는 거야. 유명한
호리꾼들도 많은데. 사실 우리야 밀수나 도박은 좀 했어도 묘구
도적과는 거리가 멀잖아.

왕오   그러니까 무교동 선녀라 안 부르던?

국전   아니지. 한마디로 우리 같은 경우는 뒤처리가 손쉽다고 생각했기
때문이지. 천신만고 끝에 보물을 찾았다고 쳐. 그때 혜초
여사가 우리한테 뭐라고 하겠어? "잠시 기다려라. 처분하고
오겠다." 며칠 있다 와서는 "팔려고 알아봤더니 요것밖에 안
준다더라. 어쩌겠느냐. 이걸로 해수욕이나 댕겨와라. 헛수고시켜
미안하다." ……이러면 끝이라고. 감정할 줄을 알아야 헐한 건지

속은 건지 알 수 있지. 이건 눈 뜬 장님처럼 그저 앉아서 당할 수밖에. 아예 그럴 것도 없지. 안 나타나면 그만이니까. 프랑스로 도망쳤다 한들 거기까지 쫓아가겠어, 어쩌겠어. 처분만 무턱대고 기다릴 수밖에.

왕오   달성이 때처럼?

국전   달성이가 거기서 왜 나와?

왕오   그때하고 상황이 똑같은데? "처분하고 오겠다. 잠시만 기다려라" 하고는 휙 날라버리고. 영영 소식도 없고.

국전   그땐 달성이가 잘못한 게 아냐. 스스끼파 놈들이 시경 정보과와 짜고 밀고한 거지.

왕오   우릴 영창에 넣는 대가로 걔네들은 뭘 얻고?

국전   다른 조직을 원했겠지. 우리보다 돈 많고 힘세고 판매 조직이 뛰어난 놈들.

왕오   이 멍청아. 달성이는 배신했어.

국전   아니야. 불신으로 생긴 망상이야.

왕오   너 참 말 잘했다. 전에는 무슨 말이든 무조건 믿었던 게 탈이었다면 지금은 무슨 말이든 안 믿는 데에 니놈의 병이 도지고 있어.

국전   알아. 하지만 할 말은 해야겠어. 니가 자주 들먹거리는 역사 얘기를 해보자고. 혜초는 723년에 천축에 가서 727년까지 4년 동안 인도 여행을 하면서 『왕오천축국전』을 썼어. 그 뒤 80세의 나이로 죽을 때까지 당나라 천복사에서 50년 동안이나 살면서 고국에 돌아오지 않았어.

왕오   그래서?

국전   우리와 똑같다고.

왕오	뭐가?
국전	넌 앞으로 1년만 기다리면 굴을 파든 땅을 파든 만사형통이라 했는데 그럼 만 4년이 걸리는 셈이야. 혜초가 4년 동안 천축을 기행한 것과 같은 기간이야. 또 혜초는 727년에 기행을 마치고 인도를 빠져나왔는데 이건 무엇을 뜻하느냐. 혜초 여사가 보잉 727기를 타고 여기를 빠져나간다는 뜻이야. 혜초는 종래 고국에 돌아오지 않았어. 혜초 여사도 돌아오지 않는다는 뜻이야.
왕오	하라는 일은 안 하고 연구 많이했구먼.
국전	어때! 이제라도 늦지 않았으니 개꿈 깨고 내 말을 들으시지.
왕오	안 먹겠다 침 뱉은 물 돌아서서 다시 먹게 돼.
국전	해묵은 독은 깨지게 되어 있어.
왕오	이놈아. 사귀어봐야 절교하고 죽어봐야 저승 안다고 파보기 전에 누가 알겠어? 지금까지 확신이 있었으니까 파온 것 아냐.
국전	난 그느무 나침반조차 못 믿겠어. 1년 뒤에 가서 나침반이 고장 나 엉뚱한 데로 파들어 갔노라면 그때 가서 어쩔 거야.
왕오	그렇게까지 못 믿겠다면 아무것도 못 하는 거야. 똥간엔 어떻게 가? 일 보다가 천장이 언제 무너질지 모르는데.
국전	그러니까 거두절미하고 한밤중에 해치우잔 말이야.
왕오	부대 타령을 몇 번씩이나 해야 알아듣겠냐? 경비병은 어떻게 하고? 또 으르렁거리는 군견은 뭘로 다둑거려? 설령 훔쳐냈다 치자. 내일 부대에서 난리법석이 나겠지. 학술단이 파견되겠지. 거기서 신라 고승의 무덤이라 판명 내리겠지. 신문 방송에서 떠들썩하겠지. "도굴범을 잡아라. 신라 보물의 유출을 막아라." 그럼 어떻게 되지? 장물을 처분할 시간이 없잖아. 헐값에 장물아비에게 팔아넘기고 손 털고 마는 거야. 한두 번

장사해봤어? 보물이 장물되고 장물이 고물되는 꼴을.

국전 　니가 말끝마다 떠올리는 혜초 여사가 있잖아. 그 여자라면
　　　얼마든지 손쉽게 처분하고 나를 수 있지.

왕오 　그러니까 조금만 참자는 거야.

국전 　그러니까 더 못 참겠다는 거야.

왕오 　까짓거 또 없으면 어때. 5년 동안 감방에서 새우잠 자던 적도
　　　있었는데.

국전 　천축이 말마따나 꽃동산이나 키우면서 죄 안 짓고 3년 동안 푹
　　　썩었다고 생각하면 그만이다?

왕오 　아암.

국전 　이놈아. 그 여자는 큰 힘 안 들이고 화초를 공급받기 위해 우릴
　　　끌어들인 거야. 달구지 끄는 당나귀처럼 우린 노임 한 푼 못 받고
　　　착취만 당해온 거고.

왕오 　이까짓 꽃값이 얼마나 된다고 그래.

국전 　그렇담 흙이 탐나서겠지.

왕오 　억지 좀 그만 써라.

국전 　모르는 소리. 여기 흙은 보통 흙이 아냐. 너도 그랬잖어.
　　　보들보들하다고. 제주도에만 있다는 난에 최고라는 규사토쯤
　　　되겠지.

왕오 　상상도 좋다. 인마, 이 흙은 그냥 황토야. 니가 말하는 규사토는
　　　구멍이 송송 나 있는 새끼 돌멩이고. 한국 새끼가 황토도 몰라?

국전 　야! 너는 한국 새끼가 한국 년도 그렇게 볼 줄 모르냐? 인마,
　　　인격자는 얼굴 생김새부터가 달라. 퉁퉁하고 후덕하게 생겼다고.
　　　그 여잔 빼싹 마른 데다가 광대뼈까지 툭 튀어나오고 눈깔이
　　　위로 치솟았잖아. 그런 여자치고 사기꾼 아닌 년 봤어?

왕오	저속하게 비하시키지 말어. 언젠 또 개성적이라며? 그래서 믿음이 간다며?
국전	믿음이 가? 웃기지 말어. 저나 내나 똑같은 도굴범이야.
왕오	말이 너무 거칠구만.
국전	넌 누구지?
왕오	이 자식이?
국전	혹시 그 여자 앞잡이 아냐?
왕오	뭐야?
국전	첩자지?
왕오	어허! 망조로다 망조야.
국전	바른대로 말해, 인마.
왕오	이 자식이. (도끼를 치켜든다.)
국전	(날쌘 동장으로 칼을 쥐며) 그래서?
왕오	말이면 다 말인 줄 알어? 이젠 나까지 의심해? 내가 얼마나 배신을 싫어하는지 알기나 해? 배신 배신 배신! 배신에 멍든 나야, 이놈아. (도끼를 나무 기둥에 꽂는다.)
국전	바른대로 말하면 될 거 아냐.
왕오	나가. 내 앞에서 꺼져.
국전	(빈정대며) 살살 말해도 다 알아들어. 큰 소리 치지 말라고.
왕오	이놈아. 말이 나왔으니까 말인데 제일 앞장서서 설쳐댔던 놈이 누구냐.
국전	(왕오가 말하는 동안 특유의 건달처럼 칼로 손톱을 판다.)
왕오	무교동 낙지 골목에서 혜초 여사가 저 절터 얘기를 처음 꺼냈을 때 니놈이 신이 나서 "이번 거사는 신왕오천축국전이다"라고 떠벌리면서 그 못난 글씨로 족자까지 만들었어. (족자를

가리키며) 그 증거가 저거야. 여기 와서는 저 산은 돈황산, 저

성은 돈황성, 저 절은 돈황사요 굴은 돈황굴이라고 니 멋대로

이름 지어 부르게 하고, 우리 이름까지도 처음 발견했다 해서

신혜초, 나이순으로 신왕오 신천축 신국전으로 바꿔 부르자면서

창씨개명까지 한 놈이 또 누구야. 천축이나 내가 "뭐 이름까지

바꿀 게 있냐"고 내키지 않아 하니까 새로운 전기를 마련한다는

뜻에서 바꾸자며? 그래야 여기에만 몰두할 수 있고 신명나게

일할 수 있다며? 그땐 별의별 말로 나발나발 발림질해놓고선

이제 와서 나한테 덮어씌워? 에라, 이 몹쓸 자식아.

국전　　니놈과 그년이 이 역사를 바꿔놓은 거야, 인마.

왕오　　나도 이젠 니놈 그 잘난 요설에 넌덜머리가 나니까 다시는 올

　　　　생각 말고 꺼져버려.

국전　　그래 인마. 연놈이 착 달라붙어 북 치고 장구 치며 잘 처먹고 잘

　　　　살아라.

왕오　　두 다리 분질러지기 전에 어서 나가.

국전　　두 다리 분질러지면 누가 손핸데.

왕오　　(기둥에서 도끼를 뽑아 들며) 뭐야?

국전　　(칼을 겨누며) 그래서?

죽일 듯이 노려보는 그들.

3장

천축 혼자서 설비용 사다리에 앉아 창문을 통해 성(城)을 보고 있다.
잠시 후, 사다리에서 내려온다. 추운 듯 점퍼를 입는다. 흙을 만져보고
평상에 걸터앉아보았다가 일어나 서성이다가 의자에 앉는다. 다시
의자에서 일어나 문을 열고 밖을 살핀다. 왕오와 국전을 기다리고 있다.
다시 문을 닫고는 흔들의자에 와 앉는다. 동강 난 돌멩이를 맞추었다
떼었다 한다. 그때 왕오가 들어온다.
추운 듯 귓볼을 비비면서.

왕오   문도 안 잠그고 뭘 해?

천축   자네 오나 보려고 내다보다가 까먹었나 봐.

왕오   조심해야 돼. 특히 혼자 있을 땐.

천축   난타 갔어?

왕오   응.

천축   버스가 붐비지 않던가?

왕오   내려오는 차는 꽉꽉인데 서울 가는 차는 텅텅 비었어.
        거꾸로잖아.

천축   추석 날씨치곤 쌀쌀하지?

왕오   쓸쓸하지.

천축   이른 아침부터 서둘러 떠날 게 뭐람.

왕오   그 여자도 추석인데 올라가서 할 일이 있겠지. (천축이가 돌멩이를
        만지작거리는 것을 보며) 또 아교로 붙이려고?

천축   감쪽같더라고. 또 해볼까?

192

왕오   이제 올 사람도 없잖아.

천축   혜초 여사.

왕오   눈썰미가 좋아서 안 속을걸?

천축   그래도.

왕오   우습더라고. 장난 한번 치려고 한 달 전부터 벼르고 벌렸던 것이.

천축   따분한데 뭘 하냐?

왕오   하긴 그래.

천축   가면서 아무 말도 안 해?

왕오   ?

천축   난타가.

왕오   묘한 말을 하더군. 니 말하듯이 하데.

천축   뭐라고?

왕오   보물이 뭐 따로 있겠느내. 아저씨들이 이것저것 마무리해가며
       값진 시간 보낸다면 그게 보물일 거라나.

       왕오, 부엌으로 간다.

천축   어딜 가?

왕오   먹었으니 치워야지.

천축   설거지하려고?

왕오   응.

천축   내가 할게.

왕오   치울 거나 있나 뭐. 얼른 끝내놓고 입갱해야지.

천축   오늘도 일하려고?

왕오   아암.

천축	정력도 좋다.
왕오	헤헤헤. 넌 잠이나 자두라고. (들어간다.)
천축	…….
왕오	진짜 아침 안 먹을 거야?
천축	생각 없어.
왕오	좀 처먹거라. 맨날 빌빌대지 말고.
천축	알았어.
왕오	(얼굴만 내밀며) 그래도 우리가 안돼 보였던지 마지막엔 꼭 있었음 좋겠대. 난타가. (다시 들어간다.)

혼자 서성이는 천축, 문을 열고 밖을 내다본다.

바깥공기가 차갑다. 국전을 기다리고 있다. 몸을 움츠렸다 폈다 한다.

팔다리 운동을 가볍게 한 뒤 평상에 대고 팔굽혀펴기를 한다. 세 개째에 엎어지면서 심한 기침을 한다. 오랜 기침에 몸이 자지러진다.

왕오 등장해서 천축의 행동을 쭉 지켜보고 있다.

잠시 뒤 안정을 찾는 천축.

왕오	(천축을 밉지 않게 흘겨보며) 이러다간 보물은 고사하고 관짝 메고 하산할란가 부다.
천축	그랬음 좋겠어?
왕오	아침부터 노친네가 무슨 짓이야?
천축	네댓 개는 할 줄 알았는데.
왕오	어제는 한 개도 못 하더니.
천축	못 하는 척했지. 국전이가 낙담할까 봐. 그 녀석은 뭐든지 지가 최고라야 직성이 풀리거든.

왕오	넌 역시 마음 씀씀이가 넓어.
천축	다 끝났어?
왕오	대충. 물에 불 켰다가 다시 또 해 먹으면 되는 게지.
천축	점심은 내가 할게.
왕오	됐어……. 졸립지 않누?
천축	왜?
왕오	한시도 못 자더군.
천축	음, 서로 앙앙대며 티격태격거렸던 일들이 마지막이라 생각하니 애틋한 모양일세.
왕오	마지막은 무슨.
천축	손발은 저려오고 잠은 안 오고 눈알은 빠질 듯이 아파. 구석구석이 아리고 쑤셔. 서서히 준비해둬야지.
왕오	허허, 이 사람 해장술 한잔 갖고 웬 노망긴가.
천축	괜찮아. 숨기려고 들지 말게. 밤마다 식은땀 닦아주며 간구하는 거……. 다 알아. 고마우이.
왕오	어제 난타하고 굴속에 갔던 것이 피곤했었나 부지 뭘.
천축	국전이도 그렇고. 따지고 보면 그 녀석이 저 무덤을 하룻밤에 해보자는 것도 다 내 병 때문이라고. 큰 병원에 가보자고 맨날 그래.
왕오	국전이가?
천축	응. 눈으로만. 바보 같은 녀석. 겉으로는 말도 못 하고.
왕오	난 또 그 녀석이 난타 때문에 발작 난 줄 알았지.
천축	그 녀석은 늘상 그래. (혼잣말로) 누가 저 죽을 때까지 송장 데리고 살라 했나…….
왕오	(움츠리며) 쌀쌀하군. 이런 날 아침 냉기가 얼마나 시린 건지

노숙해보지 않은 사람들은 상상도 못 할 거야.

천축   그럼 한겨울 못지않지.

왕오   …….

천축   너무 걱정 마.

왕오   …….

천축   곧 오겠지.

왕오   (문을 열고 밖을 살피며) 이슬이 촉촉이 배였군.

천축   얼어 죽진 않았을 거야.

왕오   밤중에라도 돌아올 줄 알았더니.

천축   아랫마을에서 잘 잤겠지 뭐.

왕오   그런 넉살이라고 되간?

천축   넉살 안 부림 지가 어쩔 거야?

왕오   저느무 웬수 같은 무덤을 없애든지 때려 부수던지 무슨 구정을 내야지 원.

천축   시어미 역정에 개밥 걷어찬다더니 왜 엉뚱한 데다 화풀이누.

왕오   (평상에 와 앉으며) 내 자신이 병신 같아서 그래. 허우대는 인왕산 호랑이만 한 게 씀씀이는 고양이 똥구녁만도 못하니. (일어나 서성이다가) 이 자식 진짜 안 올 작정인 거 아냐?

천축   …….

왕오   개자식. 가만 있는 사람 왜 건드려 부쿠어.

천축   …….

왕오   하루에도 열두 번씩 마음이 요랬다죠랬다. 늙으면 망령이라더니 얼라 새끼들처럼 삐치기도 잘하고.

천축   헤헤헤. 넌 안 그런지 알어?

왕오   헤헤헤. 강계도 평안도 땅이라 아니하던가?

천축   참으려면 끝까지 참아보든가. 막판에 가서 으르릉 끄르릉. 참는

           게 이기는 거야.

왕오   배워야지. 부족한 건 배워야지.

천축   알고 보면 국전이도 불쌍해. 말은 뻔 데 없이 해도 속은 안

           그렇다고. 노름하다 골병들고 자식 잃고 마누라는 그 바람에

           도망치고.

왕오   개자식……. 도대체 아침이나 제대로 처먹었는지 원.

천축   처먹긴 어디 가서 처먹었겠어? 낯선 처마 밑에 쪼그리고 앉아

           지금쯤 추위에 벌벌 떨고 있겠지. 그놈의 오기 때문에.

왕오   헤헤헤. 덜덜 떨며 난타 생각 하고 있겠지? 그렇지? 헤헤헤. 넘볼

           걸 넘봐야지. 가구나 되는 소리야? 안 그래? 난타는 한의사한테

           마음을 굳힌 모양이더라고. 개자식. 그런데도 지가 난타하고…….

           허풍 떠는 꼬락서니하고는.

천축   애시당초 거기까지야 바라기나 했겠어? 그저 막막하니까 저 혼자

           개꿈 꾼 거겠지 뭐.

왕오   또 알어? 그놈의 망상이 거기까지 뻗쳤을지?

천축   후후후. 아닐 거야.

왕오   모른다니까. 그 자식 엉뚱한 것이야 정평이 나 있잖아.

천축   국전이 그 자식…… 고자야.

왕오   응?

천축   그래서 마누라도 도망친 거라고.

왕오   이 사람 왜 이래?

천축   참말이야. 한창 때 우체국 여자를 덮쳤었는데 그 여자가 다음 날

           자살해버렸다나.

왕오   국전이 때문에?

천축	안 사정이야 나도 모르는 터이니 가타부타 말할 형편은 못 되고. 하여튼 그다음부턴 용기가 안 된다 이거지.
왕오	헌데 필수는 어떻게 낳고?
천축	그때까지는 팔팔했었지. 우체국 여자는 그다음이고.
왕오	지 입으로 직접 그래?
천축	달성이한테 들었어.
왕오	근데 왜 나한테는 아무 말도 안 했어?
천축	알면서 그 자식 허풍 떠는 걸 본다고 생각해봐. 안쓰럽지.
왕오	아니 그럼 우리가 한창 오입하러 다닐 적에도 그 자식은 그냥 거적으로 왔다 갔다 했단 말이냐?
천축	조용히 계집하고 마주 앉아 깡소주나 마셨겠지.
왕오	개자식. 그랬으면서…… 큰소리만 빵빵 쳐대고.
천축	그 자식 신조가 젊게 살자는 거 아닌가. 잊을 만하면 찔러대고 쑤셔대서 우리 둘만이라도 그렇게 살라는 수작이었겠지. 국전이는 나와 난타를 맺어주려고 했던 거 같애. 우습지?
왕오	…….
천축	……아암. 그 자식 우정은 늘상 그런 식이잖어.
왕오	국전이를 노름판에서 만났다고 했던가?
천축	응.
왕오	그렇담 자네도 굉장했겠네?
천축	심했지.
왕오	얼마나?
천축	후후후.
왕오	말해봐.
천축	얘기해서 뭘해. 속만 상하지.

왕오	그럼 관둬.
천축	……하루는 집에 들어갔더니 마누라가 도마를 앞에 놓고 정좌한 채 기다리고 있더군. 놀라지 말게. 도마 위엔 날이 시퍼런 식칼이 있었어. "오른손을 도마 위에 올려놓으세요." 내 손가락을 잘라내고 자기 손도 토막 치겠다는 거야……. 빌었지. 다시는 안 하겠다고.
왕오	해서 넘어갔나?
천축	응. 하지만 엄포는 아니었어. 그 후 몇 달 뒤 한판 벌였을 때 명철이를 데리고 나가버렸어.
왕오	성깔이 대단했었나 보군.
천축	아니야. 천생 여자였지. 지면서 이기는.
왕오	관대하군.
천축	중이 밉기로 가사까지 밉겠는가?
왕오	아직도 거처를 모르고?
천축	이 사람아. 우리 곁을 떠난 사람들이 소식 전하는 걸 봤는가?
왕오	하긴 그래……. 보고 싶지 않은가?
천축	부생약몽일세. 덧없는 인생 꿈꾸며 사는 게지.
왕오	자넨 그 소리 잘 하는구먼. (혼잣말로) 부생약몽이라. 덧없는 인생 꿈꾸며 산다. (할 일 없이 서성이며 발길로 흙더미를 툭툭 차기도 하며 문을 주먹으로 두들기기도 한다.)
천축	가만히 좀 있거라.
왕오	가만히 못 있겠어. 난 누굴 기다리는 게 제일 싫어. 밀수할 때도 매일 접선 접선 접선! 기다리는 게 일이었지. 저쪽 놈을 기다리노라면 별의별 생각이 다 떠올라. 일이 잘못 된 건 아닐까, 이 자식이 배신한 건 아닐까, 짜부가 낌새 챈 건 아닐까…….

의심의 연속이지. 극도로 불안해지고 도망치고 싶고 나중엔 내가 먼저 배신해버리고 싶어진다고.

(다시 서성인다.) 난 소매치기로 입봉했지. 그때 내 나이가 열 대여섯쯤? 시골 어느 농장에서 실습 훈련을 받았어. 창고에다 새끼 돼지를 풀어놓고 난 양손가락 사이에 면도칼을 차고 둘째 오야가 귀! 하면 귀를 베고, 배! 하면 배를 베고…… 돼지는 꽥꽥거리며 도망치고 난 신이 나서 쫓아가고. 돼지가 죽을 때까지 왼종일 그 짓을 하고 나면 내 옷은 선지피로 온통 시뻘겠다고…… 후후후. 아마 평생을 씻어도 지워지지 않을걸?

천축 뭐가?

왕오 돼지 피가. 문신처럼 박혀서.

천축 ……가끔씩 이런 생각을 해봐. 만약 내가 어떤 집을 독채 전세 얻었는데 평생 동안 집주인이 나가란 소리를 안 해서 거기서 살다 죽었다 쳐. 그때 그 집은 내 집이었을까 남의 집이었을까?

왕오 갑자기 무슨 소린가?

천축 저 돈황산이 내 땅이었는데 중간에 한 번도 팔아먹지 않고 죽었어. 또 저 돈황성이 내 것이 아닌데 내 것으로 생각하다 죽었어. 그렇다면 그 두 사람은 무슨 차이가 있을까?

왕오 글쎄.

천축 아무 차이도 없겠지?

왕오 인생은 공수래공수거다?

천축 인간이 신선의 경지에 달하면 어찌 재물이 재물일 것이며 권력이 권력이겠느냐 이 말이야. 다 욕망과 무지를 좇음이겠지.

왕오 우와, 멋있는데.

천축 뭐가?

왕오	그 말이. 그걸 비문에 넣어봐.
천축	뭐야?
왕오	그래 그런 걸 넣어야지.
천축	참말이야?
왕오	응. 해보라니까.
천축	(생각하다 정리하고 나서)

대저 인생은 공수래공수거 아니던가.

백일홍이 피었다 진다 한들 어찌 세월을 탓할쏘며

이 몸 죽어 무소귀면 산천 또한 더불어 황천행이 아니던가

인간이 신선의 경지에 달하면 어찌 재물이 재물일쏜가

어찌 권력이 권력일쏜가

죄는 욕망을 좇음이요 욕망은 무지를 좇음이니

욕망의 개꿈 속에 머물다 간 세월들이 못내 아쉽도다.

모월 모일 이 몸이 만죄(萬罪)를 짓고 졸(卒)하니

후인은 이를 귀감으로 삼아 금생(今生)을 그르치지 말지어다.

왕오	우와, 삼삼한데.
천축	헤헤헤.
왕오	까먹기 전에 어서 적어봐.
천축	아냐. 안 까먹어.
왕오	그래도.
천축	괜찮겠어?
왕오	최고라니까?
천축	헤헤헤……. 그렇게 정해볼까?
왕오	내 도움이 컸지?
천축	응.

왕오	국전이 오면 들려줘봐. 그놈도 좋아할 거야.
천축	혜초 여사한테도 들려주고 난타한테도 들려주고 아는 사람들한테 다 들려주고 싶어.
왕오	넌 스님이나 시인이 될 걸 그랬어.
천축	왜?
왕오	그게 어울려. 넌
천축	(말을 막으며) 너절구레한 토 달지 말게. 그런 건 잊어버린 지 오래니까. 사람이란 그저 저 타고난 운명에 따라 습성대로 사는 거야. 부자면 부자답게 빈자면 빈자답게 죄인이면 죄인답게.
왕오	(일어선다.)
천축	어딜 가?
왕오	일해야지.
천축	입갱하려고?
왕오	응. (작업복으로 갈아입는다.)
천축	오늘은 쉬자고. 추석날 누가 일해?
왕오	추석이 뭐 별거더냐?
천축	그래도.
왕오	넌 쉬어.
천축	(일어서며) 아니야. 개자식들. 옛날 추석 때는 집집마다 노인들 찾아다니며 예도 올리고 송편도 돌리고 했었는데 요즘 것들은…….
왕오	송편은 고사하고 먹골집 큰아들 녀석은 나더러 간첩이 아니내.
천축	후후후. 그렇다고 하지.
왕오	질색 팔색 하지 않음 진짜 신고할 것 같더라고.
천축	하하하하.

왕오	조심해야 돼. 꼬리가 길면 잡히는 법이야.
천축	혜초 여사가 그냥 올라갔나 봐?
왕오	글쎄.
천축	오늘은 진짜 일하기 싫다.
왕오	넌 쉬라니까.
천축	어떻게 쉬냐? 의리가 있지. (한숨을 쉬며) 의리라는 것도 상호간 저울질하다가 깨지게 마련이라더라.
왕오	쯧쯧쯧.

그때 문 두드리는 소리. '누구냐?'는 표정.

왕오	(다가서서) 뉘슈?
목소리	나야.
왕오	(천축에게 문을 열어주라는 시늉을 하며 자기는 잰걸음으로 부엌으로 가 피해버린다.)

국전 등장.

국전	(기세등등) 짠!
천축	어디 있었어?
국전	응. 잘 쉬다 왔어.
천축	어디서?
국전	막국숫집 할망구.
천축	히야. 거기서 잤어?
국전	응.

천축   아무 일도 없었어?

국전   야, 뭐 아무 일이 없을 수야 있냐? 궁즉통인데. 좀 달래줬다.

천축   아침은?

국전   걸쭉한 게 꼬리곰탕 같더라. 건데기도 푹푹 넣어서. 손이 아주
         크드만.

천축   그래도 걸어오느라고 얼었을 텐데 어서 이불 속으로 들어가.

국전   불곰 어디 갔냐?

천축   아니. 부엌에 있을 거야.

국전   화났냐?

천축   널 기다리면서 밤새 한잠도 못 잤어.

국전   그건 자네 얘길 테고.

천축   불곰도 그랬어. 이불 속으로 들어가라니까.

국전   그럴까?

왕오   콩나물국이야. 뜨거울 때 후루룩 마셔.

국전   밥 먹었다니까. 할망구네 막국숫집에서.

천축   그래도. 불곰 성의를 봐서라도. (왕오에게) 언제 뎁혀놨었누?

국전   미안허게시리. (마신다.)

왕오   밥은?

국전   됐다니까. 속이 꽉 차서 들어갈 데가 없어. (콩나물국을 먹다가
         가슴이 미어진다.) 미안허이. 난 태생부터가 그런 놈이니까 이해해.
         헤헤헤…….

왕오   우린 니 녀석이 달성이 찾아 미국으로 간 줄 알았어. (담요를
         가져와 국전을 덮어준다.)

국전   괜한 소리는. 달성이는 우리를 배신했잖어. 나도 알고 있었어.
         여수잔교에서 마지막으로 손을 흔들 때 그 녀석이 자꾸 시선을

피하더라고. 물건 팔아 내려올 놈 같지 않았지. 그렇다고 그 자식
붙잡고 꼭 내려올 거냐고 물을 수가 있어, 다짐할 수가 있어.
다음 날 시경에서 김만득이가 찾아왔을 때 그 자식의 배신이라는
걸 알았어. 그 자식 얘긴 하나같이 도깨비 구구단 외는 소리였지.
애시당초 그 녀석을 끌어들인 내가 잘못이야. 그 덕분에
너희들만 콩밥 신세 되고.

천축　　훌훌 털어버려. 다 지나간 일이잖아.

국전　　니네가 반대할 때 그 말을 들었어야 돼. 그땐 왜 그렇게
어리석었는지 몰라. 인력거 같이 끌고 오방떡 같이 팔며 갖은
고생 함께한 그 친구가 배신할 줄 누가 알았겠어. 손 털고
깨끗이 살아보자며 마지막으로 손댄 걸 그놈도 번연히 알아.

왕오　　그만해. 아픈 추억 떠올려서 뭐하겠어.

국전　　난 그래도 괜찮아. 너희들은 나 때문에 이 무슨 고생인가.

천축　　그게 왜 너 때문이야.

국전　　난 허구헌 날 요강 닦다 찬장에다 엎어놓을 짓들만 하고
다녔어. (천축에게) 골골거리는 너를 어찌 볼 것이며 (왕오에게)
청맹과니 동생에게 한 밑천 잡아주겠다던 널 뭔 낯짝으로
보겠어.

왕오　　이 자식아. 그냥 보면 되지 뭘 그래. 어차피 남의 세상 남의 돈인
것을.

천축　　우린 자네가 부아 병 안 얻은 것만 해도 다행이라 생각하네.

국전　　어젯밤 너덜바위에 앉아 곰곰이 생각해봤어. 어디로 갈까…….
제길헐 갈 데가 있어야지. 누가 나를 반겨주겠어. 밖에 나가기만
하면 선후배 친구들이 득시글거릴 줄 알았는데 오산이었지. 면목
없구먼.

천축	너덜바위에서 잤구나?
국전	응.
왕오	면목 없기야 나도 마찬가지지.
국전	어렸을 때 내가 살던 동네에 미친년이 있었는데 어느 날 그년 속곳을 보게 돼. 광목 속곳이 때에 쩔어 시커멓고 거기만 냉이 껴서 누렇다 못해 똥 빛깔인 것이 그걸 보자 갑자기 속이 메슥거리면서 구역질이 나오는데 "꼭 저렇게라도 살아야 되는 건가 싶은 거이……." 어젯밤 쭈욱 그런 기분이었어. 내가 그 미친년이 된 기분이었어. (울먹이며) 막막하고 갑갑하고……. 막 뛰쳐나가고 싶은데 갈 데는 없고. 늙으니까 아무것에나 슬퍼지고 잘 울고 섭섭해지나 봐. 옛날 같지가 않어.
천축	당연하지.
국전	내가 싫지?
왕오	아암.
국전	그럴 거야. 나도 내가 싫어. 중심 없이 왔다 갔다 하고. 빈둥대면서도 재촉이나 해대쌓고.
천축	빨리 끝장을 보고 싶은데 자꾸 지체되니까 그렇겠지. 니 마음 다 알아.
국전	바깥세상 생각나면 마음이 부우 하고 일어섰다가 여기 생각을 하면 이내 푸우 하고 꺼져버리고 말거든. 이래선 안 된다고 생각을 하면서도 뜻대로 잘 안 돼.
천축	3년이면 적은 세월도 아니지.
국전	사람들이 그리워져. 하다못해 택시나 버스까지도 그리워진다고. 서울역 화장실 찌른내까지 그립다.
천축	그럴 거야.

국전	그럴 땐 이것저것 생각할 게 없어. 어디든지 뛰쳐나가기만 하면 여기보다야 안 낫겠냐 싶은 거야. 종로 네거릴 활보하며 아무한테나 인사하며 웃어주며 손을 흔들어주고 싶다고. 하지만 작심했어. 꼭 참고 기다리기로.
왕오	어젠 또 그만두자며?
국전	그러게나 말이다.
왕오	그 버릇 빨리 고쳐.
국전	아암. 걱정 말어. 왕오야, 다신 까탈 부리지 않을랜다.
왕오	헤헤헤. 정색하고 나서니까 오히려 내가 이상하다 야.
천축	어이 국전이, 난타 갔어.
국전	알어.
천축	다 보았지?
국전	응.
천축	어디서? 너덜바위에서?
국전	응. 깜박 졸았나 봐. 깨어보니 난타 양하고 왕오하고 저만큼 내려가.
천축	서운하지 않디?
국전	늘 그렇지 뭘. 짧은 만남 긴 후회. 이쁜 사람은 항상 우리 곁을 떠나고 남는 건 늙은이들 추함뿐이잖어. 안 그래? 반갑다고 만났다가 안녕하며 돌아서고 희망 품고 왔다가는 원망하며 돌아서고. 늘 그 모양이지 뭘.
천축	어쭈, 제법인데.
왕오	무슨 소리야. 한창 때는 미군 부대 들락거리면서 살라살라 했던 몸이신데. 참, 천축이 자성비문 다 지었어.
천축	아냐, 또 바뀔지도 몰라.

국전	그래? 뭐라고 지었는데?
왕오	들려줘봐.
천축	대저 인생은 공수래공수거 아니던가.
	백일홍이 피었다 진다 한들 어찌 세월을 탓할쏘며
	이 몸 죽어 무소귀면 산천 또한 더불어 황천행이 아니던가.
	인간이 신선의 경지에 달하며 어찌 재물이 재물일쏜가.
	어찌 권력이 권력일쏜가.
	죄는 욕망을 좇음이요 욕망은 무지를 좇음이니
	욕망의 개꿈 속에 머물다 간 세월들이 못내 아쉽도다.
	모월 모일 이 몸이 만죄를 짓고 졸하니
	후인은 이를 귀감으로 삼아 금생을 그르치지 말지어다.
국전	근사한데?
천축	헤헤헤. 그렇게 지어도 괜찮겠어?
국전	아암. 어서 저 비석에다가 깊게 깊게 새겨두라고. 아무도 못
	지우게.
천축	더 좀 생각해보고.
국전	니 말이 맞아. 죽기 전에 반성도 하고 용서도 빌고 그래야겠지.
	그래서 말인데……. 저어 우리 교회에 나갈래?
천축	뭐야? 우와.
왕오	우하하하하. 너 지금 교회라고 했냐?
국전	왜 웃어?
왕오	야야, 인마. 작작 웃겨라. 내 박 형사한테 쫓겨 다닐 때 밤늦게
	전화를 했어. 내일 아침 자수하겠다고. 이 밤만 지나면 3, 4년간
	콩밥 신센데 이 몸이 어딜 갔겠누? 엉? 뻔한 거 아냐. 작부집에
	갔다. 신나게 했지. 새벽에 나오려다가 한 번 더 했어. 왜인 줄

	알어? 돈이 아깝더라 이거야.
국전	그러니까.
왕오	회개 좀 하시자? 이 자식 이거 쩨쩨하게시리 왜 이래.
	대도무문(大盜無門)! 큰 도둑은 도망칠 문이 없다. 인마! 70년
	죄짓고 2, 3년 빈다고 그 죄가 까부숴지겠냐?
천축	그래 교회는 이상해.
국전	넌 또 왜 나서?
천축	야! 하느님의 은혜를 받은 곳이 교회야. 천벌을 받을 놈한텐
	벼락을 때리구. 근데 왜 그 교회가 벼락이 무서워서 십자가
	꼭대기에 피뢰침 다냐?
왕오	죄 좀 짓고 살자, 응? 얼마나 좋냐. (박자를 맞춰가며 신이 나서)
	일곱 기집 세워놓고, 월화수목금토일 빨주노초파남보. (엉덩이를
	실룩대며) 으짜으짜 으짜짜.
천축	으짜 으짜 으짜짜. 도레미파솔라시 희로애락애오욕. 으짜으짜
	으짜짜.
국전	아, 이 자식들 농담 한마디 한 거 가지고 되게 시끄럽네.
왕오	야 야, 우리 식대로라면 교회 갈 때 쿵쾅쿵쾅 양아치처럼 이렇게
	가야지 신자인 척 독실한 척 요렇게 얌전히 갈 수 있냐?
국전	그럼 안 가면 되잖아?
천축	그럼. 안 가면 되지.
왕오	그래 인마, 가지 마.
천축	야 야 또 싸우겠다.
국전	아이 씨팔, 거 되게 덥네.
천축	후후후.
왕오	헤헤헤.

국전	(어색한 듯 파리를 잡는다든가 딴짓하면)
왕오	꼴값 떨지 말고 난타 휘어잡을 생각이나 해두라고.
국전	헤헤헤.
왕오	왜 웃어?
국전	포기했어.
왕오	왜?
국전	헤헤헤. 알고 보니 그 여자 바람기가 있더라니까?
왕오	그래서 차버린 거야?
국전	그런 느낌으로 자꾸 보니까 정이 안 가. 막상 데리고 살라면 고생깨나 하겠더라고.
왕오	잘했어. 까짓거 여자가 한둘이냐? 보물만 찾음사 깔려 있는 게 여자라고.
국전	그럼 그럼.
왕오	그럼 쌍십절도 포기한 거야?
국전	그거야 아니지.
왕오	그렇지? 난타 일이나 어제 일은 모두 잊어버리자고. 훌훌 털고 재충전의 뜻으로 삼자고. 한곳으로 힘을 모으는 거야. 오직 저것이다. 알겠어? 이제부턴 잡생각 떨궈버리고 꼭 있다는 확신을 갖고 파들어 가자고. 알겠지? 그러노라면 만사형통이 아니겠어?
국전	아암.
천축	만사형통이라니?
국전	만사가 형통이고말고. 돈만 있어봐라. 인생이 확 달라질 거다.
천축	누굴 도와주고 그래서 흐뭇한 건 있겠지.
왕오	야! 상대방이 돈을 원하면 돈을 앵겨줘야지, 입만

나폴나폴대면서 "힘내어 살아라. 이 오빠가 마음속으로 얼마나 니 행복을 비는지 아느냐?" ……난 그런 말이라면 이젠 신물이 나.

천축 신물 나는 건 바로 우리 대화야. 맨날 보물 보물! 그게 우리를 회춘시켜줄 묘약이라도 되냐? 영생 불로초라도 되냐고? 아니지? 그저 그런 거라도 기대해야 살 테니까 억지로 끼워다 맞춘 거지?

왕오 야! 너도 보물 찾으면 노인 호텔을 짓겠다고 노래처럼 읊어댔잖아?

천축 그건 분위기를 깨고 싶지 않아서였어.

왕오 그렇다면 계속 깨지 말어.

천축 이젠 역겹다고.

왕오 뭐가?

천축 소싯적 꿈 얘길랑 그만두잔 말이야. 그게 아편이야 뭐야? 또 우리가 10대 소년이야 뭐야?

왕오 개자식. 누군 그런 말 못 할 줄 알어? 밑바닥까지 긁는 얘긴 서로 안 하기로 했었잖어?

천축 언제?

왕오 처음부터 마음속으로.

천축 알았어. 그만두지.

사이.

국전 그래. 우리네 인생에서 기다리는 걸 빼고 나면 남는 게 뭐 있어? 손 씻을 날을 기다리고 소식 있길 기다리고 친구를 기다리고 종국엔 회춘을 기다리겠지. 그러니 기다리는 수밖에.

천축   하지만 기다리노라면 항상 허망한 쪽은 이쪽이라고. 기다리는
      쪽.

국전   예수쟁이들이 예수를 기다리면서 허망하다고 생각하던가.

천축   예수는 고상하기나 하지.

국전   우리도 그렇게 생각하면 되잖아?

천축   아예 기다리지 않으면 될 거 아냐.

국전   그럴 수야 있나.

왕오   흥! 그럼 보물 찾으면 넌 갖지 마. 일도 하지 말고.

천축   누가 일하기 싫어서 이러는 줄 알어?

왕오   그런데 웬 잔소리가 그렇게 많어?

천축   우리가 이 나이에 그런 것에라도 연연해야 하루하루 살 수
      있다는 게 불쌍해서 그런다.

왕오   옘병할 놈. 지랄 옘병 뼈대기 치고 자빠졌네.

천축   천금을 잡았다 해서 뭐가 달라지겠어. 지금 이 나이에
      부자되어 모냥 내고 다닌들 신이 나겠어, 이쁜 계집 얻었다고
      행복해지겠어. 개꿈이지.

왕오   이 세상 다 산 놈 같구만.

천축   막상 돈이 있다 쳐. 뭘 하지?

왕오   돈 없음 적막강산이요 돈 있음 금수강산이더라고, 할 거야 쌔구
      쌨지. 우선 널찍한 집 한 채 장만하고…….

천축   그리고?

왕오   이쁜 색시 골라 새장가 들고.

천축   또?

왕오   날마다 진수성찬에 고급 양복에…….

천축   또?

212

왕오	식솔들 거느리며 시중받으며……. 모진 인생과는 땡땡 종을 친다니까.
천축	그래, 그것뿐이야.
왕오	그것뿐이라니. 군자 말년에 꽃 장사로 도는 것보다야 낫지.
천축	(힘을 주어) 내 얘긴 지금 이 나이에 이쁜 계집 품어본들 발동 안 되는 이걸 잡고 뭐 할 거며, 넓은 집 사서 늙은이 혼자 썰렁하게 지키고 앉아 있으면 그게 청승이 아니고 뭐냐 말이야. 우린 인생 다 산 거야. 석양 벌판 끝 민둥산에 마지막 안간힘 쓰고 있는 황혼 녘과 같은 거야.
왕오	난 달라. 난 여 보란 듯이 휘엉청거리며 떠들썩하게 살 거야. 잠에서 깨어나 달음박질하면 수영장이 나오고 그 수영장으로 잠수해서 헤엄쳐 가면 7공주가 날 기다리고 있는.
천축	그런 집에서 사시겠다? 그건 국전이 말이야.
왕오	나도 그래.
천축	넌 아냐.
왕오	이것 봐. 신천축. 자네까지 왜 또 이래? 희망인 채로 남겨두자는 게 뭐가 나빠?
천축	…….
왕오	결국 니 얘긴 뭐야? 하겠다는 거야 말겠다는 거야?
천축	하긴 하되 큰 기댈랑 하지 말자 이거지.
왕오	그렇담 굴은 뭐하러 파고?
천축	자성비문이지 뭐. 여자들 눈 짓물러가며 열두 폭 병풍에 자수놓듯이 자청해서 어거지 고행을 택한 거라고.
왕오	국전이 넌?
국전	응?

왕오   너도 비문 새기려고 굴 파냐?

국전   아니 모르겠다. 내 생각엔 그래도 뭔가 기대하는 게 있어야 될 것
          같애.

천축   우리야 이젠 상호 간 알 만큼 알게 되었잖아. 감추며 덮어주며
          달래줘야지만 살 나인가? "살 수 있다 살 수 있다" 용기 줘야
          살 때냐고. 보물은 무슨 보물이 들어 있겠어? 다 우리끼리 꾸민
          수작이지. 안 그래? 우린 뻔히 다 알고 있잖아. 더 이상 그럴 필요
          없잖아?

왕오   아니야, 있긴 있어. 그건 니가 몰라서 하는 소리야.

천축   없어.

왕오   있어.

천축   좋아. 있다고 쳐. 그래도…….

왕오   그만해. 알았어. (시무룩해진다. 잠시 사이) 니 말이 맞아. 한세상
          잊고 살고 싶었던 거지 뭐. 억지인 줄 나도 알아. 용써봤자
          어쩌겠어. 연습이니 다시 해보자고 할 거야, 몰랐다고 물러달랠
          거야. 회춘이란…… 말뿐이겠지.

국전   그건 그래. 이쁜 손자 새끼라도 있으면 그놈 재롱떠는 맛으로
          산다지만 우리한텐 뭐가 있어. 쭈글쭈글한 껍데기뿐이지. 손톱
          발톱은 왜 이렇게 두꺼워지는지 머리카락은 왜 한 움큼씩
          빠지는지……. 코주부처럼 쓸데없이 코만 커가고. 그래도 우린
          항상 막무가내로 떼를 쓰지. 늙지 말라고. 제발이지 늙지 말라고.

왕오   (입갱할 채비를 차리며) 이제 있는 거라곤 꿈 없이 산 장백의
          세월뿐이구먼.

천축   (히죽 웃으며) 왜 꿈이야 있었지. 개꿈이라서 그렇지.

국전   많은 게 탈이었어. 가장 높이 나는 새가 떨어질 때도 제일 아플

거 아냐.

천축   앞으로도 피고 지고 피고 지고 할 테지.

왕오   뭐가?

천축   사람 꽃이. 2, 3백 년만 지나가도 우리를 원시인에 비유할 테지.
그땐 손으로 직접 밑 닦았다며? 그땐 백 살뿐이 못 살았다며?
그땐 땅에서만 살았다며?

국전   63빌딩이 제일 높았담서? 바퀴 달린 자동차뿐이었담서?

왕오   바보 셋이 살았는데 굴을 다 파고 보물은 안 가져갔다며?
이러면서?

천축   응.

왕오   후후후.

국전   그럼 그렇게 정한 거야?

왕오   정하고 말고가 어디 있어? 내일이면 또 어찌 될지 모르는데.
우리네 바뀌는 거야 순식간이잖아.

국전   막막하다 야. 그래도 있으면 갖기로 하자, 응?

천축   우리에겐 너무나 어울리지 않지만 난 우리가 수행자처럼 느껴질
때가 있어. 각자의 죄를 씻기 위해 캄캄한 어둠 속에서 굴을
파고…… 저 산 너머엔 뭔가가 있겠지 하면서 또 굴을 파고…….
속죄키 위해 또 파고.

왕오   죽기 전에 저승잠 저승밥 먹듯 저승길 닦는 거겠지.

국전   우리처럼 일이 잘 안 풀리는 놈들도 없을 거야.

왕오   헤헤헤. 우리보다 죄 더 많이 진 놈들 있으면 나와보라고 그래.

국전   우리보다 불행한 놈들 있으면 나와보라고 그래.

왕오   제길헐. 하필이면 이런 때 더러운 놈의 세상에 태어나 이 고생일
게 뭐야.

국전   그게 세상 탓인가?

천축   난 내가 불행하다고 느낄 때마다 은하계를 생각하네. (서정적
        음악) 태양은 지구보다 백만 배나 크고 은하계에는 금성 목성
        다 합친 태양계가 천억 개쯤 있다더군. 헌데 우주에는 이렇게 큰
        은하계가 수십억 개쯤 있대. 허니 이 우주는 얼마나 클 것인가.
        이 몸이 우주라면 우리 은하는 새끼손톱에 있는 때에 불과할
        것이고, 그 때 속에 천억 마리의 세균이 다닥다닥 붙어살고 있는
        게 태양계란 말이야. 지구는 다시 또 나눠져야 하니 표현할 길도
        없을 테고.

        어찌 됐든 이 미미한 세균 속에 다시 수십억 인류가 모여 살고
        있는 거야. 그중에 하나가 자네들이고 나일 테고. 그런데도
        인간들은 밤하늘을 아름답게 수놓기 위해 하느님이 수많은 별을
        만든 거라고 생각하고 있어. 우스운 얘기지. 건방지기 짝이 없고.
        마치 (새끼손톱을 가리키며) 이 세균이 자기의 구경거리를 위해
        내가 존재한다고 믿는다면 그게 말이나 되는 소리야? 이 세균
        중에 어떤 놈은 지가 이 세상에서 제일 부자라고 뽐내고, 어떤
        놈은 친구가 죽었다고 도둑맞았다고 시험을 잡쳤다고 계집과
        헤어졌다고, 온 우주의 아픔을 혼자 이고 있는 양 울며불며
        난리법석을 떨고 있지. 우주인 내 몸이 볼 때는 아무 일도
        아닌데. 그러다가 내가 손톱이라도 깎아버리면 이것들은 뭐라고
        하겠는가? 인류 멸망이라느니 2, 3만 년 만에 찾아오는 빙하기를
        맞았다느니 지랄 방정들 떨겠지.

        태양계 안에서 차지하고 있는 내 몸무게를 생각해보아. 또 우주
        전체에서 차지하는 내 몸무게도 생각해보고. 그런데도 인간이
        우주의 주인이고 만물의 영장이란 말이야?

지구는 별 축에도 못 껴. 더부살이하며 떠도는 항성에 불과해. 인간은 두말할 나위도 없고……. 난 우리가 이 세상에서 제일 불쌍한 놈들이라고 생각하지 않네. 떵떵거리며 살았든 죽을 쑤며 살았든 똑같은 거야. 그저 피고 지고 피고 지고 하는 거야. 이쪽저쪽 옮겨 다니면서……. 어디쯤엔가 우리가 살 만한 별들이 또 있겠지. 안 그래?

이렇게 큰 우주 속에 그런 별 하나쯤 없을라고. 헤헤헤.

왕오   …….

국전   …….

천축   어이, 신왕오. 또 한번 해보지그래. 이 세상에서 우리보다 불쌍한 놈들 있으면 나와보라고, 응?

왕오   (힘없이 일어나서 입갱할 채비를 차린다.)

천축   왜?

왕오   뭐가?

천축   입갱하려고?

왕오   응.

천축   오늘은 쉬자.

왕오   그럼 뭘 해. 멀뚱히 앉아서 고 녀석만 기다려?

천축   그래도.

왕오   그래 넌 쉬어.

천축   오늘은 진짜 싫다. 추석이지 국전이도 교회 가재지……. 왜 그런 날 있잖어. 꼭이런 날 들어가면 사고만 터지고 그러잖어.

왕오   (한숨을 쉬며) 나도 니놈 말마따나 굴속에다 자성비를 만들련다. 그래야 다른 별에라도 보내주겠지. (씨익 웃으며) 안 그래? 참 혜초 여사가 오면 알려줘. 알았지? (입갱한다.)

국전   (따라서 입갱할 채비)

천축   너도 들어가려고?

국전   응.

천축   넌 나랑 같이 있자.

국전   왕오 혼자 어떻게 일해?

천축   곧 나오겠지 뭘.

국전   그래도 이게 꿈이려니 하고 파들어 가는 수밖에. 그렇지? 헤헤헤.
하루 종일 별들만 세고 있을 순 없잖아. (입갱한다.)

천축, 홀로 남아 서성인다.

비석도 만져보고 천장도 쳐다보고 문을 잠근다.

따라서 입갱하는 천축.

텅 빈 무대.

218

해가 져서
어둔 날에
옷 갈아입고
어디 가오

등장인물   광수

                병호

                창수

                명태

                준희

                촌장

                광수 처

                순이

                주모

                가월어멈

                구렁네

                점박이

                딸막이

                통수

                나카무라

                재남

                경철어멈

                무당

                도카사키

                가월이

                일본인 순사 2명

때   일제 말엽

곳   남해의 외딴섬

1장

밤길.

새 울음소리가 들려온다.

그때 가월 어멈이 한복을 곱게 차려입고 나와 머리를 매만지며 엉덩이를 씰룩대며 저쪽으로 걸어간다.

잠시 후, 가월이가 애기를 업고 나와 소리친다.

가월이   엄니……. 엄니……!

가월어멈 가월이 너 이년, 싸게 싸게 안 들어가. (돌멩이를 주워 던지는 시늉을 하며) 어서!

가월이, 뒷걸음친다.

그사이, 가월 어멈이 총총히 사라진다.

가월이   해가 져서 어둔 날에 옷 갈아입고 어디 간다요?

2장

무덤 앞에 마을 사람들이 모여 있다.

모두 침통하다.

광수, 다리를 전다.

점박이   창수 아자씨, 무슨 묘수가 없을까라?

창수   무슨 묘수가 있겄냐. 촌장 어르신이 만나고 있응깨, 어여코롬 잘
         해결하시길 빌 뿐이제.

점박이   아이고, 쪽발이 순사가 어르신 말에 호락호락 잘도 넘어가겄소.

명태   광수야. 뭔 방도가 없을까이?

광수   글씨…….

명태   저 무덤 속에 뭐가 들어 있다고 파라쌀까이?

통수   아, 상해로 가는 군자금이 들어 있다 안 허요?

명태   저 속에 뭔 느무 군자금이 있겄어. 괜시리 우리 잡을라고 눈
         가리고 아옹하는 것이제이.

광수   도자기 같은 게 들어 있다고 보는 거 아녀?

준희   그런 걸 얻자고 선조 묘를 파야?

창수   뭔 소릴. 그놈들은 골동품이라면 개밥그릇에도 혈안이 됐당깨로.

준희   난 못 혀.

통수   못 혀구말구라. 아, 나 살자고 선조 묘구를 싹 파헤친다요.
         그러다가 낭중에 조상님 낯뿌닥을 어쩌케 뵐 것이요.

명태   쯧쯧쯧. 막무가내로 못 허겄다고 버탱길 수 있을 것 같여?

통수   끽해봐야 맞아 죽기밖에 더 하겄소?

명태   맞아 죽기가 그러코롬 쉬운감.

통수   그렇담 명태 아자씨는 조상네 묘를 훼손하자 이거요?

명태   …….

준희   근디 가만히 생각해봉께 우리 조부 씨 무덤에 도자기를 넣었던
          기억이 없는디?

광수   그러코롬만 된다믄야 다행이제이.

명태   그건 또 왜 그랴?

광수   저그서 도자기가 쏟아져 나온다면 다른 무덤까장 죄다 파자고
          덤벼들게 아닌게비.

병호   아하. 이 갈매도에 골동품이 쌔구 쌨다고 보고이?

광수   암마.

점박이   아이고메. 준치 아자씨! 조까 잘 생각해보소 야. 이거
          잘못혔다간 큰일 나불겠소. 사방에서 산소를 파헤칠 틴디.

준희   없는 것 같여.

점박이   같은 게 아니고 있소, 없소?

준희   아이, 점박아. 내가 천재도 아닌디 요만할 때 하나 씨 묘 쓸 때
          일들을 어찌 다 알겄능가.

점박이   아이고, 우리 서방 묘까장 파불면 워쩌. 안즉껏 썩지도 않았을
          것인디.

통수   이것저것 따질 게 없당깨라. 이참에 몽창 쎄려 조사불고
          토껴버리자닝깨라.

명태   통수야, 답답헌 소리 그만해라이. 우리가 조사불고 토낀다고
          만사가 끝이 나냐. 목포 경찰서에서 다 알 텐디.

광수   다른 방도가 없을 거구먼. 필시 군자금을 걸고넘어질 때는
          안 했다간 그놈들이 우리를 반역패로 몰 거고 천황헌티

거역했담시롱 난리를 칠 것이여.

통수   아무리 그렇다 혀도 나는 (드러누우며) 못 하겄소.

그때 도카사키 형사와 촌장이 등장한다.

마을 사람들, 일렬로 서서 고개를 조아린다.

겁먹은 표정이 아까와는 대조적이다.

통수는 어정쩡한 오기로 누워 있다.

도카사키, 통수를 이리 보고 저리 보다가 갑자기 통수의 얼굴을 발길로

찬다.

순간 겁에 질려 마을 사람들 서 있는 데로 기어가는 통수.

도카사키, 통수를 오라고 손짓하여 다시 발길로 찬다.

얻어맞고 넘어지는 통수.

얼른 일어나 잘못했다는 식으로 빈다.

도카사키, 따귀를 때린다.

또 때린다.

저쪽 나무가 있는 데까지 갔다가 제자리에 올 때까지 따귀를 계속

때리는 도카사키.

도카사키, 분이 어느 정도 풀렸는지 촌장에게 턱짓으로 지시한다.

촌장   모이라고 혀서 미안험세. 술대접함시롱 선물도 주어감시롱 있는
힘을 다혀서 사정해봤당깨. 어찌나 완강한지 한마디로 허사가
돼분졌네. 협조를 할 수밖에 없게 되얐응깨 그리들 알더라고.
나도 자네들 볼 면목이 없구먼. 허지만 어쩌겄나. 여그 도카사키
순사 나리께서 한말씀 하시겄다니깨 잘 듣고 후환이 없도록
해야 쓰겄네. (순사에게) 말씀허시지라.

도카사키 순사가 일본말로 하면 촌장이 통역한다.

도카사키   나는 목포에 주둔하고 있는 해안경비대 소속 도카사키 순사다.
         이 섬에서 군자금을 모아 상해 임시정부로 보내고 있다는 정보에
         따라 본인이 수사에 나서게 되었다. 만약 수사에 협조를 거부할
         때에는 그에 상응하는 조처를 받게 될 것이다. 이 무덤 속에
         군자금이 있다. 이 무덤의 후손은 앞으로 나와라.
준희   (앞으로 나선다.)
도카사키   (통수를 가리키며) 그리고 너. 앞으로.

         도카사키, 준희와 통수에게 삽을 건넨다.

도카사키   파라!

         준희와 통수, 어쩔 줄 몰라 하며 난처해한다.
         도카사키, 총을 뽑는다.

도카사키   파라!

         준희와 통수, 하얗게 질린 채 다리가 후들거린다.
         그때

광수   내가 하겠다.

         광수, 앞으로 나선다.

3장

산 능선.

광수와 병호, 과실수를 심고 있다.

광수   내년엔 저그도 개간헐 참이구먼.

병호   저그다간 뭘 심을라고?

광수   비탈이 심허지 않응깨, 사슴을 키웠으면 쓰겄는디 자네 생각은
        워쩐가?

병호   (놀라서) 사슴을?

광수   이, 벌교에서 사는 친구가 사슴을 키우는디 새끼 한 마리
        준다드만.

병호   잘됐구마이. 난 안즉껏 그 작것을 한 번도 못 봤구먼. 이삐쟈?

광수   암마. 그놈은 자네 몫이여.

병호   날 주어야?

광수   이, 자네가 가축을 끔찍히도 사랑했쌌깨 자식처럼 애지중지
        키워보란 말이시.

병호   고마우이.

광수   뭔 소리당가. 여그 살림 반은 자네 것 아닌개비?

병호   아따, 이 사람아. 그런 말은 허들 말게. 나야 그저 자네가
        좋아 돕는 것이여. 면전에 넘사스럽네마는 처자식 죽어불고
        성님마저 죽어불고……. 어쩔 땐 자네가 친형처럼 여겨진당깨.
        (어색해서) 아이고 웬 바람이 이러코롬 세차게 분당가. 냉기까장
        올라오는구먼.

광수   (비식 웃으며) 뭔 소리당가. 바람 한 점 없는 청명한 날씬디.

병호   혜혜혜. 여보게 광수. 낭중에 시간 있을 때 사슴에 대해
         시시콜콜히 말해주소. 습성은 어떠허며 뭔 풀을 좋아하고
         움막은 어쩌케 맹그러야 좋은지……. 나도 단단히 대비해야 될 것
         아닝감.

광수   그럼세.

병호   혜혜혜. (주위를 훑고 나서) 근디 우리 말처럼 그로코롬 될까이?

광수   뭐가?

병호   여그다 자크르르한 농장을 맹그는 것 말이여.

광수   쉽지야 않겠제이. 허지만 우리가 허다 허다 못 혀고 죽어불면
         누군가 작자가 나서서 허겠제이. 그러다 보면 언젠가는
         자크르르한 농장이 이 갈매도에 맹글어지지 않겠남.

병호   암마 암마. 우리 생전에야 그 값진 꼴 다 보고 가겠능가.

         그때 광수 처와 순이가 먹을 것을 들고 등장한다.
         처는 머리를 수건으로 감쌌다.
         순이는 임신하여 배가 부르다.

병호   아이고, 몸도 아프신디 예까장 뭐하러 가져온답여. (광주리를
         받아 내려놓으며) 조까 있다가 내려갈 참이었는디. 몸은
         갱기찮여라우?

처   야. 고생 많으시지라우?

병호   아따. 고생은 뭔느무 고생이다요. 아줌씨가 고생이 심허시지라.

처   감자 조까 삶어 왔어라우.

광수   이녁은 먹었능가?

처   야.

광수   아그는?

순이   (고개를 끄덕인다.)

병호   하냥 드십시다.

처   저어……

병호   말씀하시쇼이?

처   이 양반이 준희 씨 선조 뫼를 파지 않았습뎌?

병호   예, 예.

처   말들이 없는가 혀서요.

병호   말은 뭔 말이여라우.

처   그려도 요즘 인심이 하도 야박헝깨라우.

병호   잘혔다고들 칭찬합디다. 거그서 준희가 파불겄소 통수가
         파불겄소. 준희는 지 조부 씨 묘고 통수는 지가 가다 잡고 "난 못
         혀라" 허고 발쭉 뻗었는디. 넘 야그 하기 좋아하는 구렁네까장도
         여그저그 댕김시롱 광수가 갈매도를 살렸다고 떠벌기고 안
         다닙뎌.

처   아, 그래요이? 다행이구먼요.

광수   싸게 내려가보더라고, 광주리는 이따가 내가 가지고 갈 것이구먼.

처   야.

광수   열 부쿨 텡깨 모시레 댕기지 말고.

처   알았어라우. (병호에게) 그럼 고생하시쇼이.

병호   예 예. 살펴 갑시다요. (처와 딸이 퇴장하는 것을 지켜보고 나서)
         광수 너는 좀 나긋나긋해봐라이. 아줌씨가 월매나 속상허겄냐.
         아픈 몸을 끌고 예까장 올라올 때는 서방 낯뿌닥 한번
         보잡시고 온 것인디. (물끄러미 보고 있다가) 신통헌 약 안즉도 못

찾았능감?

광수　그런 게 워디 있당가?

병호　아이고, 자네 속도 뒤염 속이겄네이.

광수　죽을 맛이제이.

　　　　그때 명태, 창수, 준희가 등장한다.

명태　아이고, 이 자석들 허란 일은 안 하고 허구헌 날 먹고 싸는 게 일이네이.

창수　잘 있었능가? 우리 뱅어도 잘 있었고?

병호　아니, 쬐메 아까 출어하는디 봉깨 자네 배던디?

창수　응, 옥팔이가 나갔제이.

광수　옥팔이가 사공으로?

창수　암마, 내일모레면 그 녀석도 장가갈 나인디 사공 노릇 해봐야 쓰잖겄능가.

광수　그라제이.

준희　일전엔 아주 고마웠네이.

광수　고맙긴 무슨.

준희　도자기가 나올까 봐 심히 가슴 조렸었구먼.

광수　근디 뭔 일이란가?

명태　뭔 일이 있긴 있구먼.

병호　뭔디? 또 목포에서 일본 순사가 나와분다냐?

준희　아녀.

명태　실은 우리 아버님이 직접 오셔야 되는디 코뿔 땜새 기동을 못 해갖고 내가 대신 왔더라고. 자네가 이번 당제때 제주(祭主)를

	맡아줘야 쓰겄네.
병호	아니, 정월대보름에 지낸 당제를 또 올린당가?
준희	조상님네 무덤을 파헤쳤으니 이런 불충 불효가 있겄는가. 그랴서 한 번 더 하기로 했네.
광수	난 안 디야. 제주의 시봉이라면 몰라도.
명태	제주 시봉은 통수가 맡을 거구먼. 기력도 있고 생각도 바른깨.
광수	난 안 된다니까 그래쌓네.
창수	맡을 사람이 없는디?
광수	(명태에게) 촌장 어르신께서 맡으셔야제이.
명태	울 아버지는 코뿔 땜새 꼼짝도 못 한당깨.
광수	그랴도 나 같은 놈이 허면 안 되제이. 제주란 집안에 액이 전혀 없어야 쓰는디 난 천부당만부당헌 얘기란 말이시. 다른 사람을 찾아보더라고.
창수	그런저런 사정 다 감안했당깨. 하지만 시상이 하도 시끌헝깨 대가 센 사람을 골라야 되얐구먼.
광수	긍깨 더더욱 안 된다 이 말이여.
창수	촌장 어르신의 명이신디.
광수	허허.
명태	자, 우린 전했응깨 그쯤 알더라고. (준희와 창수에게) 싸게들 가보더라고. 일 방해허덜 말고.
창수	일허게.
준희	(퇴장하며) 뱅어야, 뱅어 먹고 힘 좀 팍팍 써라이.
광수	이보게들!

4장

산속.

반석 위에 음식이 잘 차려져 있다.

당주인 광수가 당제를 모시고 있다.

옆에서 통수가 광수를 거들고 있고,

그들 뒤에는 촌장을 비롯한 남정네들이 서 있다.

광수   비나이다, 비나이다, 천지신명께 비나이다.

       남해 바다 용왕님네 서해 바다 용왕님네

       지성으로 비나이다. 아무쪼록 올해에도

       태평성대 주시옵고 큰 탈 없게 해주시고

       무병 장수 주시옵고 소원 성취 이루게 하소서.

       풍어와 풍년을 비나이다, 비나이다.

       통수가 소지를 가져온다.

       광수가 통수에게서 소지를 한 장씩 받아 촛불에 태운다.

       활활 타오르며 까만 재가 공중으로 올라간다.

       의식을 끝내고 광수가 통수에게 눈짓을 한다.

       통수, 당샘으로 가서 안을 들여다본다.

       숨죽이며 지켜보는 마을 사람들.

촌장   있어……, 없어?

통수   당샘에…… 거머리가…… 한 마리도…… 없어라우.

그러자 다들 기뻐하는 마을 사람들.

광수도 한숨을 크게 내쉬며 안도한다.

준희   소지도 활활 잘 타고 당샘에 거머리도 없고 개도 안 짖고…….

               수고했다, 광수야.

병호   당주로 명을 받은 뒤부텀 비린 것도 안 먹고 매일매일 찬물로

               등목허고 마실도 안 다녔단 말이시. 촌장님, 광수의 지성이

               효험을 가져다주겄지라우?

촌장   암마 암마. (광수의 등을 토닥이며) 욕봤다 욕봤어. 자 이리 와서

               음복들 햐.

사람들   야.

반석 주위로 모이는 사람들.

병호   촌장 어르신……. 히히히. 기분도 좋은디 노래 한자락 할까라우?

촌장   (깜짝 놀라) 여그 당에서? 부정 타 야.

병호   히히히. 싱거운 소리 한번 혀봤어라우. 재미있으라고.

그 말에 다들 웃는다.

5장

선착장에 있는 주막집.

주막집 뒤로는 바다가 보인다.

창수, 명태, 병호, 준희가 평상에 앉아 삼봉(전라도 화투놀이의 일종)을
치고 있다.

주모는 안주를 장만하느라 분주하다.

병호   안즉도 멀었능가?

주모   쬐끔만 기다리시소 야. 다 되어간당깨라우.

명태   (패를 나누면서) 준치야, 이참에 목포 가서 재미 좋았담서?

준희   암마. 목포 가서 니놈 삼봉 마이 대줄려고 생태 팔아 한몫
       잡았제이.

명태   나도 니 형수 고쟁이 값 좀 니놈한티 따야 쓰겄다.

준희   명태야. 니놈은 안즉도 형수와 제수도 삭갈린다냐? 그랑깨 니
       엄니가 온다 간다 소리도 못 하고 콕 하고 간 거여, 이것아.

창수   아따 고것들. 어서 패나 봐부러. (패를 보면서) 난 죽었어.

병호   나도 못 쳐.

준희   또 한번 함세.

명태   (패를 보며) 쯧쯧쯧. 준치야, 이젠 둔덕에 묶어논 느그 집 맴생이
       조까 끌고 와야 쓰겄다.

준희   히히히. 자네가 내 패 보면 아랫도리가 축축해질 것이다.

창수는 명태 패를 보고, 병호는 준희 패를 보며 훈수한다.

명태와 준희, 삼봉을 친다.

명태 허허. 먹을 게 씨글씨글헝깨 뭘 먼첨 가얄지 모르겄당깨.
    시모노세키 유학 땐 이거 먼첨 가랬는디.

창수 뭔 소리당가? 시모노세키 유학 땐 그거 먼첨 갔다간 즉결
    사형이었제.

준희 먹을 게 없음 초 내라 혔다.

명태 허허. 자넨 뭔 소릴 그러코롬 야무지게 한댜?

준희 뱅어야.

병호 응?

준희 자네 칙간 한번 댕겨올란가?

병호 왜?

준희 삼봉 치는 놈 거그 있능가 갔다 와보란 말이시.

명태 조깨 기다리더라고, 난 시방 어쩌케 하면 짜시락 판에서 떼돈
    긁어모을까 하고 그걸 생각헌당깨로. (창수에게) 그랴도 위신
    문젱깨 광 하나 먹어둬야겄제이?

창수 암마.

준희 (따라 치며) 우리 조부 씨가 (화투장을 조미여) 삼봉은 죄는 맛에
    쳤다드라마는…….

명태 느그 조부 씨는 삼봉 땜시 마누라 잡혔담서?

준희 허허. 저런 시래비 아들놈, 저것도 뚫린 구녁이라고 말하는 것 좀
    보소 야.

명태 허허. 잘못 쳤어 야. 까꾸루랑깨.

창수 어쩐지 이게 먼첨 갔음 쓰겄더라.

준희 어허, 용코 주겄어야.

명태	어허, 뭣 땀새 팔공산 먹어감시롱 용코 준달까이?
준희	긍깨. (힘 있게 내려치면서) 으라차차차. 이쯤 혀서 명태 저놈 콧대를 팍 눌러분져야겠제이?
명태	그 정도야 폴새 알고 있었당깨.
준희	(명태가 화투패를 느리게 내면) 뱅어야, 칙간에 좀 가보랑깨. 삼봉 치던 놈 거그서 미역국 처먹고 있능가 찾아보란 말이시. 우리 집 아그가 말라 말라 혀도 삼봉이라면 뒤지 뒤져 쌀 팔아 치던디, 아마 그게 요 재미였덩가 보제이?
명태	어허, 싸르륵 해이야, 왼손으로 쳐도 이것 보랑깨.
주모	시방 올릴까라?
병호	아, 뭘 꿈쩍꿈쩍댄다냐. 어여 줌세. 광수는 좀 늦을 것 같구먼.
주모	(술과 안주를 평상에 놓으며) 시장할 때 어여 잡수쇼이.
명태	(맛을 보며) 카, 역시 고기는 쇠고기이구마이.
준희	잠깐, 어야 깔을 보니 상헌 것 같어야.
주모	뭣이라어라우?
병호	어디 상한 쇠고기 맛이 어쩐가 볼까나.
준희	쇠고기 상허면 야옹개 맛이람서?
주모	(농담인 줄 뒤늦게 알고서는) 깜짝 놀랐소이.
명태	(주모에게) 자네 엉둥이살 맹치로 토실토실 뽀송뽀송헌 거이 맛이 그만이당깨로?
주모	아따. 명태 아자씨는 대낮부텀 낯뿌닥 붉힐 야그를 넘시렁넘시렁해쌓소.
준희	나 같으면 뽀송뽀송할 때 다 줘분지고 말겠다.
주모	준다 준다 혀도 마다헐 때는 언제시고라우?
명태	허허, 난 어떤 옘병헐 놈이 내 연적인가 혔더니 바로 코앞에

있었구마이.

그때 재남이가 등장한다.

양손에 생선 망태기를 든 것이 이제 막 고깃배에서 내린 듯하다.

재남, 생선 망태기를 입구에 놓는다.

재남 (인사를 하며) 아자씨들이 모다 웬일이시라요. 오늘이 뭔

    날이어라우?

명태 어이, 광수가 당제 모시느라 고생도 혔고 혀서 우리 칠성파가

    동갑내기 계갈이를 허는구먼. 쇠고긴디 먹어볼랑가.

재남 아이고, 괜침혀라우. 근디 뭔 쇠고기다요?

명태 긍깨. 그냥 멜갑시 호사 시절 만났구먼.

재남 (화투판을 보며 명태에게) 조까 따시었어라우?

명태 삼베 바지에 방구 새듯 다 새부렀당깨.

준희 그물 뜨고 오능가?

재남 예.

준희 워디로 나갔덩가?

재남 백도로 나갔어라우.

준희 혼자서?

재남 아니어라우, 춘산이허구 하냥 떴어라우.

창수 혹여 옥팔이 배 못 봤능가?

재남 안즉도 소식이 없으요?

창수 이……. 그놈이 한번 배 타불면 불 탄 소지맹치로 맴이

    바스럭바스럭거려 못 살겄당깨.

재남 별일이사 있을랍뎌. (주모에게) 아줌씨 막걸리 한 사발 주소 야.

주모   좋은 횟거리 잡았음 내놓게.

재남   그라시오.

주모   (술을 따르며) 광어도 잡았능가?

재남   야.

주모   요새 파시승깨 자태도 사람들이 더러들 오는구먼.

재남, 광어를 마구 퍼준다.

주모   아이고 아이고, 그만 내놔. 다 퍼주면 아부지는 뭘 드릴라고
       그런가. 됐당깨.

재남   담에 더 많이 드릴게라우.

병호   아부지는 좀 어쩌신가?

재남   신경통 땜새 팍 꼬잡아도 꼬잡은 줄을 몰라라우.

병호   구른내 나무가 좋아야.

재남   당나무라?

병호   도라지도 좋고.

주모   아이고, 약초고 도라지고 다 좋은디 내 딱 하나 가르쳐줄 텡깨
       해보더라고. 왜 내 친정아부지도 신경통으로 오랫동안
       고생허지 않았는개비여? 나두 첨엔 안 믿겼지만 하두 좋다
       하니깨 멕여봤제이. 생쥐 안 있능가? 금방 막 까면 눈 삐적삐적
       뜨고 삘개 가지고 꾸물꾸물헌 거.

재남   야.

주모   그걸 여나믄 마리쯤 술 반병에다가 넣고 공기 안 나가게 꽉
       쫌매서 칙간 거름 속에다가 따숩게 노면 금방 노란 물이
       우러나야. 그걸 아침 공복에 먹으면 금세 효과 본단 말이시.

명태	맛은 어떻든가?
주모	막상 아부지께 멕일랑깨 이상합디다.
명태	어르신이 모르시던가?
주모	왜라우. 자꾸만 "술을 못 먹게 허더니 이건 뭔디 주느냐 주느냐" 혀도 죄로 갈 것 같어서 사실대로 말은 못 허구, "이 아래 초상집에서 다들 술 도둑질혀서 가져가길래 나도 조깨 가져왔는디 이젠 없앨려고 하요" 헝깨, 그때서야 들쑥들쑥 내내 자시더란 말이오. 아 근디 거반 잡숴감시롱 "괜침해, 괜침해" 하더란 말이어라우. 그래 내내 기다렸다가 인젠 어쩌냥깨 인자는 어쩌케 하면 아프고 어쩌케 하면 안 아프다 안 허요.
병호	근디 시앙쥐가 그렇게 좋을까이?
주모	긍깨 이참에 허 주사도 돌아갔던 모가지 나한테서 낫었소 안.
병호	아, 허 주사도?
주모	야. 단박에 낫어버렸어라우.
준희	맞는 소리랑깨. 에미 양분이사 다 그것들이 가지고 있을 게 아닝개비여.
명태	그라제이.
재남	(일어서며) 나도 한번 해봐야 쓰겄어라우. 자, 드시고들 가시소 야. (퇴장)
창수	(재남의 뒷모습을 보며) 효자일씨.
주모	시방 재남이요? 야, 맴씨가 뒈지게 착혀라우, 하냥 해태해봐도 손버릇 사납고 얼룽얼룽헌 사람 같으면 넘이 달라면 지 것 아닝깨 그냥 주련만 저 아그는 그저 이녁 것처럼 간술 잘허더란 말이요.

그때 광수가 등장한다.

광수   아이고, 늦었구마이.

명태   자네 멀크락이 그러코롬 무거운가?

광수   뭔 소리여?

명태   무겁지 않음 왜 이렇게 늦었냐 이 말이여.

광수   마누라가 자꾸 열이 부쿵께 연골네 가서 침 한 방 맞혀놓고
오느라 늦었구먼.

창수   고생혔네, 이젠 괜침헌 겨?

광수   응. 참, 옥팔이는? 소식 없능가?

창수   응. 별일이사 있겄능가?

준희   앉게나. (주모에게) 고기 좀 더 가져올란가?

광수   뭔디?

준희   자네가 미치고 환장하는 거.

병호   쇠고기여.

광수   생각 없네이.

명태   아니 왜? 우린 자네 땜시 일부러 장만혔구먼. 제주 노릇 하느라
고생혔응깨 몸보신하라고.

병호   당제 끝났응깨 먹어도 돼 야.

광수   (주모에게) 물 한 사발 주련가?

주모   야.

그때 밖에서 웅성거리는 소리.

뒤이어 흐느끼는 소리.

병호와 명태, 무슨 일인가 하여 고개를 내밀고 내다본다.

병호   아니 저건? 옥팔이 배 아녀?

창수   (황급히 일어나 보며) 아니, 저건 옥팔이 옷인디.

일동   뭐? 옥팔이가?

광수, 밖을 내다보다 마시던 사발을 떨어뜨린다.

쨍그랑 소리와 함께.

6장

마을 사람들이 바닷가에서 떼 제사를 지내고 있다.

무당이 혼을 건지는 씻김굿을 벌인다.

상주와 마을 사람들이 무당이 굿하는 쪽에 모여 있다.

통수와 재남, 대나무 끝에 흰 천으로 닭을 묶어 단 긴 장대를 꽉 붙들고

있는데 장대가 마구 흔들리는 듯 고정시키려고 안간힘을 쓰고 있다.

그 주위를 무당이 펄쩍펄쩍 뛰어다니면서 징과 북소리에 맞춰 굿을

한다.

상복을 입은 창수 주위에 광수, 병호, 명태, 준희가 있다.

무당, 빠른 소리로 읊조린다.

무당   대성북도 일곱 칠성

석가여래 부처 선생

천하맹산 신령 사회

요왕오방 백마 신장

천지서기 열두 선생 모시고

동도칠성 일곱 칠성

남도칠성 일곱 칠성

서도칠성 일곱 칠성

북도칠성 일곱 칠성

동남서북 열두 선왕

선예 부인 제자 삼아

법사 선생 법문 받고

집사 선생 추범 받고

제자 삼아 내려올 때

묵던 밥 밀쳐놓고

입던 의복 걸어놓고

신던 신 벗어놓고

들던 잠 깨워다가

석 달 열흘 공 받았소.

잠시 격렬한 징과 북소리에 신들린 듯 무당 뛰어다닌다.

양손에는 흰색으로 된 긴 천을 들고서 잡아당겼다가 밀쳤다 한다.

잠시 후, 통수와 재남이 잡고 있던 대나무를 바닷속에 그 끝을 담근다.

대나무 끝 천에 달린 닭을 바닷속으로 던질 때에는 거의 발악에 가깝게

무당이 소리를 지르면서 뛰어다닌다.

무당　　　해동 조선 전라도 갈매도 태생 기묘생 정구순, 을해생 김장돌,

　　　　　갑술생 장돈구, 갑술생 지성남, 기묘생 이옥팔, 지극지성으로

　　　　　비옵나니…….

잠시 무당이 상 앞에 쪼그려 두 손으로 비는 동안 동네 아낙들, 서로

술렁거린다.

점박이　　이번 옥팔이 배에 여럿이서 탔담서?

구렁네　　다섯 명은 시체도 못 찾았다 안 하요.

점박이　　근디 올 들어 이게 뭔 일여라?

경철어멈　금깨.

244

가월어멈   떼 제사가 웬 말이여.

딸막이   내 태어나서 떼 제사 지낸 건 이번 말고 딱 한 번 있었어라.

가월어멈   응, 맞어 맞어. 굉필이가 당제 지냈을 때 말이제이?

딸막이   왜 아녀라우. 아 그놈이 글씨 사람 죽인 요물인디 그것도 모르고
         그놈더러 당제를 모시랬으니 용왕님이 오죽 노하셨을까라?

가월어멈   그해 많이들 당했구먼.

딸막이   그랑깨 그해에 멜갑시 떼 제사에 호열자에 그 난리를 쳤소 안.

가월어멈   우리 집엔 야옹개가 꼬리에다 독사를 칭칭 감고 안방으로
         모방으로 댕겼당깨.

경철어멈   용생이는? 즈그 아버지가 술 두 잔 먹고 용생이는 술 석 잔
         먹으니까 아버지가 술 그만 먹으라는 소린 못 하고 그저 너무
         마시는 게 아니냐고 혔더니만, 아 글씨 그 효자 놈이 뜬금없이
         돌팍 들어 지 아베 마빡을 쎄려불지 않았소. 낭중에 본깨
         용생이는 아무것도 몰랐다고 안 합뎌.

가월어멈   올해에도 뭔가 잘못됐단 말이씨.

딸막이   이번에 죽은 영길이도 눈이 안 나왔을 때 주위에선
         불길하다고들 안 했습뎌?

점박이   뭔 소리랑가?

딸막이   출어 증명선가 무시깽인가 헌다고 요전번에 다 같이 목포 가서
         사진 찍었소 안.

점박이   그라제.

딸막이   근디 영길이 양쪽 눈이 다 안 나왔다요. 눈만 허옇게 비어 있는
         거이 수상쩍었다고 헙디다.

점박이   아하, 그래이?

딸막이   이참에도 집에서는 쉬라고 쉬라고 형깨 지가 죽을라고 그랬는지

옥팔이 배에 그예 타려 등깨 집에서는 고사에다 선왕 지위에다 정성으로 잘 모셨답디다. 살아온 사람들이 그러는디 태풍이 불기도 전에 영길이가 온다 간다 소리도 없이 사라졌다 안 하요.

구렁네 뭣이든 정성이 부족헌깨 이런 일이 생기제이. 당제를 잘 올렸어봐. 그런 일이 생기겠는가. (큰 소리로) 멀쩡했던 낭구가 빈 바람에 넘어지겠소?

점박이 쉬잇, 들려.

구렁네 들으라제이. 누가 오줌 지릴 말 혔는가?

경철어멈 촌장 어르신 잘못도 있당깨. 왜 다리 빙신을 제주로 뽑아 야? 딸년도 임자 없는 아그를 임신혀불고 마누라도 지랄병에 걸린 숭악한 놈을!

점박이 (광수 쪽의 눈치를 살피며) 아서라.

딸막이 냅두쇼. 생쥐도 찍찍 소린 내얄 것 아니오.

무당 (흥을 돋운다.) 화초당 매화당 영신당 산신당 바람당 구름당 여섯 당을 모셔놓고 천지 선생 기술이 아무리 좋다 해도 죽은 인간 살릴 수 없어 폰례네 엄마 제자 만들어서 조석 상석 불 밝히고 신의 밥을 자시고 신의를 입고 신의 말씀 경문하요. 석가여래 부처 선생 명산에 올라가서 석 달 열흘 빌고 빌어 초석 자리 불 밝히고 물 석 중발 올려놓고 삼석 장 소지 받아 공자 맹자님도 들으신다오. 단명한 사람은 정토로 보내주고 자식 없는 사람은 자식을 주고 병든 사람은 병을 낫게 해주는 선생이요 54개의 권님이로다.

무당이 크게 소리치며 뛰어다닌다.
점점 열기를 더해가는 무당의 주문과 춤.

마을 사람들, 조금씩 움직이다가 징과 북소리가 커지자 그동안의
침울했던 분위기를 깨고 활기차게 가무한다.
한(恨)을 원(願)으로 승화시키려는 그들의 몸짓.

동네 사람들   (다 같이 따라 부른다.)

　　자제비단 겹저고리
　　선니비고 접니비고
　　소매 진동 다니비도
　　초인강에 가신 님은
　　야윈 밤에도 안 오신다.
　　때키칼을 몸에 품고
　　첩의 방에 들어가서
　　첩의 할연 웃으 것이
　　야봉산에 꽃이로구나
　　이 네 눈에 저리할 때
　　저 네 눈에 어찌하리.
　　여보세요 큰어무이
　　세간 전답 반자가세
　　에라 요년 요망할 년
　　낭군조차 반자간들
　　세간 전답 너 주리야.

　　원앙금 자오 베개

둘이 비자고 지운 베개
혼자 비고 돌아누워
흘리할리 내린 눈물
베개 넘어 강이 졌네
오리 한 쌍 거위 한 쌍
하고많은 강물 두고
이내 눈물 강을 찾아 쌍쌍이 찾아든다.

7장

창수의 집.

창수, 상복을 입고 토방에 앉아 그물을 손보고 있다.

광수, 병호, 준희, 명태가 등장한다.

명태   어이 배창시.

창수   으응, 다들 왔구먼. 광수도 왔능가?

광수   (나서면서) 나 여기 있네.

창수   아, 거그 있었구먼. (두 손을 잡으며) 따져봉께 옥팔이가 먼저
        죽고 당제는 다음 날 올렸응깨 자네와는 아무 상관없는
        일이더라고. 괘넘치 말게.

병호   생각나는가? 옥팔이 백일 때 그놈이 광수 무릎에서 안
        떨어지려고 칭얼대던 거?

창수   아암.

준희   저 참에도 (광수에게) 자네헌티 요 밑에 황가네 딸내미허고 중매
        서달라고 왔더람서?

창수   그랬었나? 그 녀석이 뭐라던가?

광수   그렇게 맘에 들면 보쌈이라도 해부러라 혔더니 (옥팔이 흉내)
        "말똥도 층층이라는디 그래도 장인 허락이사 받아야 안
        되겠소?" 그 자식이 그러더니…… "아저씨, 돈 조깨 있음
        꿰돌려주시오. 나 목포 가서 옷 조까 빼입을라."

창수   옥팔이가?

광수   이.

창수	나한테 달라 혀도 줬을 텐디?
광수	긍깨…….
창수	허긴……. 좀 무서워혔을 거구만.
광수	하루는 또 뽀르르 와서는 "장가들랑깨 아부지가 성가시당깨라우?"
창수	그려서?
광수	"아부지를 먼첨 장가보내야 쓰겄소."
창수	아따메.
광수	"아부지는 주막집 주모가 마음에 있는 것 같은디 그 주모는 아자씨를 좋아하는 것 같소 야. 그러니 어쩌시어라우. 우리 아부지에게 물려주실 수 읎으실깨라우?"
창수	그래 뭐랬나?
광수	뭐라긴? 나야 안즉 헌 것도 있고 헝깨 그러마고 했제이.
창수	효자일씨.
병호	아암, 효자고말고.
창수	하하하. 우리 이럴 게 아니라 이런 날은 한잔씩 쫙 마셔부러야겠네이.
명태	이런 날?
창수	이런 날.
준희	무슨 날?
창수	이렇게 기분 좋고 쌈빡헌 날. (술을 가져온다.) 일부러 감춰놨제이.
병호	뭔디?
창수	지네주여.
일동	크흐.

창수	니놈들허구 언젠가는 먹으려고 했제이. 자 어느 놈부텀 술잔이 가야 디여. (광수에게) 니놈부터다.
광수	나부텀? (잔을 비우며) 야 느그들 새끼치기할씨?
창수	(병호, 준희, 명태를 번갈아 보며) 광수가 시방 뭐랬어? 새끼치기?
준희	그 말 한번 오랜만에 들어보는구먼.
명태	좋았어. 칠성파 시절 기분 한번 내보자 이건 겨?
광수	암마.
병호	허허. 이것들이 돌았군 돌았어.
창수	허면? 새끼 깐 놈은 뭐 하기여?
명태	지랄 떨기.
창수	지랄 떨기?
병호	좋았어.

창수, 병호, 준희, 명태가 가위바위보를 하여 순서를 정한 뒤, 광수, 병호, 준희, 명태, 창수 순으로 선다.
새끼치기란 차례가 바뀔수록 한 잔씩 추가되는 놀이다.
광수, 병호에게 술을 따른다.

병호	(두 잔을 연거푸 마시고 준희에게 술을 따르며) 창수야…… 옥팔이도 장가는 가야 할 것 아닝감?
창수	글씨. 워쩌면 쓰겠능가?
명태	안 보내면 총각 귀신 되어 맴맴 돈당깨로.
병호	용담에 사는 박동수 딸아그가 어쩔까이? 인물 좋고 예의 발랐응깨.
창수	자살헌 아그는 아니쟈?

병호	뭔 소리랑가. 목포 가다 폭풍 만나 죽었구먼. 그 집에서도 빨랑 보내려고 허닝깨로 이참에 하냥 쫌매주더라고.
창수	좋구마이. 그럼 뱅어 니가 중매 설라냐?
병호	좋제이.

술잔이 일순배 돌아 광수가 여섯 잔, 병호가 다시 마시려 할 때 광수가
취기가 올라 그 자리에 주저앉고 만다.
함성이 터진다.

준희	히야. 광수 놈이 임자로고.
명태	세월을 처먹긴 처먹었당깨로. 엊그제까지만 혀도 최소한 두 순배까장이야 돌았는디.
창수	이것아. 이 지네주야 보약잉 겨. 기십 잔쯤은 파닥파닥 몰려부러야제이.
광수	히야. 이거 붕알이 삘개질 때까장 마셨던 때가 엊그저께 같은디…….
창수	어여 시작혀.
광수	옛날 그대로인 겨?
창수	암마.

광수, 개다리 춤과 곱추 춤을 섞어 추며 흥겹게 노래 부른다.

노래	공산 명월아 말 물어보자.
	해가 져서 어둔 날에 옷 갈아입고 어디 가오.
	첩의 집에 가거들랑

날 죽는 데 보고 가소.
첩의 집은 꽃밭이요
우리 집은 연못이요
꽃과 나비는 하시절인데
연못 붕어는 썩어만 간다.

창수, 명태, 준희, 병호, 광수를 따라 옆으로 나란히 서서 곱추 춤을
같이 추며 흥겹게 노래 부른다.
그 모습이 정겹다.

8장

우물가.

가월 어멈, 빨래를 하고 있다.

점박이가 물동이를 이고 등장한다.

점박이   가월 엄니, 밤새 좋으셨겠소 야.

가월어멈 뭐이?

점박이   아따라.

가월어멈 들어오면 뭣 헐 것이여. 그물이 닻에 엉켜 한 번도 못 풀고 그냥
          왔다 안 허냐.

점박이   왜 뭣이 잘못됐다요?

가월어멈 죽어라고 돈을 닥닥 긁어 이참에 목포 가서 그물을 사 왔는디,
          아 고거이 닻에 걸려 칼로 찢어버렸다 안 허냐. 부애 낭깨로 술만
          마시고처 자빠져서 골골한당깨로.

점박이   아따라. 그러시면 좀 어떻소. 웬수 같은 서방이라도 막상
          죽어보소 야. (한숨을 쉬며) 지금 심정 같으면사 몇 번 망해불고
          몇 번씩 계집을 바꿔 친다 혀도 살아만 있다면 다 용서해줄 것
          같으요. 그나저나 가월이 아부지가 옥팔이 땜새 속상허셨겠소?

가월어멈 말도 말어. 광수가 하나밖에 없는 내 조카 죽여분졌다고 밤새
          지랄지랄 떨었당깨. 광수 집에 회칼 들고 쳐들어간다는 걸
          가월이허구 내가 포둣이 말렸단 말이시.

          그때 딸막이가 빨래거리를 들고 나타난다.

254

뒤이어 나타나는 경철 어멈.

둘 다 골이 나 있다.

경철어멈 듣자 듣자 헝깨 이년이 아주 못된 년이구마이.

딸막이   뭐여라? 시방 나헌티 이년 저년 혔부렀소?

경철어멈 그렇다, 이년아.

딸막이   (빨래거리를 바닥에 던지며) 하, 진적지미 씨벌 것이 아가리를
          함부로 놀리구마이.

경철어멈 뭣이여? 이년이 진짜로. 나이도 새까맣게 어린 것이.

딸막이   야, 이년아. 니는 나이를 똥구녁으로 처먹었냐?

경철어멈 이런 씨부랄 것을 보았나. 한번 이 손에 뒈져볼텨?

딸막이   야야, 내가 뺨을 맞아도 은가락지 낀 손에 맞지 구리 반지 낀
          손에 맞긋냐이?

경철어멈 뭣이여?

        순간, 경철 어멈과 딸막이가 달라붙어 머리끄댕이를 잡고 싸운다.
        가월 어멈과 점박이가 달려가서 뜯어말린다.

가월어멈 아이고, 왜들 이런댜. 경철아 경철아, 어여 이 손 못 나부러?

점박이   딸막이 니가 참어 야. 어른헌티 이러면 쓰냔 말여.

        겨우겨우 둘 사이를 떼어놓는 가월 어멈과 점박이.

경철어멈 냅둬버려. 내 저것을 오늘 아주 꼬챙이로 칵 조사불 팅깨.

딸막이   조사라 조사. 나도 이런 드런 시상 더는 살기 싫응깨, 시방 당장

이 대그빡을 조사라 조사 이 잡것아.

경철어멈 (가월 어멈에게) 저년 저년 말허는 것 좀 보랑깨. 저년이 저러는디
내가 워치케 참긋냐.

가월어멈 (경철 어멈의 등을 밀며) 알았어 알았어. 일단 집에 가 있더라고.
내가 딸막이헌티 찬찬히 알아듣게 얘기헐 팅깨. 어여 가야.
경철아 어여!

경철어멈 (딸막이에게) 너 이년 각오햐!

딸막이   죽을 각오는 니년이 해야 쓰겄다.

점박이가 딸막이의 입을 손으로 막는다.

가월 어멈, 경철 어멈의 등을 밀며 나간다.

점박이와 딸막이, 우물가에 앉는다.

잠시 후, 가월 어멈이 제자리로 온다.

점박이   왜 그랴, 왜?

딸막이   왜 그전 참에 종선 고친다고 내가 저년한티 5환 꿰돌렸소 안?

점박이   응. 그건 나도 알제이.

딸막이   즈그는 애기들이 적어서 계산이 틀리는 줄 모르고, 아 이자가
3전 들왔다고 안 하요.

점박이   자네사 딸이 일곱인디 그걸 틀리겄능가?

딸막이   작년에 즈그가 우리헌티 6환 꿔갔을 때 나는 이자를 4전
덜 받았어라. 그까짓 4전, 나한티는 별거 아닝깨. 느그들은
애기들이 적은깨 계산을 똑바로 못 허는구나……. 그래…… 그
돈으로 느그 늙은 엄니 사탕이나 사드려라 허고.

경철 어멈이 소리를 지르며 다시 나타난다.

경철어멈   뭐여? 아가리 쫙 찢어놓기 전에 조딩이 닥쳐라이. 내가 날짜
                따박따박 세어서 1전도 안 틀리게 다 줬는디 뭐? 니가 4전을
                감해줘 야? 니가 나를 지금 헛바람에 쓰러지는 부지깽이로 봤다
                이거제이? 어디 부지깽이 맛 좀 봐라 이년아.

            경철 어멈, 딸막이의 머리채를 잡으려고 달려든다.
            아낙들이 뜯어말린다.

딸막이   하이고, 이랑깨 머리 검은 짐승헌티는 은혜를·베푸는 것이
                아니랑깨. 내가 4전 감해준 은혜는 온디간디없고 그 사람 많은
                디서 3전 땜시 니가 날 사기꾼 취급해 야? 아따 이럴 때 돈 없으면
                눈에서 피눈물 나겄어야.
경철어멈   뭣이 어쩌고 어째? "넘들은 돈 갚을 때 5전도 감해주고 10전도
                감해준다던디 경철 엄니는 3전 땜시 그러코롬 면박스럽게
                허쇼 야?" 이렇게 말헌 년이 누구냐 이년아.
딸막이   니 심보를 한번 떠볼라고 그랬다.
경철어멈   아이고, 말이 말 같아야 어쩌케 하고 질이 질 같아야 어쩌케
                한단 말이시, 딸 일곱이 눈이 시퍼래서 쳐다보고 있구만, 그 어메
                조딩이에서 어쩌케 시뻘건 거짓뿌랭이 술술 나올까이. 3전 안
                줄라다가 들통 나 어설 없응깨 별 수작을 다 꾸미는구마이.
딸막이   뭐 수작? (3전을 던져주며) 아나, 이년아. 이래도 수작이냐? 다
                받아 처묵고 또 내놓으라는 년이 도둑년이지 내가 도둑년이냐?
                그래 어디 두고 보자. 니가 월매나 잘 사나 내 두 눈 똑똑히

뜨고 지켜볼 것이다. (침을 퉤 뱉으며) 에 퉤! 뒤주에서 쌀벌레 득실득실할 때까장 징허게 살아봐라 이년아. 아, 쳐다보지만 말고 빨리 줏어 이년아, 맘 변하기 전에.

경철어멈 (돈을 얼른 집어 고쟁이 속에 넣으며) 입 닥쳐라이, 귀탱이로 몰치고 깡깡 뽀사불기 전에.

딸막이 아따, 말은 저렇게 해도 고쟁이 속에 돈 들어가닝깨 볼따귀가 볼그작작 화색이 돌구마이.

경철어멈 뭐여 이년아.

가월어멈 아따 됐어 됐어. 어여 가. 돈 받았응깨.

가월 어멈, 강제로 경철 어멈을 데리고 나간다.
잠시 후, 가월 어멈이 혼자서 나온다.

가월어멈 아이고, 저런 년허고 어쩌케 상대를 다 혀. 갈매도 싸낙배기 몰라?

딸막이 아이고, 어쩌케 내 속을 쫙쫙글 쫙쫙글 따갑게 꼰드박질 침시롱 해대는지 자근덕거려 못살겠어라우. 해태할 적에도 지 노임 다 받으련만 안 받았다고 두 눈을 훌러둥 까뒤집음시롱 그 난리를 쳤소 안. 서방은 서방대로 빼싹 몰게 잡숫다가 딱 체해부러서 체낸다고 데꾸데꾸 긁어낸다는 것이 위가 헤게져서 저 꼴이제, 큰딸년은 딸년대로 목포 한번 갔다 오더니 부아 나갔고 신식 초매만 찾제, 아이구 내가 힘들어서 못살겠어라우.

점박이 그랴도 어쩔 것이여? 뻗어가는 칡낭구도 한정이 있다 여김시롱 그냥 묻어두는 수밖에. 진정혀……이?

가월어멈 점박이 말이 맞어. 잊어부러.

딸막이, 가쁜 숨을 겨우 겨우 진정시킨다.

그때 구렁네가 물동이를 이고 온다.

구렁네   아이고, 가월이 아줌씨! 점박이 딸막이도 와 있었능가?

가월어멈 나도 구렁네를 기다리고 있었구먼.

구렁네   왜라우?

가월어멈 구렁네가 이 갈매도 소문통잉께 한 가지 물어보더라고.

         (은밀하게) 광수 마누라가 용천백이 아녀?

딸막이   뭣이요?

구렁네   나도 그 점이 수상쩍었당깨요. 왜 항시 수건으로 멀크락을

         가리고이 푹푹 찌는 날에도 목장갑을 끼고 댕기냔 말여.

점박이   설마 아무리 그럴까이?

딸막이   그라고 봉깨 이상하네요이. 걸음도 오리처럼 뒈뚱뒈뚱 걷고이,

         대낮엔 통 얼굴을 볼 수가 없으니.

가월어멈 멀리서 마주쳐도 되돌아갈까 하고 멈칫멈칫 안 하던가.

점박이   아 호열자라고 안 합여? 호열자 걸림사 열이 부쿠고 멀크락이

         빠지고 힘이 없을 텡깨 모냥이 안 좋아서 그러겄지라.

가월어멈 글씨 그게 아니래두 그러네.

딸막이   아이고 만약에 그래불면 우리 갈매도도 끝장이구먼요. 용천백이

         서방이 당제를 올렸으면 용왕님이 월마나 노하셨을까라우?

구렁네   그게 문제인감. 우리도 언제 전염될지 모르는디?

가월어멈 내가 시방 벼르고 있어. 어쩌케든 확인을 해야 쓰겄다 이 말이여.

딸막이   뭘 말이여라우?

가월어멈 이것저것. 쉬잇. 호랑이도 제 말 하면 온다더니 오고 있당깨.

         자, 싸게 싸게 인나서 저쪽으로 가는 척하더라고. 우리가 몰켜

있으면 안 와야.

구렁네 　　(일어나 저쪽으로 걸으며) 징헌 년이구마이. 우리와 뭔 웬수가

　　　　　　졌다고 하냥 죽자 할까이.

　　　　　광수 처가 우물가에서 물을 퍼 담는데

　　　　　가월 어멈, 광수 처가 머리에 쓴 수건을 확 벗긴다.

　　　　　광수 처, 눈썹과 머리카락이 하나도 없다.

　　　　　순간, 놀라서 움찔하는 아낙네들.

가월어멈 　뭣이여?

딸막이 　　참말이구마이.

구렁네 　　이걸 워쪄, 워쪄!

　　　　　가월 어멈, 딸막이, 구렁네가 빨랫방망이로 광수 처의 옆구리를 쿡쿡

　　　　　찌르며 소리 지른다.

구렁네 　　그런 낯뿌닥을 허고 어딜 싸돌아댕긴당가이!

딸막이 　　오메 징해라, 꿈에 나타날까 무섭네이.

가월어멈 　숭악헌 년일세. 죽을라면 너 혼자 죽지 마을 사람들 다 쥑일

　　　　　　참이여? 냄새나붕깨 저리 가분져!

9장

수호 농장.

보름달이 휘영청 밝다.

광수가 퇴비 더미에서 퇴비를 삽으로 움푹 떠서 지게에 담고 있다.

가득 담긴 지게를 메고 묘목에 퇴비를 주는 광수.

그때 광수 처가 보따리를 들고 나타난다.

순이가 몇 걸음 뒤쳐져서 따라온다.

처   여기만 오면 맘이 편해지는구만이라.

광수   나무는 말이 없응께……. 꼭 가야 쓰겄남?

처   야. 사람들이 자꾸 용천백이로 모닌께라우.

광수   하냥 가자닝께.

처   그동안 당신도 헐 만큼은 혔지라.

광수   자넨 정도 없고 눈물도 없는 사람이구마이.

처   꼭 낫어서 올 테니 너무 걱정허지 마소. 영암에 호열자를 잘
         고치는 침쟁이가 있다 안 허요.

광수   다른 데 가서 살까이? 무인도 가서 살면 되잖겄나?

처   오죽하면 무인도겠어라우? 사람이 살지 못헐 뎅깨 무인도제이.

광수   이녁은 내가 싫은가벼?

처   뜬금없이 뭔 소리다요?

광수   자꾸 토 다니까 그러제이.

처   내가 여그 있음사 짐밖에 더 되겄어라우. 당신도 전염될까
         무섭소.

광수	아픈 사람은 사람도 아닝개비?
처	떨어져 산다는 거이 쉽다 생각은 안 허요. 태어나면 죽고 만나면 헤어지는 게 인생다반사 아녀라우.
광수	(순이를 가리키며) 이것은 워치케 하고?
처	순이 땜새라도 더 가야지라. 손주헌티 전염이라도 돼불면 어쩔 것이오. 순이가 몸 풀기 전에 먼첨 사라져분지는 것이 순이헌티도 낫지라.
광수	이보게.
처	그저 몹쓸 년 땜새 풍랑을 만났다 여기고 잊어분지시어라우. 풍랑이 지나고 잔잔해지면 잊어먹고 살 날도 올 것이구먼요.
광수	몹쓸 놈이야 나제이. 내 옥바라지에 허구헌 날 못 먹고 못 자서 생긴 병 아닝개비.
처	지난 일들을 후회는 안 헐라요. 잊지 않고 살다 보면 또 만나겄지라우. (운다.) 안녕히 계시쇼 야.
광수	참말로 갈랑가?
처	야.
광수	꼭 낫어서 다시 오소. 기다릴 팅깨.
처	야.

광수 처, 일어나서 절을 한다.
광수도 맞절을 한다.

처	(엎드린 채로) 저녁상은 부뚜막에 상보 덮어놔두었구먼요.
광수	……

광수 처, 보따리를 들고 돌아선다.

벙어리   아으 아으 아으.

광수   순이가 묻지 않는가!

처   ?

광수   이 밤중에 우릴 두고 어디 가냐고.

10장

선착장.

일장기를 나부끼며 선착장으로 들어서는 순시선.

순시선에서 모습을 드러내는 나카무라.

마을 사람들, 나카무라를 환영한다는 뜻으로 박수를 친다.

그러자 명태가 일본 노래를 아코디언으로 연주한다.

나카무라와 순사 2명이 천천히 배에서 내려온다.

그들을 반갑게 맞이하는 촌장.

촌장   (나카무라에게 머리를 조아리며) 먼 길 오시느라 욕봤겠소이.

이 보잘것없는 갈매도를 찾아줘서 몸 둘 바를 모르겠어라우.

(마을 사람들에게) 아, 뭣들 히야. 목포 경찰서에서 오신 나카무라

형사님이신깨 어여 인사들 허더라고.

마을 사람들, 허리를 굽혀 인사한다.

촌장   며칠 머무실 거라 해서 저희 집에 거처할 곳을 꾸몄는디

갱기찮을깨라우?

나카무라   (고개만 끄덕인다.)

촌장   헤헤. 여그는 아주 쬐메한 섬인지라 거처할 만한 데가 마땅치가

않아서라. 그랴도 도배를 새로 혔응깨, 아쉬운 대로 며칠 주무실

만은 혀라우.

나카무라   (고개를 끄덕인다.)

촌장   그리고 이짝은 지 큰아들이어라우.

명태   송명태라고 헙니다요. 잘 부탁드리겠구만요.

촌장   헤헤. 방금 전에 아코디언을 켰지라우. 그리고 이짝은
         구렁네라고 손이 빠르고 눈치도 있고 혀서 나카무라 형사님이
         계실 동안 방청소며 빨래며 뒤치다꺼리를 해줄 거구먼요. 시키실
         일이 있으면 야한티 시키시면 되어라우.

         구렁네, 나카무라에게 인사한다.
         나카무라, 걸음을 옮기며 마을 사람들을 하나하나 주시한다.
         마을 사람들, 나카무라와 눈이 마주칠 때마다 어려워한다.
         나카무라, 구석에 있는 광수 앞으로 간다.

나카무라 김광수! 오랜만이군. (악수를 청하며) 잘 지냈나?

광수   그럭저럭.

         광수와 나카무라, 악수를 한다.
         그걸 보며 놀라는 마을 사람들.

경철어멈 뭐여? 뭐여? 저것이?

가월어멈 긍깨 말여.

촌장   서로 아는 사이잉깨라우?

나카무라 잘 알지요.

         나카무라, 앞장서서 걸어 나간다.
         뒤따르는 순사와 촌장의 무리.

가월어멈   아니, 저 광수가 쪽발이를 끌어들인 거 아녀? 지 마누라 일로
          화딱지 나불어서.

딸막이   큰일이구마이. 목포 형사 중에서도 최고 악질이라는디 이걸
          워쩐디야.

경철어멈   앞으로 이 갈매도에 세찬 태풍이 불겄당깨.

11장

주막집.

병호, 명태, 창수, 통수가 모여 있다.

명태, 막걸리를 벌컥벌컥 마시고 나서 오이 안주를 한입 베어 물다가

빈정이 상한 듯 내동댕이친다.

명태   알았어. 알았으께 자네 둘이 알아서 하더라고. (일어서며)
        뱅어야, 우린 가더라고.

창수   자네 참말로 성질대로 헐 텡가?

명태   아니 내가 언제 성질대로 혔부렀다고 그러능가?

창수   그냥 가분지면 성질대로 헌 것이 아니고 뭐겄어. 모이라고 혔으면
        뭔가 구정을 내야 헐 거 아녀?

명태   하냥 구정을 내자는디 당사자끼리만 구정을 내겠다고 헝께
        객이 옆에서 뭔 말을 허겄능가. 그렇다고 여그에 앉아서 통수 저
        어린것헌티 술을 따를 거나 어깨를 주물러줄 거나.

창수   (단호하게) 그러코롬 빈정댈 작시면 차라리 가분지게나.

명태   아니, 창수 자넨 왜 나헌티 성질빠구 부리는 거잉가?

창수   통수 말에도 일리는 있지 뭘 그러능가.

명태   고것이 뭔 말이여?

통수   나카무라가 다 합쳐서 일곱 개 무덤을 파겄다디 그중에서
        우리 밀양 박씨 묘가 넷. 창수 아자씨네가 둘, 준희 아자씨 묘가
        하나, 그래서 일곱인디 왜 그거이 우리 셋헌티만 몰렸느냐 이
        말이어라우. 준희 아자씨 할아버지 묘는 전참에도 팠었는디 왜

또 판다요. 젖먹이 아그헌티 물어봐도 고개를 꺄오뚱꺄오뚱
저을 것이요.

명태   그거야 순전히 나카무라 생각인디 내가 어쩌케 알 것이여.

통수   누군가가 요놈 요놈 요놈이라고 꼬여바친 것이지라.

명태   그게 나란 말여?

통수   누가 아자씨랬어라우.

명태   그럼 누구여?

통수   광수 아자씨 농장이 여기 가운데 있으면 이쪽은 창수 아자씨네
산이고 이쪽은 우리 문중산이어라우. 헌디 나카무라가 창수
아자씨나 우리 묘를 파려 한다 칩시다. 우리가 당연히 못
파겠다고 대들 거 아니오. 허면 우리는 영창에 가불 것이지라.
그리되면 득볼 놈이 누구겠소.

명태   그게 누구여?

통수   궁금허면 알아보시쇼이.

명태   허면 준희는 왜 낑긴 거고?

통수   딱 둘만 찍어불면 이상허니깨 여벌로 하나 낑긴 거지라우.

창수   옥팔이 죽어불고 만사 허망헌 생각이 들어 하냥 따라 죽고자픈
심정이지만 우정 우정 살아가야 쓰겄다고 애쓰는 나여. 그런
나를 못 잡아먹어서 안달박달허는 놈이 있다면 그게 천년 묵은
요물이지 필시 사람은 아닐 거구먼.

병호   허허. 거참 야그가 요상한 쪽으로 흘러가네이. 긍깨 느그들 산이
탐나서 광수가 그런 거다?

통수   아니라고 말헐 수도 없지라.

병호   허허. 기가 막히구마이.

통수   헌디 이런 중차대한 일에 촌장 어르신께서는 왜 안 나오셨다요?

명태	편찮으시다고 몇 번이나 말혔능가.
창수	그런 몸으로 나카무라 시중은 어쩌케 드신당가?
명태	허허.
통수	참 이상하지라우? 왜 아자씨네 묘는 빠졌을까라우?
명태	시방 심정 같아서야 그냥 나가분졌으면 딱 쓰겄는디 하두 딱혀서 허는 소링깨 들어보더라고. 자네들은 시방 우리 갈매도가 뜬금없이 날벼락을 맞았다고 생각허는디 자추도나 장월도에 비한다면 우린 아무것도 아니여. 거긴 진작부텀 남정네는 징용으로 아녀자들은 정신대로 끌려갔단 말이여. 그 공이 워디에 있었겄나? 넘들이사 뭐라든 그랴도 우리 아부지가 굽신굽신거려감시롱 비벼주고 닦아주고 챙겨 보낸 그 대가가 아니것인가.
통수	그래서 구렁네까장도 나카무라 품에 앵겨주었당가요?
병호	그만들 둬부러. 오장육부가 다 뒤틀리고마이.
창수	허허, 상주보다 곡괭이가 더 서럽게 운다더니 뭔 말을 고로코롬 한댜?
병호	자네도 너무 그러는 거 아니여. 옥팔이를 잃어서 애간장 삭이는 것이야 누가 모르겄능가마는 그렇다고 어린것들허구 한통속이 되어 가타부타 말 많은 건 언짢구마이.
창수	옥팔이 말은 꺼내지도 말어. 막말로 자네가 옥팔이헌티 옷 한 벌 사다 준 적이 있는가, 따스운 밥 한 술 멕여준 적이 있능가. 에미 없는 자식 나 혼자 키울 적에 자네가 뭘 거들어준 적이 있다고 옥팔이 옥팔이 험시롱 노랠 불러쌓느냐 말여.
병호	그러코롬 못 혀줘서 참말로 미안하구마이. 돈 없고 힘없어 얹혀살다 봉깨 그렇게 됐구마이.

창수	자네가 수호 농장 땜새 홀딱 빠져갖고 입만 열면 광수 광순디
	그놈이 어떤 광수여. 후랴들 개잡놈이여. 그랴서 때 제사에
	옥팔이 목숨까장 뺏어가놓고는 인제 와서 귀탱이로 몰리니까
	나카무라까장 불러들여? 그런 광수를 하냥 존경하자니 이건
	말똥에 넘어져 쇠똥에 하냥 코 박히자는 야그와 뭐가 다를 껴.
병호	똑바로 알고 말을 혀. 나카무라는 광수를 다리 빙신 만들어서
	감옥소에 보낸 장본인이여.
창수	그 둘이 친하다는 걸 알 만한 놈은 다 알고 있어. 사람들이
	모이면 모다 뭐라는 줄 알기나 혀? 광수를 갈매도에서 쫓아불고
	당제를 새로 지내야 헌다는 것이여. 느그들끼리 잘들 혀봐. 너는
	광수헌티 붙어먹고 광수는 명태헌티 붙어먹고 같은 통속들끼리
	이 갈매도 말아먹고 천년만년 잘 살아보더라고!
명태	허허. 말이야 바른말이네마는 광수가 뭐 미쳤다고 나헌티 빌붙어
	산당가. 뭘 주겠다 혀도 어디 받을 놈이여?
병호	광수만 불쌍헌 놈이제이. 느그들이 이런 줄도 모르고 멜갑시
	궂은 일만 도맡아 허는 광수가 참말로 빙신이라고, 이것들아.
통수	참 아자씨도 딱도 하쇼 야. 어디 가서 그런 말 혔다간 뺨 맞기 딱
	좋겄소. 멜갑시 자꾸 끼어들지 말고 조까 가만히 있으쇼 야.
병호	그려 그려. 내가 이제껏 소귀에다 경 읽었고 똥개헌티 사탕 줬다.
	에이 더러운 놈들!

병호, 자리를 박차고 일어선다.

12장

부락 회의.

마을 사람들 모두 모여 있다.

순이는 바닥에 죄인처럼 앉아 있다.

촌장, 마루에 앉아 있다.

가월어멈   아 뭘 망설이신다요? 나는 김씨요, 허면 끝날 일을 콩나물

　　　　　질어나게 뭐 하러 질질 끄느냐 이 말이랑깨라우?

경철어멈   암마. 괜히 잡소리들 헐 필요 없이 자근덕자근덕 족쳐야 디여라.

　　　　　(발길로 순이를 냅다 차면서) 니는 시방 땅이 넓을 적에 뒈져야

　　　　　디여 이년아.

주모　　　 어허. (말리면서) 왜 이것을 발로 차고 그래쌓소.

경철어멈   뭐여? 갈매도 싸낙배기가 누군 줄 몰라서 이러능 겨?

주모　　　 아따 어르신들 계신깨로 성질대로 혀불지 말라 이거요.

경철어멈   광수가 술 좀 팔아줬는가? 그랴서 (순희를 가리키며) 이년 편

　　　　　드는 겨? 도매금으로 넘어가지 않을랴면 이녁부텀 가만히 있는

　　　　　게 좋을 것이고만. 해태 종선 타면 며느리는 저짝에다 오줌 싸고

　　　　　시아비는 이짝 하늘을 본다는 작시로 그냥 모른 척허는 거이

　　　　　제일 상책이랑깨. (순이에게) 흥, 꼴좋다. 아베는 개당제 헛당제

　　　　　지내불고 에미는 도망쳐불고 딸년은 당에 들어가 똥 누다

　　　　　걸려불고.

순이　　　 (아니라는 듯) 아으 아으 아으.

촌장　　　 똥 싼 것이 확실헌 겨?

구렁네	이 두 눈으로 똑똑히 봤는디요. 지가 객머리에서 오다 봉깨
	저것이당 입구에 있는 오동낭구 밑에서 이러코롬 앉아 힘을
	줌시롱 똥을 싸고 있더란 말이요. 해서 몰래 몰래 다가가니깨
	어느새 눈치를 채불고는 퍼즐건히 퍼질러 싼 똥을 흙으로 뒤덮고
	나뭇잎으로 가리고는 나 몰라라 하고 줄행랑을 치는 걸 지가
	쫓아가서 모가지를 칵 잡고는 시방 이리로 끌고 오는 것이요.
경철어멈	(하나하나 삿대질하면서) 정신들 똑바로 차리시란 말이요. 지가
	가만히 있을 성싶소? 저년 집에 불을 질러도 질를 참이오.
주모	참으랑깨 왜 이래쌓소.
경철어멈	우리도 그만큼 참았으면 되았지 월매나 더 참어. 인제는 부정한
	년이나 육실헐 놈허구는 하냥 못 산깨로 알아서들 하시쇼 야.
	알겠어라우? (병호 앞에 서며) 왜 내 말이 고까우시오? 칠떼기라
	언짢으시오? 흥! 아자씨도 자식 돼져보시오. 지정신이 있능가.
촌장	그만들 둬! 구렁네 자네는 자네 말에 책임을 져야 헐 것이구먼.
구렁네	야, 염려 붙들어 매시소 야.
촌장	야그들이 사방팔방 샛길로 자꾸 삐지낭깨로 금을 그어야지 안
	되겠구먼. 느그들은 내가 늙었다고 업신여기는디 난 안즉도
	팔팔항깨로 내 야그대로 따라야 헐 것이여. 광수와 순이를
	덕석몰이에 부치고 이 갈매도에서 쫓아불자는 생각들이 많은디
	그건 너무 심허다는 생각이구먼. 광수는 안즉 잘못헌 게
	확실치 않응깨 빼불고 순이에 한정해서 어떤 체벌을 허는 것이
	합당할랑가를 말혀보더라고,
경철어멈	둘 다 덕석에 부치고 쫓아내야 한단 말이어라우.
창수	나도 하냥은 못 살겄소. 덕석이 뭣허면 그냥 나가라 허시오.
가월어멈	그놈이 나가든 우리가 몽창 떠나든 택일을 허시란 말이요.

딸막이 아, 그 말이 맞지요이. 어쩌케 족속이 다른 짐승허구 하냥
　　　　살었어라우.

명태　　아부님 명잉깨로 잔말 말고 딸 터라고. 서운하다면 오히려 광수
　　　　쪽이지 자네들 쪽은 아닐 거구먼.

주모　　순이를 체벌헌다는 건 말도 안 되어라우. 아 순이가 시방 열병에
　　　　시달려 옴싹달싹 못 허는디 어쩌케 지 혼참 걸어서 당까장 똥
　　　　누러 갔겄소 야. 코앞에 널려 있는 들판을 놔두고서.

구렁네 그랑깨 요는 나의 모략이다 이거여?

주모　　이녁 말은 콩으로 메주를 쑨다고 혀도 믿지 못헐 나여. 일본
　　　　순사허고 놀아날 때는 좋았는디 시방은 구석지로 몰링깨로 개우
　　　　생각헌 거이 요거잉감?

구렁네 니가 봤어 봤어 봤어?

주모　　시상 넓을 때 뒈져야 될 것은 바로 너란 말이여 이것아.

구렁네 아따메. 속상혀 못살겄당께.

주모　　촌장님. 뻘뚱과 갱물을 분별하셔야지라우. 넘들 야그만 듣고
　　　　어쩌케 글다 옳다 하시오. 그렇다고 저것이 말이나 할 줄 알아
　　　　전후좌우 설명을 헐 수가 있겄소, 아니면 잘못혔다고 용서라도
　　　　빌겄소. 만약에 저 아그를 시방 덕석몰이에 부치면 죽습니다요.
　　　　그러잖여도 한 걸음 옮기는 거이 방금 깨어난 시앙치 걷듯
　　　　허는디 장 손 센 몽둥으로 맞아보시오 야. 살아나겄나. 또 배
　　　　속 아그는 어떡허구라. 조깨 생각해보시고 하나부텀 야달까장
　　　　숙고하셔야지라우. 어쩌케 체벌만이 능사라요.

통수　　뭔 소리요. 아 체벌을 혀야 헐 거라면 으당히 혀야 쓸 것이고
　　　　바로잡을 것이 있다면 잡아야제이.

재남　　당제 땜시 뭔 일이 생겼다면 성님도 그 반은 책임지셔야지라.

	제주 시봉을 맡았으면서 어찌 광수 아자씨만 탓헐 수 있다요?
통수	재남이 넌 안즉 어링깨로 조까 입 쫌매고 있었으면 쓰겄다이.
재남	성님과 내가 뭔 느무 나이 차가 그러코롬 허벌난다고 헐 말도 못 헌다요?
통수	뭣이여?
재남	나도 인자껏 나이가 어링깨로 가만히 있을라 혔소. 헌디 어른들 노는 게 꼴 같잖여서 그려라우. 시방 일본 순사가 분소까장 차려놓고 난리법석을 칠 판인디, 똥 눈 것이 어찌고저찌고 덕석몰이가 어찌고저찌고……. 철없는 아그들 모냥 장난허는 것 같다 이 말이요. 다 컸다는 어른들이.
통수	니 눈깔엔 이게 소꿉장난처럼 보이능감?
재남	시급헌 일이 한둘이 아닌디 엄한 짓거리에 눈들이 몰켜다닝깨 허는 말이요.
병호	어르신께서 잘 판단허셔야만 된당깨라우. 이 아그가 그동안 말썽이나 부림시롱 지청귀 먹을 짓만 골라 혔다면 모를까 안즉껏 아무 탈이 없었던 아그가 뜬금없이 발작혔다는 것도 이상하지라우. 또 실상 사람들 맴이 격해 있는 것도 있고 헝깨 이런 때일수록 깊이 생각하셔야지라우.
준희	지 생각도 그렇구먼요.
점박이	지 생각에는 시방 덕석에 부치는 것은 심헝깨로 몸 풀고 엥간해지면 그때 가서 체벌허는 것도 좋을 듯 싶당깨라우.
경철어멈	점박이 니는 왜 새로 빠지고 지랄이여?
가월어멈	저 주모허구 사촌지간 아닝개비?
경철어멈	이이, 이제 끼리끼리 노시겄다?
창수	결정이고 나발이고 필요 없당깨로. 기면 기고 아니면 아닝 게지

몸 풀 때까장 어쩌코롬 기다릴 것이여. 질펀질펀 헛소리 까들
말고 어여 가서 덕석허구 몽둥이 가져와부러. 통수야! 어여!
션찮은 건 빼불고.

촌장   결정은 내가 허는 것이여. 느그들 또래에서 체통을 지키고
위세를 세워야제이, 이것이 무신 경거망동이여.

창수   어르신께서 자꾸 한쪽 편만 드니깨 허는 소리가 아닙녀.

촌장   이것아. 역지사지라고 까꾸루 놓고 생각혀보아. 순이를
치도곤허면 이녁 속은 고소하겠능가를.

창수   말씀 참 잘하셨당깨라우. 어르신께서 자식 손자 엄한 놈 땜시
쥑여분졌다고 생각해보시쇼 예. 그러코롬 문자 쓰실 여유가
있으신가를.

촌장   어허! 저것이 뭔 맴으로 자꾸만 갈쿠리처럼 갈굴까이.

주모   아자씨! 아자씨는 광수 아자씨헌티 그러코롬 모질게 헐 처지가
아니지 않소 야. 옥팔이 팔 뿌러졌을 때 아자씨는 옆에서 뭐
하셨소. 바람 쎄서 큰일 났담시롱 잔교에서 광수 아자씨만
찾질 않았소. 아자씨가 직접 목포까장 갈 것 이제 뭣 땀새
광수 아자씨를 찾았다요. 광수 아자씨는 목포까장 갈 수 있고
아자씨는 도중에서 배 뒤집혀 죽을 것 같으셨소 야?

창수   어허 저것 보게.

주모   우리 사람답게 놉시다. 다리 쩔뚝쩔뚝거림시롱 넘들 돕겄다고
다닐 때는 다들 손 만지려 혔으면서 이제 와선 등치려들 헌다요.

통수   광수 씨가 아집헌티 술 좀 팔아준 모냥인디 속없이 너무 그라지
맙시다이.

주모   너 뒈지고 싶은감?

통수   넓적다리 분질러지면 누가 손핸데?

주모	뭐여?
명태	이것아, 아무리 막되어먹었기로서니 어른헌티 얻다 쓰던 말버르장머리여 이것이.
창수	넓적다리 분질러지고 싶은 놈이 한둘이 아닝개비.
경철어멈	황소 배때기가 땐땐헝깨 즈그들 배때기도 땐땐헌가 부네이.
병호	아암. 땐땐혀서 갑갑항깨 어디 구녁 한번 내줄라나?
가월어멈	회칼 간 지 오래됐는디 잘 들란가 모르겄구마이.

일촉즉발의 위기.

촌장	잘들 헌다. 어여 물러나지 못허겄어! 어여! (물러서면) 내가 엥간허면 느그들 야그 듣고 결정허려 혔는디 느그들 야그가 엄청나게 달라붕깨로 어찌저찌 할 수가 없게 돼부렀다. 이미 팻대들이 올랐응깨 광수 면전이라서 허지 못헐 야그도 없을 것잉깨 재남이가 가서 광수를 데불고 와. 용창이 집에 있으라고 혔어.
재남	예.

재남, 나간다.
잠시 후 광수가 재남이와 함께 등장한다.

촌장	자네가 제주였던 거이 부정 탔다는 생각이 드는디 이녁 생각은 어떤가?
광수	야속헐 뿐이지라우.
경철어멈	(능청 떨며) 해가 뽕덱이에 떴는감?

가월어멈	(광수에게) 야속허다구라? 복창 터질 일이구마이. 야바위꾼헌티
	야매로 시켰어도 이것보단 낫겠소.
촌장	순이를 덕석몰이에 부치자는 생각들이 등등헌디?
광수	원한이 있다면 지헌티 있겠지라우.
촌장	허면?
광수	날 덕석몰이에 부치시오.
경철어멈	제사는 개지랄쳐놓고는 맞겠다는 소린 잘허네그랴.
가월어멈	흥. 넘실넘실 말도 잘허고이.
창수	잡소리 떨 것 없이 보따리 싸들고 조용히 떠나분져. 덕석몰이고
	나발이고 아무 필요 없응깨로.
광수	그럴 수야 없고마이. 나도 오기가 있제 그냥 떠나불 수야
	있겠능가. 친구들도 여기에 있고 헝깨 버팅길 때까장이야 버텨볼
	것이고만.
창수	뒷감당은 나도 못 허겄구만.
광수	내가 내 정성 다해서 올린 당제여. 원체가 복 없고 운 없는
	놈잉깨로 만사형통일 거라는 생각이야 못 했지만, 그렇다고
	이렇게 조장날 줄이야 꿈엔들 알았을꼬이. 내가 뭔 느무
	근력으로 옥팔이 배를 뒤집어엎고는 다섯 놈이나 물 멕여 죽였을
	것이여. 또 (순이를 가리키며) 이것은 어미 떠난 뒤부텀 멫 날 멫
	밤을 물 한 모금 안 처먹고 뜬눈으로 세웠는디, 뭔 느무 근력이
	간밤 새 생겨 10리도 넘는 당까장 똥 누러 갔을꼬이. 느그들 말
	작시로 이것이 죽일 년이면 이 죽일 년을 겁탈헌 놈은 또 누굴
	것이며, 그놈 역시 이 갈매도 사람이 아닐 것이냐 이 말이여.
	……허나 똥 눈 것이 확실허당깨로 그 죗값이야 치러야제이.
	느그들도 사람이라면 만삭인 저것을 때려 쥑일 아수라는 없을

것이라고 보고 이년 미운 마음으로 나를 족쳤으면 허는 것이 이
박복한 놈의 생각이구먼.

촌장   그려. 덕석몰이 채비 채려. 순이가 받을 덕석몰이를 광수에게
대상(代償)토록 헐 것이여. 허지만 순이는 내년 정월 보름까장
집에서 나오지 못하도록 금족령을 내리겠네.

주모·병호   촌장 어르신!

촌장   일없구먼. 재남이와 통수는 어여 덕석몰이 채비를 채리도록 혀.

순이   아으 아으 아으.

      통수, 멍석을 깐다.

      멍석 위에 드러눕는 광수.

      순이, 통곡한다.

      통수, 멍석을 돌돌 만다.

      몇몇 사람, 몽둥이를 든다.

      창수, 내리친다.

      통수도 내리친다.

13장

주막집.

주모가 넋을 놓고 밤하늘을 쳐다보고 있다.

홀로 생각에 잠긴 듯, 볼 위로 흐르는 눈물.

그때 광수와 순이가 보따리를 들고 초췌한 모습으로 등장한다.

광수   나 왔네.

주모   아이고, 광수 아자씨 아닝개비여라우. 전신이 쑤시고 아플 텐디 어쩌케 나오셨다요. 이러코롬 기동허셔도 갱기찮여라우?

광수   누워 있으면야 더 아프제이.

주모   잊어버리시쇼 예.

광수   아암.

주모   지도 워찌나 속이 상하던지 돌아와서 술을 작신 처먹었지라.

광수   그랑깨 갱기찮던가이?

주모   야. 헌디 야밤에 순이까장 데불고 뭔 일이다요?

광수   그냥 가려다 자네 생각나서 술 한잔할랴고 들어왔구먼. 파장일 텐디 성가시게 들른 건 아닐랑가 모르겄네.

주모   뭔 말씀이시다요.

광수   동동주 있능가?

주모   야.

광수   일본놈이 못 맹글게 허는디도?

주모   야.

광수   당당하네이.

주모	그것들이 예까장 와서 땅바닥에 파묻은 술독아지 찾아낼 리
	만무헝깨라우.
광수	땅 파는 디는 이골이 난 놈들인디?
주모	헤헤헤. (술상을 봐온다.) 실컷 자토시어라우. 반 독아지쯤 혀놓고
	귀헌 날 귀헌 분들께만 드려라우.
광수	이건 외상인디?
주모	아따라.
광수	영 못 갚을지도 모른당깨?
주모	오늘따라 이상도 하시요이. (술을 따른다.)
광수	하냥 험세. (주모에게 술을 따른 뒤 순이에게) 니도 한잔해부러.
순이	아으 아으.
광수	괜침해야. 애비가 따라주는 건 받는 것이여.
주모	아이고, 참말로 오늘따라 이상하시당깨라우?
광수	이것 속은 또 오죽허겄능가. 한잔 털어 넣고 털어낼 건
	털어내야제이.
주모	(벙어리에게) 배 속 아그는 갱침헌 겨?
순이	(고개를 끄덕끄덕.)
광수	모진 생명잉깨로 무럭무럭 자라겄제이.
주모	온몸이 아프쟈?
순이	(괜찮다는 시늉.)
광수	사람은 다 지 먹을 것은 지가 갖고 태어난다는디 저건 뭔 복을
	갖고 태어났을꼬.
주모	순이가 워쩌타고 그러시요이? 효녀에 맴씨가 그만인디.
광수	부모 잘못 만나 쪼개진 바가지잉깨 허는 소리 아닝감.
주모	낭중 일이야 누가 안댜? 이 배 속 아그가 낭중에 큰일

	해낼란지.
광수	나 갈라네.
주모	야.
광수	갈매도를 떠나불 참이여.
주모	(깜짝 놀라) 야?
광수	미련도 없구먼. 이젠 만정이 다 떨어져부렀네.
주모	이게 뭔 소리다요? 아예 이 갈매도를 떠나분져라?
	천부당만부당헌 소리여라우. 시상이 하도 혼탁헝깨 잡것들이
	잠시 헛것을 봤다고 생각해불고 참으셔야지라우. 여그 사람들이
	시방 다들 제정신이랍뎌?
광수	여그 사람들은 다음다음이구먼.
주모	야?
광수	내 인생살이에 만정이 다 떨어져부렀다 이 말이여.
주모	허기사 뭔 낙이 있겄소마는 궂은 날 있으면 갤 날도 있으련 허고
	사시쇼 야.
광수	개어보이 뭐 허겄나.
주모	농장은 어떡하구라?
광수	그것이사 병호가 다 알아서 헐 것이고.
주모	병호 아자씨헌티 맡겨서는 아무것도 안 되어라우. 사람만 좋아
	갖고 누가 뭘 달랄작시면 옜슈 하고 척척 줄줄만 알았지
	꼬장꼬장 물고 늘어지는 성격이 아니지 않소 야. 아자씨가 착
	달라붙어서 헐 때 허구 다를 텡깨 두고 보시쇼이.
광수	작심혀부렀네.
주모	아따라. 아자씨가 없으면 전 이 갈매도에서 뭔 낙으로
	살아가구라?

광수	시방처럼 살아가면 쓸 것 아닝감.
주모	긍깨 아자씨도 시방처럼 하냥 살자 이거지라우.
광수	난 다르구만. 여그 있으면 마누라도 생각나고 순이도 걱정이고 여그 사람들 원성도 있고 헝깨.
주모	아줌씨나 여그 원성들이야 세월이 가분지면 자연히 잊히는 게 아니겄어라우. 순이도 여그서 어쩌케 혀서 시집보내야지라우.
광수	이것을 얻다가 떠당구 치겄나.
주모	(순이에게) 이것아, 니 서방을 참말로 모르는 겨?
순이	(모른다고 펄쩍펄쩍.)
주모	저렇게 딱 잡아뗄 때는 필시 안다는 것인디.
광수	(일어서며) 자, 가겠네. 순이야 어여 가자. 찰방찰방 가보더라고.
주모	(광수를 앉히며) 못 가신대두 그러시네요이. 서방도 자식도 다 쥑여분진, 지 같은 년도 그냥 사는디 아자씨도 맴 조까 고쳐잡숫고 사시쇼 예.

그때 병호와 준희와 명태가 등장한다.

명태	이보게, 광수.
주모	아이고, 아자씨들은 요만헐 때부텀 칠성파를 맹글어갔고 "우리 약조가 어긋나분질 때는 북두칠성이 북두팔성이 될 거"람시롱 큰소리 빵빵 치시더니 종말이 어째 이렇소 야. 먼저 가신 강태 아자씨랑 재복이 아자씨가 이 꼴을 볼작시면 지하에서 통곡허시겄소.
광수	(병호에게) 뭣 땀시 알렸능가. 슬쩍 가려 혔구먼.
준희	친구라고 맺 놈 있는 거이 힘도 못 써불고 면목이 없구마이.

　　　　　미안허네이. 하지만 그란다고 떠나분져서야 쓰겄능가?

광수　　　병호헌티 다 야그했구먼. 아주 떠나는 게 아니여. 타향살이 뭐가
　　　　　좋다고 거그서 눌러앉겄능가.

준희　　　그랴도 한번 떠나불면 다시 오기 힘들제.

광수　　　나 가네.

　　　　　광수와 순이가 나가려 한다.

　　　　　그때 나카무라와 정복 차림의 일본인 순사 2명이 들어온다.

나카무라　(광수에게) 여길 떠나려고? 어떡하지? 오늘부터 아무도 이 섬을
　　　　　나갈 수가 없어. 내 허락 없이는.

명태　　　아이고, 잘됐구만이라우.

나카무라　(광수에게) 이리 앉지.

　　　　　병호 명태 준희, 눈치를 보며 퇴장한다.

광수　　　순이야. 너도 아자씨들헌티 가 있어.

　　　　　순이, 고개를 끄덕이고 나간다.

나카무라　벙어리라지?

광수　　　갈매도엔 뭣 하러 왔능가?

나카무라　자넬 보려고.

광수　　　이짝 다리마저 빙신 만들라고?

나카무라　응.

광수   멜갑시 행패 부리러 왔나 부네이.

나카무라 오고 싶어서 온 게 아니야. 투서가 계속 들어와. 군자금이 묻혀

        있다 도자기가 묻혀 있다 내 땅에 어떤 놈이 평장을 했으니

        바로잡아달라……. 조센징답지 않나?

광수   자네 아버지도 조센징이람서?

나카무라 동료 형사들이 뭐라는 줄 아나? 조센징인 것이 조센징을

        더 미워한대. 조센징을 고문할 일이 있으면 다 나한테 맡겨.

        난 조센징을 취조할 때 묻질 않아. 두 손을 깍지 끼게 하지.

        이렇게. 깍지 낀 채로 엎드려뻗쳐를 시켜. 거친 시멘트 바닥에.

        손목댕이를 발로 냅다 차. 퍽 엎어지면서 깍지 낀 손마디에 허연

        뼈가 드러나. 이렇게 두 번쯤 하면 다 불어. 이게 조센징이지.

광수   난 이런 개떡 같은 세상이 싫어. 약탈한 놈들이 너무 당당허고 난

        체해서.

나카무라 억울하면 너희가 일본을 잡아먹어. 그런데 어떻게 일본을 잡아먹지?

        조센징은 스스로 투사가 되려고 하지도 않고 투사가 나오면

        따르지도 않아. 니놈 말대로 개떡 같은 세상이라면 할복자살하는

        놈들이 수천수만은 나왔어야 할 거 아냐. 내 말이 틀려?

광수   (일어서며) 가보겠네.

나카무라 어디로?

광수   못 나가게 헌담서? 집으로나 가야제이.

나카무라 이런 상상을 가끔씩 하지. 취조받던 조센징이 벌떡 일어서면서

        앉아 있던 의자로 내 머리를 박살내는 거야. 난 피를 줄줄

        흘리면서도 웃고 있지. 하하하하.

        나카무라, 일어서서 광수에게 악수를 청한다.

나카무라 김광수, 또 만나게 되겠지.

광수   아암, 그러겠제.

        광수와 나카무라, 악수를 하며 묘한 시선을 주고받는다.

14장

무덤 앞에 마을 사람들이 모여 있다.

그 앞쪽에 나카무라와 일본인 순사 2명이 서 있다.

나카무라   군자금 유출에 관한 도카사키 순사의 보고서를 읽고 의혹을
          끝까지 밝히기로 했다. 이번에는 기필코 상해로 송금되고 있는
          군자금을 찾아낼 것이다. 만약 이 묘에서 군자금이 나오지
          않을 때는 다음 묘로 다음 묘로, 이 갈매도에 있는 모든 묘를
          파헤쳐서라도 찾아내고야 말겠다.

촌장   그건 본디 약조와는 다르지 않능개비여라우. 원래는 준희네
          통수네 창수네 묘만 파시겠다고 허시지 않았습녀?

나카무라   난 조센징과 약속 따윈 하지 않는다.

촌장   형사님 입으로다가 분명히 말씀허시는 걸 들었는디요?

나카무라   난 하루에 다섯 구씩 무덤을 파나갈 것이고 파헤친 무덤은
          보토하지 않는 것을 원칙으로 정하였다.

촌장   보토하지 않는다면 파제낀 채로 그대로 내버려두시겠다
          이거잉개라우?

나카무라   그렇다.

촌장   그건 또 왜 그라신당가요?

나카무라   첫째는 그 무덤에 군자금을 다시 숨겨둘 가능성이 높기
          때문이고 둘째는 너희들의 자백과 고발을 유도하기 위함이다.

촌장   아이고, 안 되어라우. 파는 것만 혀도 엄청난 불충인디 어쩌케
          파제낀 채로 조상님을 욕되게 허느냔 말이여라우.

나카무라   물론 너희들의 고충을 충분히 이해한다. 그러나 군자금 송출
          여부만큼은 어떠한 희생을 치르더라도 반드시 찾아내고야 말
          것이다.

촌장   아이고, 공연히 억지 부리는 것 같당깨라우. 이 갈매도에 뭔 느무
          군자금이 있을 것이요이. 택도 없는 야그지라우. 부디 한 번만
          선처해주시면 고맙겠당깨라우.

나카무라   나에게 애처롭게 사정하거나 동정을 구걸하지 말라.

통수   반대허게 되면 어떤 처벌을 받는당가요?

나카무라   경우에 따라서는 즉결 처형될 수도 있다.

촌장   아이고, 조까 봐주시어라우. 즈그들이 뭔 일을 잘못혔는지
          모르겠지마는 다른 벌로 대체해주신다면 신명을 다 바쳐 뭐든지
          다 허겠어라우. (주위 사람들에게) 아 뭣들 허구 있어. 싹싹
          빌지들 않구.

          마을 사람들, 눈치를 보다가 빈다.
          나카무라, 촌장의 등을 개머리판으로 찍는다.
          앞으로 고꾸라지는 촌장.

명태   (앞으로 나서며) 아부지!

          부하, 명태를 향해 총을 겨눈다.
          명태, 할 수 없이 뒷걸음질친다.

나카무라   이 무덤을 파묘할 자는 일어서라.

광수만 일어선다.

나카무라   나머지는 반대하는 건가?

준희   (일어서며) 이 무덤은 도카사키 순사나리가 파분졌던 것인디요?

나카무라   알고 있다. 넌 니 행동이나 결정하면 돼.

준희   그렇다면 차라리 파묘허지 않을 사람만 일어서라고 허시랑깨요?

나카무라   그게 이것과 무슨 차이가 있다고 그러는가.

준희   그랴도 조까 다르단 말이요.

나카무라   병신 자식! 서 있을 거야 앉아 있을 거야?

준희   (눈치를 보다가 앉는다.)

나카무라   김광수, 비석 앞에 가서 선다. (남자들에게) 너희들은 일단
          비협조자로 분류하겠다. 앞으로 마음이 변하는 자는 저 비석
          옆에 가서 선다. 여자들 일어섯! 앞으로 나와 일렬로 정렬하라.

여자들, 무대 쪽을 보고 선다.

나카무라   윗도리를 벗는다.

가월어멈   (딸막이에게) 아이고 뭔 일다냐. 왜 옷을 벗으라쌓능 겨.

딸막이   혹여 우리 젖탱이를 구경할라는 게 아닐깨라우?

구렁네   뭣이여? 왜 우리헌티 화풀인감.

경철어멈   아이고, 이를 워쪄.

여인네들, 머뭇거린다.
부하가 딸막이의 등짝을 개머리판으로 찍는다.
고꾸라지는 딸막이.

여인네들 겁에 질려 윗도리를 벗는다.

나카무라 안에 것도 벗는다.

가월어멈 속것까장 다여라우?

나카무라 그렇다.

딸막이   지 말이 맞는개비여라.

점박이   아이고, 이게 뭔 날벼락이랑가요.

경철어멈 (남자들에게) 아 뭣들 허고 있으쇼들. 어여 뭔 대비책을 마련혀야

         쓸 것 아니요이. 우리더러 어쩌코롬 허란 말이여.

점박이   (구렁네에게) 사정 좀 혀보시소 야. 잘 통한담서.

구렁네   (나카무라에게 다가가서) 나으리, 지는 조까 봐주셨으면 허는디요.

         여그에 가려움증도 있고라 목간한 지도 오래됐당깨라우. 지야

         무신 죄가 있을랍뎌?

나카무라 (구렁네의 배를 발길로 찬다.) 너희들은 내 지시에 따라

         하나씩하나씩 벗어야 한다. (남자들을 향해) 이게 보기 좋다면

         앉아 있고 보기 싫으면 이 삽을 들고 (광수 쪽을 가리키며)

         저쪽으로 간다. 너희들이 모두 나가면 여자들은 구제될 것이다.

나카무라, 경철 어멈의 가슴에 총구를 겨눈다.

나카무라 하나 둘 셋!

여자들, 눈치를 보며 머뭇거린다.

그때 주모가 팔소매를 걷어붙이며 나카무라에게 소리치며 대든다.

주모   천하의 숭악헌 놈. 어디서 이런 개망나니 같은 행패를 부리는
         겨. 우리가 뭘 잘못혔다고 이렇게 욕을 뵈는 겨. 나는 못 벗는다.
         당장 죽어도 하나도 아까울 거 없는 목숨잉깨 죽여봐라, 이놈아.

나카무라   (씨익 웃으며) 오! 위대한 조센징이구만. 여자들이 홀딱 벗어도 말
         한마디 못 하는 쭉정이들에 비하면 넌 아주 용감해. 맘에 들어.
         헌데 죽고 싶다고?

주모   그래, 죽일 테면 죽여봐라 이놈아.

         순간, 나카무라가 총을 발사한다.
         가슴을 부여잡고 쓰러지는 주모.
         마을 사람들이 일어서려 한다.
         나카무라가 소리친다.

나카무라   그대로 있어. 움직이지 마.

         그때 홀연히 일어나는 광수.
         나카무라, 광수에게 총을 겨눈다.

나카무라   김광수!

         광수, 아랑곳하지 않고 주모에게 가서 끌어안는다.

주모   (고통스러운 숨을 할딱이고 있다.) 괜침해라우. 괜침해라우.

         광수, 일어나 나카무라를 노려본다.

광수   참말로 징헌 놈이구마이.

        광수, 한 걸음 한 걸음 나카무라에게로 다가간다.

나카무라 거기 서! 한 발만 더 다가오면 쏴버리겠다.

        광수가 걸음을 떼자 나카무라가 총을 쏘려 한다.
        그 순간 병호가 "악!" 하며 일어나 나카무라에게 돌진한다.
        순간 당황한 나카무라, 병호를 쏜다.
        허벅지에 총을 맞고 쓰러지는 병호.
        그사이 광수가 나카무라의 총을 빼앗아 나카무라의 관자놀이에 총을
        겨누며 소리친다.

광수   (일본 순사에게) 총을 버려. 어서!
나카무라 버리지 마라. 명령이다.
광수   어서!
일본 순사 (총을 버린다.)
나카무라 빠가야로!
준희·명태 (잽싸게 나와 일본 순사가 버린 총을 잡으려 한다.)
광수   총 잡지 마. 느그들은 이 일에 끼어들면 안 디야.
촌장   맞어. 느그들이 끼어불면 민란이 되어 우리 모두 다 다쳐.
광수   어르신!
촌장   이?
광수   우리 순이 좀 맡아주소.
촌장   이, 염려 말더라고.

광수, 나카무라와 거리를 둔 채 마주 보고 선다.

나카무라   어서 쏴라. 난 조센징한테 목숨 따윈 구걸하지 않겠다. 만약 니가
          날 살려주면 난 이 민란의 현장을 싹 쓸어버릴 것이다. 쏴봐!
          어서!

          광수, 나카무라를 향해 총을 쏜다.
          연거푸 두 발을 맞고 쓰러지는 나카무라.
          광수, 총을 일본 순사들 앞에 버린다.

촌장   (순사에게) 뭣들 히야! 어서 (광수를 가리키며) 저자를 체포하지
          않고!

          순사들, 잽싸게 총을 주워 광수를 체포한 뒤 끌고 간다.
          순이, 아으 아으 아으 하며 울부짖는다.
          마을 사람들, 끌려가는 광수를 처연히 보고 있다.
          창수, 무릎을 꿇고 고개를 꺾는다.

15장

산속에 새 울음소리가 들려온다.

통수가 쪼그려 앉아 있다.

누군가를 기다리는 듯 가끔 일어서서 주위를 살핀다.

잠시 후, 시꺼먼 그림자가 나타난다.

통수   (손짓을 하며 나지막이) 아줌씨 가월이 아줌씨! 여그요 여그.

가월어멈   아, 거그 있었구먼.

통수, 가월 어멈이 옆으로 오자 와락 끌어안으며 가월 어멈의 저고리
고름을 풀려 한다.

가월어멈   아따 성질도 급하긴, (서로 끌어안은 채 더듬다가) 오다가 만난
            사람 읎쟈?

통수   야, 조심조심 혀서 왔구먼요.

가월어멈   내가 애간장이 다 녹았당깨. 감옥소로 잡혀가나 싶어서.

통수   나야 증인이었는디요? 몇 마디 묻고 나서 풀어줍디다.

가월어멈   헌디 광수 씨는 왜 순이를 촌장헌티 맡겼을꼬이?

통수   글씨요. 촌장 아그가 아닐깨라우?

가월어멈   그려? 영감탱이가 정력도 좋구마이.

통수   젊었을 때 해구신을 먹었다 안 허요.

가월어멈   아따 그래이? 내 전 재산을 팔아서라도 이녁헌티 그것을 멕여야
            쓰겄구마이.

통수   후후후.

가월어멈   근디 광수 씨는 어쩌케 될꼬이?

통수   아따 아줌씨도 그딴 일에 뭔 신경을 쓰신다요. (살살 주무르면서)
          우리가 신경 쓴다고 될 일이랍뎌?

가월어멈   (이내 자지러질 듯하면서) 허긴 그려이. (흥분한 목소리로) 누가 안
          오나 잘 보더라고.

통수   아따, 여그가 당(堂)인디 누가 야밤에 얼씬거린다요.

가월어멈   아이 그랴도.

통수   히히. 어여 옷이나 벗으시쇼 야.

가월어멈   (돌아서서 옷을 벗으며) 통수야, 담서부텀은 다른 데서
          만나더라고.

통수   (바지를 벗으면서) 여그만큼 안전한 곳이 어디 있을랍뎌. 이
          쬐메헌 섬에 인적 없는 데가 어디 있어야 말이지라.

가월어멈   그랴도 오늘은 어쩐지 으스스허당깨로?

통수   내가 있지 않소 야. (애무하며) 갱기찬여라우. 참, 아자씨 배는
          언제 들어온다고 혔지라우?

가월어멈   (안기면서) 영영 안 와분졌으면 좋겠당깨.

          가월 어멈과 통수, 풀섶에 쓰러진다.

          새 울음소리가 들려온다.

          휘영청 밝은 달이 산을 넘어가고 있다.

          어디선가 희미한 노랫소리가 들려온다.

          "공산명월아 말 물어보자.

          해가 져서 어둔 날에 옷 갈아입고 어디 가오……."

294

저자 소개

극작가 이만희(李萬喜, Lee Man-Hee)

1954. 7.	충남 대천 출생
1979. 2.	동국대학교 인도철학과 졸업
2000~2004	동덕여자대학교 문예창작학과 교수 재직
2005~현재	동국대학교 영상대학원 교수 재직

희곡 작품

1980	처녀비행
1989	문디
1990	그것은 목탁구멍 속의 작은 어둠이었습니다
1992	불 좀 꺼주세요
1993	돼지와 오토바이
1993	피고 지고 피고 지고
1996	아름다운 거리
1996	돌아서서 떠나라
1997	용띠 개띠
1998	암스테르담
1999	언니, 나야
2003	새 한 마리
2005	그래도 기차는 간다
2008	언덕을 넘어서 가자

2009	해가 져서 어둔 날에 옷 갈아입고 어디 가오
2010	그대를 속일지라도
2010	늙은 자전거
2018	가벼운 스님들

시나리오 작품

1998	약속(각본)
2003	보리울의 여름(각본)
2003	와일드카드(각본)
2004	아홉살 인생(각본)
2005	6월의 일기(각색)
2008	신기전(각본)
2009	거북이 달린다(각색)
2010	포화 속으로(이재한 공동 각본)
2010	사요나라 이츠카(각색)
2010	그대를 사랑합니다(각색)
2012	R2B 리턴 투 베이스(각색)
2013	박수건달(각색)
2014	피끓는 청춘(각색)
2016	제3의 사랑(이재한 공동 각본)
2016	인천상륙작전(이재한 공동 각본)

작품상 수상

| 1979 | 《동아일보》 장막 희곡상 |
| 1983 | 월간문학상 |

1990	삼성문예상
1990	서울연극제 희곡상
1991	백상예술상
1994	영희연극상
1996	동아연극상
1998	대산문학상
1999	한국희곡문학상
2004	춘사영화제 각본상

저서

『이만희 대표 희곡집』 — 도서출판 청맥, 1993

『이만희 희곡집』 I, II — 도서출판 월인, 1998

『와일드카드』(한국시나리오걸작선 101) — 커뮤니케이션북스, 2005

『그것은 목탁구멍 속의 작은 어둠이었습니다』(지만지 한국희곡선집) — 지만지, 2014

『피고 지고 피고 지고』(지만지 한국희곡선집) — 지만지, 2014

피고 지고 피고 지고 이만희 희곡집 4

1판 1쇄 인쇄 2019년 6월 19일
1판 1쇄 발행 2019년 6월 29일

지은이 이만희
펴낸이 김영곤
펴낸곳 아르테

문학미디어사업부문 이사 신우섭
문학사업본부 본부장 원미선
문학콘텐츠팀 팀장 이정미
편집 김필균 김지현 허문선 김혜영 김연수
디자인 박란정 김영길
문학마케팅팀 정유선 임동렬 조윤선 배한진
문학영업팀 권장규 오서영
홍보팀장 이혜연 **제작팀장** 이영민

출판등록 2000년 5월 6일 제406-2003-061호
주소 (우 10881) 경기도 파주시 회동길 201(문발동)
대표전화 031-955-2100 **팩스** 031-955-2151

ISBN 978-89-509-8194-5 (04810)
      978-89-509-8195-2 (세트)